N&K

Ann Esswein

MIMIKRY

NAGEL UND KIMCHE

1. Auflage 2024
Originalausgabe

Gesetzt aus der Centennial
von GGP Media GmbH, Pößneck
Druck und Bindung von CPI books GmbH, Leck
Printed in Germany
ISBN 978-3-312-01300-5
www.nagel-kimche.ch

Druckprodukt mit finanziellem
Klimabeitrag
ClimatePartner.com/15109-2009-1001

FSC
MIX
Papier
FSC® C083411

Für F. und für den F.

Present tense

Damian

Niemand wird sagen können, wann der junge Mann das Geschehen betreten hat. Er stellt seinen Fuß auf den Bahnhofsvorplatz, er platziert seinen Schatten in die Geschichte. Er dreht das Gesicht weg von den Menschen, die sie erzählen werden. Er reckt es in den noch unschuldigen Tag, der Hitze verspricht, Wut und Entsetzen, wovon Damian noch nichts ahnt, als der Radiowecker das erste Mal den Fremden erwähnt. Da stehe einer, rauscht es in Damians schlafwarmes Bett. Er stehe da einfach, ohne sich zu rühren. Kein Laut, nicht einmal, wenn er angerempelt wird. Keiner weiß, wer er ist. Er blickt durch einen hindurch, er spricht kein Wort. Einer, wie bestellt, aber nicht abgeholt. Könnte ein Sommerlochwitz sein, sagt der Moderator zu den Neun-Uhr-Nachrichten. In diesem Sommer gab es nicht viel zu lachen, vor allem nicht für Damian. Er hält die Packung Cornflakes in der Hand und weiß, dass das kein Spaß ist. Unangetastet hinterlässt er sein Müsli, kramt nach seinem Autoschlüssel und stolpert auf die Straße. Mal wieder stellt er dem Kioskbesitzer sein Schild auf, das auf die Straße, auf sein Gesicht gefallen ist. Mit erhobenen Armen ruft der Bärtige, Hast du schon gehört? An Tagen wie diesen kann man nicht oft genug die Straßenseite wechseln. Nachdem er schnell getankt hat, nähert sich Damian ein paar Fernfahrern, die sich um ein Radio versammelt haben, als schon die nächste Eilmeldung hereinkommt: Die Beamten gehen mittlerweile davon aus, dass der Mann verwirrt ist. Verirrt, sagen die Frauen, die vor ihm in der Schlange an der Kasse diskutieren. Was den wohl in die Stadt getrieben hat? Sie ziehen die Schultern zu den Ohren, sie behalten ihre Schultern dort. Anderswo werden Menschen wie der mit einem Störsignal von den Innenstädten ferngehalten. Drei Stunden nachdem sich der Mann ohne Regung auf den Bahnhofsvorplatz gestellt hat, trägt er schon sieben verschiedene Bezeichnungen, aber keiner kennt seinen Namen. Verwunderlich, in einer Stadt der Form und Größe, in der man sich statistisch gesehen mindestens einmal über den Weg gelaufen sein muss. In der sich mit Stolz sagen lässt, dass man hier noch aufeinander schaut, mehr aufeinander blickt, als Damian manchmal aushalten möchte.

Ob er will oder nicht, an diesem Morgen marschiert der Mann ohne Stimme und Regung in sein Leben. Natürlich ist es Damians Job, seine Geschichte herauszufinden.

Die Tram kriecht über den Bahnhofsvorplatz. Sie trennt die Fußgängerzone von der Straße, und die Straße trennt das Geschehen vom Bahnhof mit den üblichen Läden. McDonald's, Deutsche Bank, Bäcker. Mit einem Piepen bleibt die Bahn stehen, die Türen schwingen auf. Sobald die Menschen auf diesem Platz stehen, hängen sie an einer Blickrichtung fest, hängen an einem chronischen Hunger, der sie von A nach B schleust. Sie ziehen ihre hektischen Schatten mit sich. Mittendrin: ein Schatten, der gar nichts tut. Spätestens, wenn sie die Straße überqueren, bleibt ihr Blick an dem Mann haften. Sie können gar nicht anders. Die Neugierde verlangsamt die Menschen auf dem Bahnhofsvorplatz, zurrt sie zusammen zu Grüppchen, in denen sie tuscheln. Sie sind abgekommen von dem Weg zur Arbeit. Es scheint ihnen gemeinsam egal zu sein.

Der junge Mann steht wohlbalanciert auf beiden Beinen. Sein Schatten wirft eine Pfütze auf die säuberlich angeordneten Pflastersteine. Die Arme hält er dicht am Körper, die Hände in den Hosentaschen vergraben. Als würde er seit langer Zeit auf jemanden warten, als hätte er sich dabei vergessen. Ein Mädchen rollt mit seinem Laufrad auf den stillstehenden Mann zu, den Mund geöffnet, der Vater versucht, sie weiterzuschieben.

Alles gut?, fragt er und bleibt stehen. Alles gut, sagt er wie zu einer Statue.

Warum stehst du denn da, fragt ein Mann, der sich dazustellt.

Wenn ich mich kurz einklinken darf, ich glaube, der da, der spricht nicht.

Denken Sie, ich bin dumm, ich hab schon gemerkt, dass er nicht spricht.

Tsss, macht eine alte Frau und humpelt vorbei.

Was geht hier vor? Damian hätte sich gern vor den jungen Mann gestellt und gefragt. Aber dafür hätte er ein anderer Typus Mensch sein müssen.

Einander Unbekannte heben synchron die Schultern, sie tauschen ratlose Blicke aus. Bevor ihre Blicke Damian treffen können, ist er schon im Treppenhaus, und die Dunkelheit verhüllt seine zitternden Hände. Von ganz oben, auf dem Dach, sind die Menschen immerhin besser zu ertragen. Ein Schritt, ein zweiter, dann ragt Damians Lederschuh über die Dachkante, rollt einen Kieselstein mit, der leise fällt und irgendwo auf dem Platz aufprallen wird, aber den Stein wird niemand sehen und hören. Diese Menschen, sie haben die Köpfe aus den Fenstern gereckt, als wäre Karneval: lichte Hinterköpfe auf den Balkonen, schwingende Zöpfe unter ihm, Kinder mit nackten Zeigefingern. Leute richten ihre Telefone auf den Mann, posieren vor ihm, endlich gibt es etwas zu kommentieren. Und ihre Geräusche wehen zu Damian hinauf. Das Kichern. Das Rumoren. Das Streiten. Das Wundern. Das Leben. Aus einem Grund, den er sich nicht logisch herleiten kann, brennen seine Augen. Damian krallt sich an das kühle Geländer. Nur eine marode Schraube, und er würde über die Dachkante segeln, vorbei an den Menschen. Und nicht einmal ihn würden sie beachten. Noch etwas, das er an den Menschen hasst: dass sie immer nur nach unten, nie nach oben schauen.

Damian umklammert das Geländer und dreht sich um. Knirschender Kies auf der Dachpappe. Schritte, die sich zügig nähern, dann Stille. Langsam, als würde er auf Eisschollen laufen, kommt ihm ein Mann entgegen, er trägt einen Kübel in der Hand. Nicht, flüstert er. Damian lacht, oder glaubt zu lachen, sein Lachen klingt wie der Schrei eines Frischgeborenen. Sie denken doch nicht? Er wedelt mit seinem schwarzen Notizbuch in seine Richtung. Nein, nein. Keine Sorge. Ich wollte nur. Die Tür war offen, ich bin Reporter für den Tagesanzeiger, ich möchte nur ein Foto von hier oben machen. Ich wollte mir nur einen Überblick verschaffen. Überblick, Damian hält das Wort fest, als könnte er es noch an anderer Stelle gebrauchen.

Zum Glück, noch keiner da. Durch die knarzende Glastür und quer durch den Redaktionssaal steuert Damian auf den Platz hinten rechts in der Ecke zu und markiert den Stuhl mit seiner abgewetzten Laptoptasche und dem Geruch seiner ungewaschenen Haare. Unten heult eine Sirene. Haben sie ihn mitgenommen? Aber der junge Mann steht da noch, belagert von Neugierigen, sein Schatten hat ihn umrundet. Damian haucht seinen faden Atem gegen das Glas.

Auf dem Mitarbeiterklo putzt er sich die Zähne. Sein Blick tastet die Schatten in seinem Gesicht ab, unter den Augen, um die Nase, zwischen den Falten und hoch über der Stirn, wo er die Müdigkeit verortet, als die Tür aufgeht.

Nowak! So früh schon hier auf Deck. Im Spiegel erscheint Bernd, seine dicken Finger auf Damians Rücken. Das wird ein Rekordsommertag heute, sagt Bernd und macht sich an seinem Reißverschluss zu schaffen, was ihn hoffentlich davon ablenken wird, noch etwas Belangloseres zu sagen. Damian taucht sein Gesicht in kaltes Wasser.

Die Tagesausgabe hat es prophezeit. Es soll einer dieser Tage werden, an denen normale Menschen um Punkt siebzehn Uhr aus der Arbeit flüchten, die Kinder ins Freibad bringen und Pommes rot-weiß essen. Ein Tag, an dem es schnell gehen muss mit den Geschichten. Aber Damian interessiert sich nicht für Freibad, Pommes rot-weiß. Ihn interessiert eher die Frage, wie es im Erdinneren aussieht, ausgeklügelte Vogelformationen vor makellosen Wolken, die knisternden Neonröhren, wenn die Kollegen endlich aus dem Gebäude stürmen und ihre Schritte auf der Feuertreppe nachhallen. Erst wenn ihm allein die Ruhe in der Redaktion gehört, streift Damian die Schuhe ab und beginnt seine Arbeit. Mit dem Cuttermesser seziert er die Zeitung und ordnet die Schnipsel in seinem Register. Seine Vorliebe gilt den Phrasen und Klischees.

Vor exakt zwei Rekordsommern hat sich Damian einfach getraut. Er griff in das Register und schrieb seinen ersten eigenen Text. Er, von dem die Lehrer gesagt hatten, er sollte an seinem Bleistift lieber kauen, anstatt damit zu schreiben. Der trotzdem IT-Mitarbeiter geworden war, keiner, dessen Bild man auf einer Website finden konnte, aber einer, der immer einfache Lösungen für scheinbar komplexe Probleme fand. *Nichts geht mehr. Jetzt ist alles abgestürzt. Totalausfall. Herr Nowak. Sie müssen mich retten.*

Das erste Mal erinnerten sich Menschen an seinen Namen. An Tagen, an denen er seine Kollegen mochte, brachte er all ihre Rechner gleichzeitig zum Abstürzen.

Sie fluchten, sie rieben sich die Stirn, die Bürostühle knarzten, sie trafen sich alle auf der Feuertreppe und rauchten. Vom Erdgeschoss aus konnte er hören, was sie beschäftigte, er lernte daraus, er schrieb es auf.

Dem Chefredakteur Joachim Kruse gefielen seine Texte. Ein paar Monate später rollte Damian seine Register in die Redaktionsetage. Von hier oben aus war diese Stadt endlich geordnet: rechte Winkel, perfekte Linien, Sätze und Worte, Einsen und Nullen, Licht und Schatten, die Bösen und die Guten. Alles, was Damian zum Redakteur-Sein brauchte, war es, diese Regeln aus den Handbüchern des Journalismus zu kennen, so einfach, und so einfach schrieb er in seine Signatur: Redakteur für besondere Angelegenheiten.

Die Kollegen im Radius seines Schreibtisches heißen Bernd, Müller, Tobi, Uwe, der Dirrmann. Manchmal sind sie per Du, manchmal per Sie, je nachdem, ob sie sich auch später zum Feierabendbier treffen. Aber ihn vermisst niemand beim Feierabendbier, niemand ist ihm jemals böse. Niemand schafft es jemals, ihm eine Frage zu stellen, ohne in einer Gegenfrage gefangen zu werden. Für diese Leute bleibt er immer nur: der Nowak. Der, der immer an der gleichen Stelle sitzt und nichts zu sagen hat. Stühlerücken vor der Toilettentür. Damian wischt sich die Hände an der Hose ab. Den Blick gesenkt, vorbei an den Jungjournalisten mit diesen Red-Bull-Augen schon morgens. Wie sie über ihre Laptops wischen, wie Musiker kurz vor der Orchesterprobe. Wie Klavierdeckel klappen sie ihre MacBooks auf. Wiegen sich vor und zurück und hacken Sätze in ihre Geräte. *Tak-tak-tak*. Der Takt, der Damian nicht schlafen lässt. Der tägliche Wettkampf der Geschichten über Tote, Unfälle, Terroranschläge. Was in der Welt passiert. Oder besser, was auf achtzehn Recyclingpapierseiten, A3, passt. Tägliche Geschichtsschreibung, einen Tag später schon verbrannt als Grillanzünder.

Das ist eine Geschichte. Das ist eine Geschichte. Das ist eine Geschichte, kritzelt Damian auf sein Notizblatt, immer wieder, bis es oben am *D* nachgibt, der Stift sich in seinen Oberschenkel bohrt. Er könnte genau jetzt auf diese Bühne stürmen und schreien: *Das* ist eine Geschichte! Schaut doch mal aus dem Fenster, was hier passiert. Damian lehnt sich nach vorn. Er reibt die Hände an seiner Hose. Er müsste den Satz nur ablesen wie ein Grundschüler. Diese Kopf-Zungen-Diskrepanz lässt es nicht zu. Los, fragt doch endlich. Bitte. Einen Moment ist es still, nur das Rattern der Deckenventilatoren.

Dann landet Kruses Blick auf ihm: Und, Nowak, haben Sie noch was für uns?

Er würgt den Satz in den Redaktionsraum: Das ist eine Geschichte. Damian steht auf. Der da unten, haben Sie das mitbekommen? Hinter seinem rotierenden Zeitungsfächer sagt einer der Jungredakteure: Kaum möglich, das nicht mitbekommen zu haben, oder?

Der steht da doch nur?

Damian schluckt und blickt in trostlose Gesichter: Aber genau darum geht es! Ich habe vom Dach schon zwei Ausbrüche beobachtet. Handgreiflichkeiten. Laute Auseinandersetzungen, von wegen, was will der da. Die McDonald's-Angestellte hat dem Stillstehenden auf dem Platz eine gescheuert.

Und?

Er hat sich trotzdem nicht bewegt, sagt Damian.

Nicht sonderbarer als jede andere psychische Krankheit.

Wer sagt, dass der Mann psychisch krank ist?

Aber normal ist das auch nicht.

Und was ist normal?

Kruse hebt die Augenbrauen wie Flügel. Wir können nicht über jeden Typen schreiben, der einfach stehen bleibt. Wer möchte das denn lesen?

Damit hat Damian gerechnet. Er schielt auf sein Notizbuch: Möchten wir Nachrichten verbreiten, die die Leser haben wollen, oder das, was wichtig ist, was wirklich zählt?, liest er ab, dann sieht er dem Chefredakteur tatsächlich in die Augen.

Und was halten wir für wichtig? Kruse hebt den Kopf.

In einem Text zu hinterfragen, warum der Typ die Stadt verrückt macht, nur weil er nichts tut. Die Worte kratzen in Damians Hals, er räuspert sich in die Stille. Kruse blickt zur Wanduhr und nuschelt, na ja, vielleicht eine Sommerlochgeschichte. Pass auf, in einem Sommerloch ist Platz für einen Meteoriteneinschlag, hat Kruse vor zwei Jahren gesagt, als er seinen ersten Text schrieb. Und Damian erinnert sich nicht, ob es ein Witz war oder nicht.

Hendrika

Hendrikas Hand liegt schwer auf der goldenen Klinke. Sie horcht in die Stille hinter der Wohnungstür. Sie ist es schon gewohnt: einatmen mit der Lunge eines Wals, ausatmen – und zögern. Sie ist längst kein Kind mehr, sie ist eine, die selbst schon hätte drei Kinder gebären können. Eine gestandene Frau, die ihr Leben ganz gut hinbekommt, auch wenn alles zwar nicht mittendrin, aber jetzt so ab der zweiten Hälfte des Lebens Sinn ergeben hat, dass dieses Leben halbwegs glücklich ist, verstehst du das, Mutter? Viel schneller, als sie zurücktreten kann, öffnet ihre Mutter die Tür. Ihre Haut schimmert, als könnte sie jeden Moment reißen.

Hier, für dich, sagt Hendrika statt Hallo und hält ihr den Bonsaibaum entgegen. Den üppigsten, den sie je gezogen hat. Ihre Mutter nickt, blickt an ihr vorbei auf die Straße. Sie zwinkert mit elegant verklebten Wimpern. Sie sagt, in Ordnung, mehr zur Straße als zu Hendrika. Ihre Pantoffeln schlurfen durch den Gang. Es ist dunkel und warm.

Die Besuche sind wie ein Job, für den sie sich niemals beworben hat, von dem sie sich niemals krankmelden könnte. Wäre sie nicht, würde ihre Mutter unbemerkt auf ihrem Sessel verenden. Es gibt wirklich niemanden auf der Welt, den diese alte Frau etwas kümmert. Keine Nachbarn, Verwandte sowieso nicht, nicht einmal den Postboten. Fast eine Burn-out-Garantie, diese einzige Person zu sein. Wenn die normalen Menschen mit ihren Wochenenden beschäftigt sind, rafft Hendrika sich auf. Sie kämpft sich hinauf zur S-Bahn, sie läuft wie gegen Wind. Sie lässt sich auf die Sitzbank fallen und beobachtet, wie die leeren Bierflaschen bei jedem Beschleunigen und Halten durch den Wagen rasseln, während die Bahn alle Milieus dieser Stadt kreuzt. Ein Leichtes, irgendwo anders auszusteigen, wo die Menschen mittellos und erwartungslos sind. Nicht wie an der Endstation, wo sich sogar die Vögel mit dem Zwitschern zurückhalten. Wo sich die Wälder allmählich in poröse Straßen fressen, die in Sackgassen enden. Wo sich Villa an Villa reiht und ihr pompöses Mauerwerk Richtung Straße reckt, drinnen aber schimmelt. Die Leute, die vom Leben nur noch Schreckliches erwarten, haben sich verbarrikadiert vor dem Rest der Stadt. Und am Ende der Straße hat sich ihre Mutter in ihre Festung zurückgezogen. Fünfundzwanzig Treppenstufen zählt Hendrika, bis sie wie immer vor der mit Eisengitter verstärkten Eingangstür kapituliert. Immerhin: Nach Mann und Haus und Kindern fragt ihre Mutter sie zum Glück schon lange nicht mehr.

Sie reicht ihr den Kleiderbügel, kneift die Augen zusammen, ihre Arme wirken unendlich schwer. Wie immer geht sie voraus. Eine Mischung aus Laufen und Fallen, und immer wieder bleibt sie stehen. Ein Furz entweicht ihr, einer Lady wie ihr. Sie zuckt zusammen, als könnte sie das Geräusch per Gedankenkraft ungeschehen machen, und wankt weiter, vorbei am Wohnzimmer mit dem staubigen Sofa, auf dem niemals jemand sitzen durfte, außer auserwählte Gäste. Aber die auserwählten Gäste sind in den letzten Jahren einer nach dem anderen gestorben. Staubkörner tanzen durch den Raum, erleuchtet von einem Kronleuchter, der sich leise dreht. Schatten fließen über den Perserteppich und über die schweren Vorhänge, die immer zugezogen sind. Es gab mal einen schön angelegten Garten hinter der großen Fensterfront. Ein Wäldchen wie ein Gemälde, als der Vorhang noch offen war und der Gärtner noch nicht gefeuert. Bis die Mutter dachte, er beklaue sie. Jetzt liegt hinter dem Fenster eine verwilderte Wiese, die ihre Mutter aber nie sieht, sie sieht nur in den Fernseher. Unbeachtet säuselt er im Hintergrund wie ein genügsamer Gesprächspartner.

Ihre Mutter lässt sich rückwärts auf den Rollator plumpsen. Sie sagt, Du warst lange nicht da. Sie stößt sich mit den Füßen ab und rollt zum Esstisch. Hast du meine Anrufe nicht bekommen?

Ich bin umgezogen, sagt Hendrika, obwohl sie sich vorgenommen hat, sich für nichts und rein gar nichts zu entschuldigen. Sie verkündet: Ich habe einen neuen Job.

Ach? Ihre Mutter gießt Tee in die Tassen, es klirrt, als sie mit der Kanne den Rand trifft.

Hendrika setzt sich und zieht die Beine unter den Stuhl. Das Kleid spannt über ihren Knien, und sie legt ihre Hände dort hinein wie in eine Hängematte. Sie erzählt von der Arbeit im Café, den Pflanzen, die sie besorgt und auf der Fensterbank platziert. Jeden Tag neue. Von den Stecklingen, die nach etwas Zeit nur so wuchern. Sie erzählt, wie der Geruch von Gießwasser die Gäste anzieht, die gedankenverloren in der Topferde pulen, während sie an ihrem Kaffee nippen. Café oder Gärtnerei, von außen nicht mehr zu unterscheiden. Die Gäste kommen wegen beidem, und sie bleiben lange. Und manchmal, wenn jemand Hendrika nett anlächelt, nimmt sie sich einen Stuhl und setzt sich dazu und erzählt ihnen etwas über die Pflanzen, die sie umgeben. Neuerdings wartet sie, bis sie dazu aufgefordert wird. Dass ihre neue Therapeutin ihr dazu geraten habe, sagt sie nicht. Das macht mir Spaß, sagt Hendrika.

Spaß, wiederholt ihre Mutter und schließt die Augen, ob aus Schmerz oder Mangel an Vorstellungskraft. Dass sie andere Leute bedient, ausgerechnet Kaffee einschenkt, kränkt diese alte Dame.

Hendrika steht auf und reißt dabei die alberne Teetasse von der Untertasse, sie zerbricht auf dem Boden, der Teppich saugt sich voll. Entschuldige, sagt sie. Entschuldige. Ich muss auf die Toilette, als bräuchte sie noch immer die Erlaubnis für jegliche Körperfunktion, als gehöre dieser Körper immer noch der Mutter. Sie stapft über die zerbrochene Tasse hinweg durch den Gang, hört nicht mehr, was ihre Mutter sagt. Das ist das Gute an der Wut: Sie dämpft alle Geräusche. Hendrika sperrt die Tür ab und sucht das fliederfarben geflieste Bad nach etwas ab, das sie zerstören könnte, und weil sie nichts findet, schlägt sie sich mit der flachen Hand auf die

Wange. Erschrocken schnaubt sie in ihr Spiegelbild. Die Wut blickt zurück. Reiß dich zusammen. Lange wird sie nicht mehr leben.

Ihre Mutter hat den Bonsaibaum auf das Fensterbrett vor den geschlossenen Vorhang gestellt, wo er ohne Licht bald verenden wird. Sie steht dort wie eine Marionette, die von unsichtbaren Fäden gehalten wird und jeden Moment zusammenklappen könnte. Die Frau, von der man früher sagte: die Farmerin mit dem breiten Kreuz. Die Gummistiefel unter ihrem Kleid trug. Die verlebte Frau, die du auch bald sein wirst, denkt Hendrika. Stell dir die Jahre auf und schau zu, wie sie umfallen wie Dominosteine. So ist das nämlich mit dem Altern. Wenn es einmal losgeht, kann man es nicht aufhalten. Nur, wann beginnt das, und hat ihre Mutter nicht vielleicht recht: Ist bei ihr nicht schon alles zu spät?

Ihre Mutter wackelt ein paar Schritte in ihre Richtung, sie blickt präzise an Hendrika vorbei in den Fernseher, bleibt stehen, legt die Hand an die Wange, als wäre der Kopf plötzlich zu schwer für ihren Rücken.

Hendrika, ruft sie in den Raum, Hendrika, sieh dir das an. Ihr Gesicht wird hohl. Eine ganze Weile starrt sie wortlos in den Fernseher. Sie befeuchtet ihre Lippen: Die Terroristen sind bis hierher gekommen. Sie sagt es, als hätte sie schon sehr lange damit gerechnet. Die Nachrichten murmeln durch den Raum. Nur so viel versteht Hendrika: Ein Mann steht offenbar unbeweglich im Zentrum der Stadt. Er hat die Hände in den Hosentaschen vergraben. Man müsse davon ausgehen, dass er bewaffnet sei.

Ach Mutter. Du darfst nicht alles glauben, was die sagen. Auf keinen Fall wird sich Hendrika das anschauen. Ihre Mutter wird schon irgendwann zurückkommen, an ihrem Kamillentee nippen, ihre Nerven beruhigen. So war es immer, so wird es immer sein. Gefährder ist ein Wort, das sie immer wieder gehört hat. Ein Wort, das zeitgemäß scheint. Aber meistens ist es falscher Alarm. Verwirrte Jugendliche. Brauchen bloß Aufmerksamkeit. Hendrika kennt die wirklichen Gefährder. Männer in anderen Ländern, die in vollgestopften Minibussen sitzen und diesen wahnsinnigen Blick haben, denen man zutraut, jeden Moment die Gürtelbombe zu zünden. Die in Deutschland, die sind keine wirklichen Gefährder. Mutter, sagt Hendrika und winkt sie zu sich. Sie sollte das eigentlich wissen.

Ihre Mutter sagt, Sie haben die ganze Innenstadt gesperrt. Keiner ist mehr auf dem Bahnhofsvorplatz. Sieh doch, sie haben sich hinter Häusern versteckt. Mit einem Megafon sei ausgerufen worden, man solle sich nicht weiterbewegen. Beamte haben die Tram angehalten. Busfahrer stehen wartend in der Schneise vor dem Bahnhofsvorplatz. Hendrika seufzt, zuckt mit den Schultern und blickt durch den Raum, als würde sie ihrer Mutter dadurch begreiflich machen, dass sie in einer Festung mit dreifach gesichertem Türschloss wohnt, mit Fenstern aus Panzerglas in einem Villenviertel, und ihr ganzes Geld liegt auf einem Konto in der Schweiz.

Was soll denn irgendein Mensch von dir wollen? Auweia, hat sie das gerade wirklich gesagt?

Es gab keinen bestimmten Auslöser, keine akute Bedrohung. Schleichend hat es angefangen, dass ihre Mutter das Haus nicht mehr verlassen hat. Immer häufiger hat sie Menschen auf der Straße als potenzielle Gefahr gesehen. Seitdem bringt der Bofrost-Lieferant Fischstäbchen und Auflauf nach Hause. Nur durch den Türschlitz reicht ihre Mutter ihm den Geldschein. Was sich draußen in der Welt abspielt, weiß sie nur über die Nachrichten. Dass die S-Bahn ausgebaut wurde, dass es Problemviertel gibt, dass die Bahn diese Problemviertel mit ihrem Viertel verbindet. Dass die Menschen, die dort drüben wohnen, es auf ihr Geld abgesehen haben, das glaubt sie, weil sie es so gelesen hat. Sie hat einen Elektrozaun vor die Hecke bauen lassen mit einem Schild: *Betreten verboten. Lebensgefahr*. In Wirklichkeit herrscht drinnen Lebensgefahr. Aber das zu sagen, ginge wirklich zu weit.

Ihre Mutter wankt zum Esstisch, greift einen Haferkeks von einem goldenen Tablett und knabbert zaghaft daran: Ich hoffe, dass sie ihn schnell bekommen und einsperren. Sie blickt zu Boden und sieht erst auf, als Hendrika die Hand auf ihre legt. Ihre Haut ist faltig und kalt, die Hand einer Farmerin, die plötzlich vor Angst erstarrt ist wegen eines Mannes, der die Hände in den Hosentaschen vergraben hat. »Mutter«, wie fremd dieses Wort manchmal klingt.

Hendrika blickt in die blauen, verschwommenen Augen, die kaum noch etwas sehen. Dann zieht sie die Vorhänge auf. Sanftes Licht flutet den Raum. Sie nimmt die Fernbedienung vom Sessel und schaltet das Gerät auf lautlos. Schluss jetzt. Nur kurz wirft sie einen Blick auf den Fernseher. Stumm rennen Menschen durch das Bild, sie scheinen zu flüchten. Die Kamera zeigt den Bahnhofsvorplatz menschenleer. Nur ein Punkt darin. Ein Mensch. Mit einem Ruck, den sie ihrer Mutter nicht zugetraut hat, erhebt sie sich und geht zum Fernseher. Manchmal, wenn sie eine Serie, einen Film oder die Nachrichten sieht, muss sie aufstehen und sich direkt davorstellen, um besser zu sehen. Ihr schlaffer Körper nimmt Hendrika die Sicht. An ihrer Hüfte vorbei sieht Hendrika, wie die Kamera immer weiter auf den Menschen in der Mitte zoomt. Schnitt. Menschen hinter Schaufenstern. Menschen auf Balkonen. Menschen mit diesem Blick: ängstlich und neugierig. Schnitt. Die Silhouette eines Mannes. Die Kleidung: blau, nicht unordentlich. Seine Statur: nicht groß, nicht klein, gewöhnlich. Die Kamera wackelt, geht in einer Entfernung um die Person herum. Offenbart: einen Hinterkopf, dunkle Haare in einem Gesicht. Magere Schultern, aufrecht und bescheiden, könnte man sagen. Und der soll gefährlich sein? Hendrika sieht ihre Mutter an, dann wieder in den Fernseher, nippt an ihrem Tee, die Kamera zoomt auf das Gesicht, dunkle Augen, wache Augen, Augen, die sich nicht beeindrucken oder ablenken lassen. Da stockt Hendrika der Atem. Sie spuckt den Tee zurück in die Tasse.

O mein Gott.

Sag ich doch, das ist ein Gefährder, sagt ihre Mutter, ohne sich umzudrehen.

Nein, sagt Hendrika. Das ist mein Junge.

Demonstrativ schaut sie auf ihre Armbanduhr. Obwohl sie noch nicht einmal fünfundvierzig Minuten zu Besuch ist, sagt sie: Ich muss los. Es war sehr schön, Mutter, mach dir nicht so viele Sorgen. Alles ist gut, sagt sie und hofft, dass sie bei Arda ist, bevor etwas wirklich Schlimmes passiert. Sie reißt ihre Jacke von der Garderobe und lässt die Mutter vor dem Fernseher von einem auf das andere Bein pendeln, vielleicht wird sie einstürzen wie ein Turm, aber darum kann sich Hendrika nicht mehr kümmern.

Viel zu langsam rattert die Bahn in Richtung Innenstadt, wo die Kamerateams schon mit ihren Sendewagen stehen und auf ihren Jungen halten. Sie verstören Arda doch noch mehr. Was soll sie tun? Wäre typisch für sie, auf den Platz zu marschieren. Sie würden sich das Maul zerreißen, Wer ist die fette Alte auf dem Platz, die sich da wichtig macht? Wenn Arda also zurück in der Stadt war, würde er sich blicken lassen?

Hendrika kaut auf ihren Fingernägeln herum, inspiziert die trockene Haut um ihren Daumennagel, knabbert, beißt ein Stück ab. Als die Tür das nächste Mal aufschwingt, springt sie aus der Bahn, läuft aufs andere Gleis, nimmt den Zug zurück. Die Antwort liegt zwischen der Endstation und dem Zentrum der Aufmerksamkeit.

Johanna

Da bist du also. Wie lange hat sich Johanna gewünscht, diesen Satz zu sagen. Sie bahnt sich einen Weg durch die schwitzenden Menschen, das Gewühl der Neugierigen, das sich am Seitenausgang von Galeria Kaufhof gebildet hat. Schlängelt sich vorbei an Köpfen, die sich von rechts nach links recken, obwohl sich Joshua seit Stunden keinen Meter bewegt hat, vorbei an störrischen Ellenbogen. Johanna hält die Luft an, oh Pardon, streift einen Rücken, einen zornigen Blick, dann steht sie ganz vorn. In ihrer Brust hämmert ein Kaninchenherz.

Sie haben den Platz mit Flatterband abgesperrt. Mit verschränkten Armen posiert ein Uniformierter dahinter. Er ist offensichtlich nicht da, um Joshua vor den Neugierigen zu beschützen. Er soll die Menschen vor Joshua schützen. Breitbeinig, mit antrainierter Überheblichkeit, aber sein Gesichtsausdruck verrät: Er sieht das Publikum vor sich gar nicht. Er horcht in Wirklichkeit nach hinten, auf den Platz, wo die größtmögliche Ruhe herrscht. Die größtmögliche Ruhe kann unglaublich laut sein.

Johanna sagt, Entschuldigung. Sie stellt sich auf die Zehenspitzen und ruft: Entschuldigung! Erst dann brummt der Polizist. Sie versucht, seinem Blick standzuhalten. Sein Funkgerät knattert. Er dreht sich um, spricht in abgehackten Sätzen, er hält die Hände wie eine Schale um seine Worte, als würde er in eine Muschel sprechen. Johanna hat keine Zeit, die Konsequenzen durchzuspielen. Sie huscht unter dem Flatterband hindurch. Zum Glück sind die Leute abgelenkt, von Joshua und von der Angst, etwas zu verpassen. Keiner bemerkt, wie sie sich im Schatten der Gebäude von hinten anschleicht. Sie stoppt erst, als sie den Rums hört. Ein Geräusch, das schmerzt. Der Rums der Polizeiwagen, der bedeutet, jetzt kommen die Knüppel und die Pfeffersprays, die Tränen, die nicht aufhören. Der Rums bedeutet, Zeit für eine Entscheidung: Entweder du bringst dich in Sicherheit oder du bleibst, und es wird ungemütlich. Danach werdet ihr in den Bars sitzen und erzählen, was ihr erlebt, wie ihr euch widersetzt habt. Aber in diesen Runden war Johanna nie.

Joshua, weißt du, auf was du dich da einlässt?

Ein paar Uniformierte kriechen aus dem Wagen und wischen sich den Schweiß von ihren ratlosen Gesichtern. Die Mittagshitze hat sich vor den Gebäuden aufgetürmt. Johanna umrundet den Platz, bis sie gegenüber von Joshua steht. Sie sinkt in die Hocke und schirmt die Sonne mit ihren Händen ab. Nur wenige Schritte, dann könnte sie vor Joshua stehen, endlich wieder vor Joshua stehen. Er sieht mager aus, aber er trägt sein Kinn erhoben, ein gutes Zeichen, und die Hände hat er stoisch in seinen Hosentaschen vergraben.

Ausgerechnet Joshuas Hände sollen ihn gefährlich machen. Joshua, der behauptet, Hände seien viel intimer als Augen. Augenfarbe festgehalten in einem Pass, kein Gespräch ohne einen Blick in die Augen. Welche Lügen erzählen Augen, die Handinnenflächen verbergen? Deine ganze Biografie, eingraviert in ein Muster, hast du schon mal versucht, die Linien in deinen Handflächen zu zählen? Wenn Joshua hören könnte, wie die Nachrichten seine Augen kommentieren, seinen Blick nennen sie intensiv. Er kneift nicht mal die Augen zusammen, obwohl die Sonne ihn bestimmt blendet.

Die Beamten setzen sich langsam in Bewegung, unter ihren Uniformen muss der Schweiß kondensieren. Sie formieren sich an allen Enden des Platzes, sie ziehen sich die Helme über den Kopf und klappen das Visier herunter. Die Tram fährt vor, die Türen schwingen auf, keiner steigt aus, alle glotzen, keiner steigt ein, die Türen fallen zu, die Tram quietscht weiter. Da bemerkt Johanna, dass sie die Luft angehalten hat.

Einer der Uniformierten hält ein Megafon in der Hand, er klopft dagegen, es knistert: Ich fordere Sie auf, Ihre Waffe auf den Boden zu legen. Ich werde jetzt bis zehn zählen, danach entfernen wir Sie von diesem Platz.

Ein Rumoren geht durch die Menge, das Flatterband wackelt. Da waren es nur noch halb so viele.

Eins-zwei-drei. Joshua blinzelt nicht einmal. Er und sein Schatten sind jetzt allein auf dem Platz.

Der Uniformierte zählt: vier-fünf-sechs. Die Teenager haben sich im McDonald's verschanzt, ihre Fettfinger kleben an der Fensterfront. Sie diskutieren, was das Zeug hält, aber warum dort, warum nicht hier draußen? Sorgt ihr euch denn überhaupt nicht? Die können doch Joshua jetzt nicht hier wegknüppeln. Auf welcher Grundlage bitte? Und wenn sie einfach dazwischenginge? Würde irgendjemand sie ernst nehmen? Unmöglich.

Sieben-acht-neun, zählt der Uniformierte und sagt, ohne sich noch einmal umzusehen: zehn. Die Beamten ziehen sich synchron ihre Handschuhe an. Sie warten einen kurzen Moment, als würden sie fotografiert. Dann traben sie los, überqueren die Grünfläche, zertreten Primeln, ihre Knieschoner spreizen und dehnen sich. Sie nähern sich Joshua von hinten. Aber er rührt sich immer noch nicht, kein Zucken, schwer zu erkennen, ob er überhaupt atmet.

Der Erste, der ihn erreicht, schwingt seinen Arm um Joshuas Hals. Er rammt ihm ein Knie in den Rücken. Joshua sackt auf den Boden. Der Uniformierte dreht ihm die Arme auf den Rücken. Joshuas Haare breiten sich auf den Boden, seine Wange liegt auf dem Asphalt, er kneift die Augen zusammen. Johanna fasst sich an den Mund, ein Kind schreit. Der Uniformierte sagt etwas in Joshuas Ohr. Ein anderer betastet seine Hüften. Aus den Hosentaschen ziehen sie zwei Socken: rot und gelb. Und die Verblüffung ist von besonderer Stille.

Da brennt etwas in Johanna durch. Von Weitem ruft sie: Was soll das? Wer hätte gedacht, dass eine solche Stimme aus ihr kommt. Sie stapft auf den Beamten zu. Wenn sie könnte, würde sie ihn an seinen blonden Haaren zu Boden reißen. Der Beamte hebt den Kopf, sieht das Versäumnis, diese weitere Passantin nicht von dem abgesperrten Platz entfernt zu haben. Jetzt spürt Johanna auch die Blicke der Gaffer im Rücken, von der Seite, von oben, von überall hört sie das Tuscheln, es hat sie eingekreist. Aber warum nicht? Diese Rage ist neu und schon ganz okay. Johanna spannt ihre Schulterblätter, sie wächst ein paar Zentimeter, so wie sie es beim Tanzen gelernt hat, ein bisschen aufrechter, so baut sie sich direkt vor dem knienden Beamten auf, ihr Schatten fällt auf sein Gesicht.

Ich bin Juristin, sagt sie, dieses Mal etwas gefasster. Ich habe das Ganze beobachtet, und das, was hier vorgefallen ist, wird strafrechtliche Konsequenzen für Sie haben. Der Beamte lässt Joshuas Arme los, er steht auf, sein Blick streift ihre nackten Beine unter den Shorts, das Zebrashirt, das sie ausgerechnet heute anhat, er kann sich keinen Reim auf sie machen, aber er sieht die Menschenmenge hinter ihr, die Handys auf ihn gezielt. Da hat Johanna schon losgelegt. Sie spricht von Bürgerrechten und Menschenrechten, die würden hier mit Füßen getreten. Mit den Handkanten schlägt sie Linien in die heiße Luft.

Wortwörtlich, sagt eine Frau. Misshandelt, ruft einer. Und das in einer Demokratie!

Aber der hätte doch.

Hätte was?

Die Menschen brüllen sich an, sie übernehmen tatsächlich Johannas Worte, sie bekommen kaum mit, wie der Beamte sich zu seinem Kollegen dreht, kurzes Getuschel, sein Kollege muss weitermachen. Wortlos klemmt sich der Uniformierte das Handy zwischen Ohr und Schulter, während er seine Handschuhe abstreift, mit einer Präzision, die Minuten verlangt. Immerhin keine Knie mehr, die Joshuas Rücken durchbiegen.

Ein weißer Fiat rollt über den Platz und hält im Parkverbot. Aus dem Kleinwagen schälen sich eine Frau und ein Mann. Ein Beamter drängt Johanna zur Seite: Bitte, liebes Fräulein, können Sie sich ein paar Schritte entfernen, wir müssen hier unsere Arbeit machen. Sie tut ihm den Gefallen. In einem Kreis stehen die Beamten mit den zwei Personen aus dem Kleinwagen. Outdoorjacken und Uniformen, sie tauschen angestrengt Blicke aus. Unmöglich zu verstehen, was sie besprechen. Die Frau ist zu Joshua gegangen, berührt seine Schulter, sie entknotet seine Arme, langsam und bedacht. Der Mann greift Joshua unter die Achseln und hilft ihm hoch. Er muss einen Schritt machen, dann ist er wieder auf den Beinen. Er steht dort anders, als Johanna erwartet hätte, er steht sicher wie eine Statue.

Sie haken sich links und rechts ein, und Joshua läuft mit. Der kann sich ja doch bewegen, schreit einer der Neugierigen hinter dem Flatterband. Mit kleinen, zügigen Schritten führen sie Joshua zum Auto.

Und jetzt, wie hast du dir das vorgestellt? Soll ich einfach mit meinem Tag weitermachen? Und dann so: Na, wie geht's. Ach, ganz gut. Und hast du auch den Verrückten in der Innenstadt gesehen? Jaja, das war schon eine Sache. Aber noch mal alles gut gegangen, oder? Ja, wirklich?

Johanna folgt den Sozialarbeitern zögerlich, als sie den Mann sieht. Auch er hat es irgendwie auf den Platz geschafft und anscheinend keine Aufmerksamkeit auf sich gezogen. Er versteckt sich hinter seinem Notizbuch. Als er merkt, dass Johanna ihn ansieht, dreht er sich weg, läuft fort, wird langsamer, zögert, dreht sich um. Ein Blick wie von einem Fuchs in der Stadt.

Alles okay, sagt sie.

Ja, sagt der Mann, obwohl das keine Frage war. Ich bin Journalist. Seine aschblonden Haare sind über der Stirn verklebt. Er wirkt verfroren, obwohl es heiß ist. Er sagt, Ich würde gern wissen, wer der junge Mann ist.

Na, da hätten Sie etwas früher mit dem jungen Mann sprechen können, oder?

Der Reporter spitzt die Lippen zu einer Frage. Er schlägt sein Notizbuch auf und öffnet mit seinem schmallippigen Mund die Stiftkappe: Sie sind Juristin, wie würden Sie das bewerten? Also, wie können Sie das einordnen, diesen Gewaltakt, ohne einen konkreten Tatverdacht? Er schafft es nicht, Johanna dabei anzusehen. Er fragt, Ist Ihnen dieser Fall bekannt?

Dieser Fall ist ein Symptom, keine Ursache, sagt Johanna. Vielleicht braucht einer wie der solche kryptischen Antworten. Und was heißt hier »Fall«? Es geht um einen Menschen. Der Reporter hat aufgehört mitzuschreiben.

Ist der junge Mann schon vorher auffällig gewesen, gab es Vorstrafen?, fragt der Reporter. Wer ist der?

Wer sagt, dass wir es hier mit einem Mann zu tun

haben? Und was heißt jung?, sagt Johanna. Denk mal in deinem Redaktionsturm darüber nach, dass die Welt nicht so einfach ist. Es überrascht sie, dass sie dann doch sagt: Nein, niemand kennt den.

Weißt du noch, Joshua? Wie wir damals auf deinem Teppich lagen, in dieser für einen Achtzehnjährigen viel zu eingerichteten Wohnung, die dir das Jugendamt gestellt hat. Wir waren wie betrunken von dem Gefühl, gerade an der Schwelle zu stehen zu dem erwachsenen Leben, das endlich losgehen sollte. Wir haben mit den Händen Spaghetti aus dem Topf gefischt und unsere Gesichter mit Tomatensoße bespritzt. Ich habe dich mit einer Spaghetti auf dem Kopf gefragt: Und, was willst du werden? Ich war mir da nie so sicher.

Na alles, hast du gesagt. Ich werde alles gleichzeitig.

Das hätte sie dem Reporter auf die Frage: Wer ist der?, antworten können. Aber der Reporter war schon weg.

Amiand

Am Bordstein würgt Damian den Motor ab, kurbelt das Fenster herunter und lässt seinen Blick über das rostrote Gelände schweifen. Ein Park ohne Bäume, weiße Balkone ohne Menschen und ein Springbrunnen ohne Wasser. Und immer dieses Abheben und Senken der Schranke. *Surrr. Klink.* Ein Surren, wie wenn ein kleines Flugzeug abhebt. So zumindest hat er sich als Kind das Geräusch von Flugzeugen vorgestellt, obwohl an Wegfliegen nie zu denken war. Autos stoppen in der Parkschneise, laden Menschen ein und aus wie Ware. Patientenbetten säuseln über das Pflaster, durchbrechen die leise Ruhelosigkeit. Damian kann den Autoschlüssel nicht loslassen. Erinnerungen sind heikel wie Kindergemälde. Ist es wirklich dieselbe Psychiatrie wie damals?

Er stellt sich den jungen Mann vor, den sie da nach oben gehievt haben, wie er in einem noch frisch riechenden weißen Leinenanzug in seinem Zimmer liegen wird. Er kennt den Geruch dieser immer gleichen Stille, die Anzüge, die sich langsam verfärben, vor Schmerz und Scheiße und Scham. Warum muss seine Recherche ihn ausrechnet wieder an Orte wie diese führen? Mit dem Handrücken wischt sich Damian den Schweiß von der Stirn. Wie ein stummer Begleiter liegt sein Laptop auf dem Beifahrersitz.

Damian blickt in den Rückspiegel, sein Spiegelbild versichert ihm, dass er wirklich hierhergefahren ist. Vielleicht ist er nicht der geborene Investigativ-Journalist. Aber es könnte ihm zumindest helfen, dass er früher in Kliniken ein und aus ging wie andere Kinder in Vergnügungsparks.

Damian lehnt sich aus dem Autofenster. Gedanklich legt er die Schablone seiner Erinnerung auf die Kulisse: Es war derselbe Park, durch den er mit seiner Mutter lief und sich wünschte, sie würden Hand in Hand gehen, weil es ein Gesetz ist, dass Kinder und Eltern das tun, wie es ein Gesetz ist, dass Türen Griffe haben. Hier hatten die Türen keine Griffe. Es ist wie ein Logikfehler in einem Film, der sich in Damians Kopf abspielt, wenn er sich erinnert.

Er war vier oder fünf, vielleicht auch sechs Jahre alt. Auf Kopfhöhe hätte sich der Türgriff befinden müssen. Er wollte nur die Klinke drücken und abhauen, aus dem Doppelzimmer Nummer B35, in dem es verschwitzt roch, nach seiner Mutter in aufgewühlten Bettlaken. Nur raus in den Garten, zur Schaukel, die schon einladend im Wind pendelte. Zielstrebig lief er zur Tür und fasste ins Leere. Da war keine Klinke, kein Griff, kein Halt, nur eine Plastikoberfläche mit zwei kleinen Löchern, wie Augen in Totenköpfen. Nur die Betreuerinnen konnten die Tür von der anderen Seite öffnen.

Und noch eine Szene in seinem Erinnerungskabinett: Wie seine Mutter sechzehn Stunden lang schlief, wie er neben ihr lag und glaubte, sie würde nie wieder aufwachen. Die netten Frauen hatten ihr die Hände auf dem Bauch gefaltet wie bei den Toten, die man in Särge packt. Ein Speichelbächlein lief über ihre Mundwinkel auf das Bett. Wenn sie sich dann doch drehte, lagen ihr die Haare strähnig im Gesicht. Und weil Damian wusste, wie eitel sie mit ihren langen Haaren war, sammelte er Strähne für Strähne von ihrer warmen Stirn, zählte sie und fächerte sie neben ihrem Kopf auf, damit sie schön aussah. Insgeheim hoffte er, dass sie davon aufwachen würde. Aber nichts. Die Tür ging auf, die Tür ging zu, die Sonne ging auf, die Sonne ging unter. Und plötzlich blinzelte seine Mutter, starrte aus dem Fenster in den Himmel und sagte nur eines, leise, aber wuchtig genug:

Nerv nicht, halt einfach die Fresse, ja?

Aber er hatte doch gar nichts gesagt? Sie rieb sich die Augen und schaute sich im Zimmer um, mit einem Blick wie jemand, der sich im Dunkeln an Wänden entlangtastet. Vielleicht ein Missverständnis, eine Nebenwirkung der Pillen. Logik zähmt Traurigkeit, das hatte Damian früh gelernt. Und er war in der Grundschule, als er eine einfache Gleichung verstand: Sah seine Mutter ihn an, bedeutete das: Gib mir Antwort, sag was. Erzähl mir etwas Schönes, mein Kleiner. Egal was. Sah sie weg, bedeutete es, dass er sich unsichtbar machen musste: den Atem kontrolliert durch den Mund fließen lassen, mit minimalen Kieferbewegungen kauen, jegliches Geräusch unterdrücken, rückwärts aus einem Raum rausschleichen. Wenn er leise war, dann war er ein guter Junge. Natürlich fiel es den anderen Kindern auf, wenn Damian manchmal Tage und Wochen nicht in die Schule kam. Er müsse auf seine Mutter aufpassen, sagte er dann zu seinen Mitschülern. Sie sei einfach ab und zu so traurig. Und er versuchte zu erklären: Wenn sich ihre Traurigkeit erst einmal eingenistet hatte, war seine Mutter so beschäftigt damit, traurig zu sein, dass sie nicht mehr schlafen konnte. Nächtelang räumte sie Ordner vom Wohnzimmer ins Schlafzimmer und von dort in den Keller, oder sie verbrannte Papierhaufen im Garten, kippte die Asche in den Müll, ratterte die Mülltonnen bei Sonnenaufgang vor die Tür. Der Schlüsselbund klimperte an ihrer Jeans, wenn sie ins Auto stieg, wegfuhr und erst abends wiederkam. Ja, sie war sehr beschäftigt. Bis es nicht mehr ging, und dann war sie ganz müde vor lauter Traurigkeit.

Damian, pack deine Sachen, sagte sie irgendwann. Die gelbe Sporttasche. Wir fahren ins Hotel. Das wird nett. Weißt du noch, Schwester Luisa? Sie wird auch wieder da sein. Insgeheim mochte er das, jemanden Schwester zu nennen. Sie fuhren mit dem alten Peugeot in die Klinik. Seine Mutter rauchte, die Fenster beschlugen. In jeder Kurve quietscht der Keilriemen. Bei der Notaufnahme begrüßte sie immer derselbe Mann. Er war jung, trug ein weißes Hemd und lächelte übertrieben wie einer dieser Animateure im Holiday Inn. Na, Junge, soll's wieder vegetarisch sein? Im Überspielen waren sie Komplizen. Zittrig unterschrieb seine Mutter die Papiere. Mit jedem tiefen Atemzug schluchzte sie und lächelte und schluchzte und lächelte. In Damians Erinnerung war es in der Klinik manchmal wirklich wie im Urlaub: Man durfte mit den

Händen Spaghetti mit Tomatensoße essen, und keiner sagte Nein. Im Keller gab es einen Raum, in dem man sich eine warme Höhle aus Bettlaken bauen konnte, und wenn man bei den Aufzügen alle Knöpfe gleichzeitig drückte, blieb er stecken, und man konnte durch den Luftschacht horchen, was die Leute vor der Metalltür sagten, ohne dass sie einen sahen. Und nach ein paar Tagen fuhr seine Mutter ihm wieder mit den Händen durch die Haare. Es war wie eine Aufforderung, sie sah ihn an. Er solle etwas sagen, verstand er schon, aber ihm fehlten die Worte. Es war wie eine Krankheit, die sich in der Zeit einnistete. Du weißt, dass ich überfordert bin, deine Mami, ja, Rafa?

Rafa. Nur seine Mutter nannte ihn so. Und wahrscheinlich einfach nur aus Protest gegen den Vater, der ihm, ohne sie überhaupt zu fragen, den Namen Damian gegeben hatte. Den Namen seines Vaters und seines Großvaters – ein Name, der ihn in dem Dorf, in dem er aufgewachsen war, zu einem zähen Landwirt gemacht hätte. Aber seine Mutter wollte keinen groben Landwirt großziehen, erst recht nicht allein, als der Vater sich verpisste und zurück in das Dorf ging, wo er besoffen in eine Güllegrube fiel und verreckte. Viel mehr wusste er von seinem Vater nicht. Nur der Name blieb als Überbleibsel und die kryptische Hälfte der Gene vermutlich, alles Dinge, mit denen seine Mutter noch halbwegs einverstanden war, so viel konnte Damian schon als Kind ihrem Gesicht ablesen. Aber wenn sie Rafa sagte, schien sie jemand anders anzusprechen, und das mochte er. Es war wie ein Geheimnis, das nur sie beide teilten. Im Kindergarten war *Damian* das erste Wort, das er schreiben konnte. Beim Arzt wurde er als Damian aufgerufen. Ich bin Damian, sagte er, wenn die Kinder im Block fragten. Mit einem Rafa hätten sie nie gespielt.

Irgendwann begriff Damian, es war sogar normal, dass in seinem Kopf ein größerer Haushalt wohnte. Wie zwei Spielfiguren. Gameboy. Mario und Luigi, nur eben Damian und Rafa. Damian aktivierte er, wenn nicht gerade einer dieser Männer da war, um seine Mutter in die Klinik zu fahren. Wenn er vom Lehrer aufgefordert wurde, lauter zu sprechen. Wenn er abends die vergessene Herdplatte ausmachte. Rafa war er, wenn der Charakter in ihm, der Angst hatte, nachts das Zufallen der Haustür hörte. Wenn ihm der Rotz aus der Nase lief, wenn er lautlos weinte. Als seine Mutter ging, stellte sich Rafa für immer tot. Aber nun war er wieder da. Er kauerte in seiner Erinnerung in diesem Zimmer dieser Klinik.

Entschieden zieht Damian den Schlüssel aus dem Zündschloss. Wahrscheinlich beachten sie dich nicht einmal. Und wenn jemand fragt, sagst du einfach, du bist zu Besuch. Ich besuche Lisa Baumann. Ich habe ihre Zimmernummer vergessen. Könnten Sie mir noch einmal sagen, wo sie liegt? Bitte. Eine Lisa Baumann gibt es doch in jedem Krankenhaus. Und überhaupt, das Tor ist ja offen. Damian steigt aus dem Auto und durchquert den Park. *Irres Haus* hat jemand auf den orangen Mülleimer gekritzelt. Er rollt seine Zeitung auf. Satzfragmente passieren Damian und ziehen weiter. Das Kartoffelgratin.

Der vergessene Autoschlüssel. Die Schlaftabletten. Ein mehrstimmiges Ächzen.

Der Chor gehört zu einer Gruppe Männer mit Strickjacken und Hüten, die ihre Rollatoren vor sich herschieben. Langsam und wackelig steuern sie auf die Parkbank neben Damian zu. Ein älterer Herr mit roter Schirmmütze lächelt ihm bedeutungsvoll zu. Damian nickt. Nuschelnd stecken sich die Männer gegenseitig die Zigaretten an. Ziehen an ihren Kippen und schauen zu, wie der Rauch entweicht. Dann ertönt ein Gong. Wie auf Kommando lösen die Männer die Bremsen und schnippen die Zigaretten in die orange Tonne. Was sie sprechen, kann Damian nicht verstehen, aber sie reden durcheinander, so viel ist klar, und nicht mit, sondern gegeneinander. Nur einer der Männer bleibt auf der Bank sitzen und steckt sich eine zweite Zigarette an.

Haste gecheckt? Stoßweise pustet er den Rauch aus: Die leben alle in einem anderen Zeitalter. Bläuliche Adern um die Nase. Die Haare mehr grau als braun. Asynchron hebt er die buschigen Augenbrauen und öffnet den Mund. Er wartet nur darauf, dass Damian fragt, und er tut ihm gern den Gefallen: Ja?

Es ist so, dass sie sich nur zur vollen Stunde in der Gegenwart treffen. Exakt zur Raucherpause, sagt der Mann, der in Hemd und Anzughose versinkt, als hätte jemand alle Luft aus ihm herausgezogen. Aber kurz danach fallen sie alle zurück. Dann wieder fünfundvierzig Minuten von Mittelalter bis Renaissance, Kindheit bis Zweiter Weltkrieg. Die Armen, kann man schon sagen. Manche hören jeden Tag noch einmal den Bombenhagel hinter ihren müden Schläfen. Korsakow-Syndrom, sagen die hier, oder: Die haben ihr Gehirn versoffen. Ich würde es anders sagen: Sie haben sich entschieden zu vergessen. Der Alkohol hat ihnen dabei geholfen.

Interessant.

Der Mann zieht Grübchen wie Krater in sein Gesicht. Bist auch 'n Journalist, hm?

Damian scharrt mit seinen Füßen im Kies: Ihm bleibt keine Zeit, sich eine gute Rechtfertigung zu überlegen.

Jaja, schon gut, wir sind Kollegen. Aus der Brusttasche fischt der Mann mit den buschigen Augenbrauen eine Zigarettenschachtel, schnippt dagegen und hält Damian eine Zigarette hin. Haste gedacht, ich bin auch so einer hier, oder? Der Mann lacht, hustet und schlägt die Faust auf die Brust: Ich war sieben Jahre Redakteur bei *InTouch*. Aber dann wollte ich über die wirklich brisanten Dinge berichten. Die haben mich zum Reporter gemacht.

Die Chefredaktion persönlich habe ihn in die Psychiatrie geschickt. Er solle hier warten. Alle paar Monate käme doch auch ein überforderter Promi hier rein, und zack, müsse er nur das Handy draufhalten.

Die können sich verstecken, wie sie wollen. Mit der Hand formt er ein Fernrohr und blickt am Gebäude empor. Die automatische Gesichtserkennung funktioniert auch durch geschlossene Fenster.

Damian fragt bemüht unbeeindruckt, Wie lange warten Sie schon?

Drei Jahre. Hab schon ein paar gefischt. Aber das bleibt unter uns, ja? Seine Hände ruhen auf den Oberschenkeln. Und du, welcher Geschichte bist du hinterher?

Damian zögert. Er misstraut eigentlich nur Männern mit dicken, wurstigen Fingern. Aber diese Hände sind klein, fast zierlich, das Nagelbett rosig wie die Haut hinter den Ohren.

Damian fragt, Haben Sie einen jungen Mann gesehen? Er kam wahrscheinlich gestern, so Mitte zwanzig, dunkle Haare, dunkle Augen?

Ernsthaft?, sagt der Mann und steckt sich eine dritte Zigarette an: Der Verstummte?

Psychopath, Obdachloser, Fremder, hat Damian schon gehört, aber das ist neu. Der Verstummte?

Ja, die können ihn schütteln, wie sie wollen, der bringt kein Wort raus, kein Ja und kein Nein.

Wissen Sie, was mit ihm ist? Damian verzwirbelt die Zigarette in der rechten Hand. Tabak fällt auf seine polierten Lederschuhe.

Was ist mit dem, wer ist das überhaupt, blablabla. Diese Mythen um den Typen, sagt der Mann und zuckt mit den Schultern, aber ja, keiner hat eine Ahnung, wer das ist und woher er kommt.

Wie kann das sein?

Der Mann hebt den Zeigefinger: Das ist ja der Punkt. Der Typ ist hier angekommen, hat kein Wort gesprochen. So was wie 'ne Krankenkassenkarte hat er nicht, anscheinend keine Verwandten, die man fragen könnte, der hat einfach niemanden, nicht mal einen Geldbeutel mit

Pass oder Führerschein oder auch nur eine Notiz. Nichts. Die springen hier im Kreis, wissen wieder mal nicht, wer das alles zahlen soll. Aber das ist dem egal, der macht sich hier 'ne gute Zeit.

Das heißt, er war schon mal hier?

Der Mann beugt sich vor, stützt die Ellenbogen auf die Knie, verzieht das Gesicht und nickt, zwei, drei Mal bestimmt. Also wenn du mich fragst, der macht das wie die Flöhe, tummelt sich gerne dort, wo's warm ist und viel los, hat hier 'ne nette Bleibe und ein frisch bezogenes Bett. Das Essen könnte schlimmer sein. Man muss nicht funktionieren. Und bei ihm im Doppelzimmer schläft jemand, den er tagelang angucken kann. Und hier müssen die Krankenpfleger nett zu ihm sein. Am Anfang waren sie zumindest nett.

Der Mann sagt, Der tänzelt denen auch ganz schön auf den Nerven herum. Das letzte Mal ist er wie ferngesteuert allen hinterhergelaufen. Die, die ihn nicht verstehen, haben Angst. Einmal sei er in einem bodenlangen blauen Kleid durch die Nacht spaziert, sie haben ihn im Park aufgegriffen mit einem Silberblick und einem lila Knutschfleck am Hals, der alles Mögliche vermuten ließ.

Er sagt, Da haben sie ihn für zwei Tage nicht aus seinem Zimmer gelassen. Gab Stress irgendwann.

Er ist der Stationsleitung überallhin hinterhergelaufen und hat komische Dinge vor sich hin gemurmelt, da ist sie ausgerastet. Der ist ja federleicht, sie hat ihn einfach gepackt und in den Aufzug gehievt und alle Tasten gleichzeitig gedrückt. Danach hatte sie eine Kündigung im Postfach.

Hier, sagt der Mann und klopft auf die Parkbank, genau hier habe ich ihn kennengelernt. Haben uns fast gleichzeitig auf die Bank gesetzt. Und uns gleichzeitig angeschaut. Ich hab ihm die Zunge rausgestreckt, und er mir, mit einer Gleichzeitigkeit, die ich keinem Paar Synchronschwimmer zugetraut hätte. Ist ein Guter, auch wenn er nicht reden will. Der checkt schon alles.

Aber irgendwas sei dieses Mal anders. Seit sie ihn eingebuchtet haben, hat er sich kaum mehr bewegt. Er ist auf der Geschlossenen, liegt da nur und schaut an die Decke, als könnte er dort die Antwort auf alle Fragen finden.

Aber dafür muss es doch eine Diagnose geben?

Gesellschaftliches Erschöpfungssyndrom? Der Mann zuckt mit den Schultern.

Damian fühlt den Notizblock unterm Arm. Zu gern würde er das aufschreiben. Der Reporter oder der Irre schlägt die Hand auf Damians Oberschenkel: So, jetzt hast du deine Information. Blickt ihn an, dann sieht er schweigend in den Park, zieht die Luft durch den offenen Mund. Willste nicht noch nach meinem Namen fragen, für die Zitate?

Er reicht Damian seine kalte Hand: Ralf.

Damian dreht ein paar sinnlose Pirouetten um die Klinik, die Hände hinter dem Rücken verschränkt, den Blick abwechselnd zum Boden und hoch zu den offenen Fenstern, den verdammt weit entfernten Fenstern, gerichtet. Bis er irgendwann kapituliert. Wie soll er hier hineinmarschieren, irgendwas recherchieren, wenn er Angst vor der Kulisse hat? Die weißen Laken. Der Geruch nach strenger Seife. Das Knirschen der Essenstabletts.

Es dämmert schon, als er die Wohnungstür aufschließt. Wie durch einen Vorhang läuft er durch die abgestandene Hitze. Die Gardinen sind zugezogen, der Wasserhahn tropft, noch immer wartet das halb gegessene Müsli. Der Teppich verneigt sich vor ihm. Damian fällt auf die Knie, dann auf die Handflächen. Im Krabbeln streift er den einen, dann den anderen Schuh ab. Das Parkett knarzt, als sich Damian in sich zusammenrollt. Den Kopf zwischen die Knie, die Ellenbogen zusammen. Wie im Flugzeug, wenn man abstürzt. Rückwärts zählt Damian zehn, neun, acht, sieben, sechs, fünf, vier, drei, zwei, eins. Sei leise, Rafa. Bitte sei leise. Ich brauche dich nicht mehr. Verschwinde. Nerv nicht.

Das Ticken der Wanduhr hätte ihn beruhigen können, wäre die Uhr stehen geblieben, wie die Zeit, die es braucht, bis Damian aufsteht, die Hände an der Hose abklopft und in die Küche geht. Er fischt die rosa Tupperbox hinter den Marmeladengläsern hervor, steckt seinen Schlüssel in das weiße Pulver und kippt den Kopf nach hinten. Wie schrecklich dieses Zeug brennt. Etwas zu lange starrt er in die Deckenlampe. Nur noch grelle Punkte, er wartet, bis die Konturen seiner Wohnung allmählich weicher werden. Dann stolpert er über die verschieden großen Büchertürme auf dem Teppich und klappt auf dem größten seinen Laptop auf. Der Beamer surrt. Das Überwachungsvideo, das er vom ungeschützten Server des McDonald's gezogen hat, zittert auf dem weißen Vorhang.

Na hallo, schöner Mann, sagt er zu dem Stillstehenden. Da steht er also in seinem Wohnzimmer und wirkt gar nicht bedrohlich. Er scheint zu horchen und im Horchen versteinert. Damian drückt auf Play. Ein ziemlich aufrechter Mann. Mit dem Mauszeiger vergrößert Damian das Bild, bis das Gesicht des jungen Mannes den Vorhang fast ausfüllt, dann drückt Damian auf Pause und geht ein, zwei Schritte auf das fremde und doch vertraute Gesicht zu. Wer bist du?

Das mit der Identität hat Damian noch nie ganz verstanden. Wie ein Videobild setzt sie sich wohl zusammen aus Millionen Pixeln. Die einzelnen Anteile, nur von Weitem erkennbar. Und wie bei der Identität ist so ein Pixelbild eine flüchtige Momentaufnahme. In der nächsten Sekunde – alles wieder komplett neu gemischt. Und du schöner Mensch hier, welche Pixel stecken in deiner Grundstruktur? Damian fährt mit dem Cursor über die Nuancen des Gesichts, über beige, rosa, braune Pixel, vom Mund aus die rechte Backe entlang, über die Nase, um an einer Aneinanderreihung dunklerer Pixel hängen zu bleiben. Interessant. Eine Narbe. Markant über den rechten Nasenflügel gespannt wie ein Schnitt. Er bewegt den Bildausschnitt weiter über die Augen. Damian hat gelesen, dass Ermittler allein an den Farbfeldern im Auge eine Person unter Milliarden identifizieren können. An diesem einzigartigen Gemälde, das in Augäpfel graviert ist. Er macht einen Doppelklick um die Iris und einen, um den Abstand zwischen den Augen zu messen, markiert Höhe und Breite. Millimeter für Millimeter kartografiert er das Gesicht in das Erkennungsprogramm. Als er wie einen letzten Stempeldruck die Entertaste drückt, seufzt er in den Raum und lässt sich auf die Couch sinken. Jetzt ist sein Rechner dran. Die Müdigkeit umhüllt sein Gesicht wie kalter Atem. Durch halb geöffnete Augen beobachtet er den Ladebalken, dann überwältigt ihn der Schlaf. Erst von einem perfiden Rattern wird er wach. Gegen die Mülltonnen hätte er nichts gehabt. Aber dass sie immer genau vor seinem Fenster dieses Monstrum parken müssen, das unentwegt piepst. Vorsichtig, als könnte er seinen Nacken überstrapazieren, hebt er den Kopf, dann ist er hellwach. Der Bildschirm starrt ihn an. Ein hektischer Cursor über dem Startbildschirm, dann poppt das Gesichtserkennungsprogramm auf.

Treffer: 0.

Das kann nicht sein, sagt Damian in den Bildschirm, als säße dahinter eine freundliche Frau vom Kundenservice. Es kann doch nicht sein, dass ein Gesicht, eine Person, nirgends auftaucht, in keiner Behörde und keinem Register, in keiner Polizeiakte? Und vor allem, nirgendwo im Netz? Damian lässt seinen Atem langsam über die Lippen gleiten.

Als Kind hat ihn der Gedanke gerettet: Das Internet ist die einzig verlässliche Eins-zu-eins-Abbildung der Welt. Zumindest darauf konnte er sich verlassen. Ein Netz, das die ganze Welt umspannt und ihren Rhythmus live trackt. Die vollkommene Transparenz, bis in den letzten Zipfel des Südpols. Damian aktualisiert noch einmal, aber nichts. Würde er dem Programm glauben, dann dürfte es seinen Protagonisten auf dieser Welt nicht geben.

An diesem Morgen leuchtet ein »Anruf in Abwesenheit« auf seinem Handy auf. Die fremde Nummer macht ihn nervös, sie wird ihn den ganzen Tag begleiten: Als er das Handy in seiner Handtasche fühlt, bei einem flüchtigen Blick auf die Uhr, als er auf dem Parkplatz vor Aldi seinen Einkaufszettel studieren will. In einer schattigen Nische setzt er sich auf den Bordstein, nimmt sein Handy und drückt auf Rückruf, bereit, sofort wieder aufzulegen, sollte jemand abnehmen.

Es klingelt ein einziges Mal, dann krächzt eine Stimme.

Damian bist du's?

Ach, Sie sind's! Damian steht auf und läuft im Kreis.

Ich habe noch einmal über den Typen nachgedacht. Ralf pausiert, dann lacht er kurz in den Hörer: Nein, eigentlich habe ich ganze Arbeit geleistet. Willst du hören?

Aber Ralf braucht keine Aufforderung. Er erzählt, wie er noch einmal gegrübelt hat, nach ihrem Treffen. Da sei ihm ein Moment eingefallen. Als der Fremde zum ersten Mal da war, sei etwas passiert. Sie saßen am Frühstückstisch, erzählt Ralf kurzatmig. Wie immer morgens habe keiner gesprochen. Kein Wunder, bei den Psychopharmaka und noch vor dem Kaffee. Na ja. Er habe die Besucher im Gang gut im Blick gehabt, deshalb sei ihm aufgefallen, dass der Mann, der immer seine Frau besuchte, plötzlich strahlte. Der hatte eigentlich nicht viel Grund zum Strahlen. Seine Frau ist nach dem Tod der Tochter so zusammengeschrumpft, dass man Angst haben musste, die Zugluft könnte sie einfach so hinwerfen. Aber plötzlich hat der ältere Herr mit den schicken Schuhen gelächelt, übers ganze Gesicht, auf den Fremden gezeigt, der wie immer nicht sprach, und gesagt: Die Tulpen. Er hat sich vor ihn gesetzt. Wusste ja nicht, dass der nicht wirklich zurechnungsfähig ist, und hat angefangen zu quasseln. Dass er sich so gerne an den Laden erinnert. Und die Tulpen, diese Tulpen aus Istanbul mit der gelben Explosion in der Mitte. Dass die seine Frau immer so glücklich gemacht haben. Er ist sogar rot geworden. Sie haben sich damals gerade erst kennengelernt oder so.

Ein Geräusch im Hörer, als würde Ralf lange an seiner Zigarette ziehen. Na ja. Also der Mann war anscheinend der Einzige, der den Typen wiedererkannt hat, also identifizieren kann, weißt du? Und da hab ich ein bisschen recherchiert. Gar nicht schwer, wenn alle um einen herum denken, man hätte eine Auffassungsgabe wie ein Hamster.

Damian läuft in einen kleinen Park, weg vom Lärm. Das heißt, dieser Mann weiß, wer der Fremde ist? Er hört Ralfs Finger auf dem Display klimpern und die Pause dehnt sich ins Unendliche.

Was bekomme ich denn, wenn ich dir sage, wie du es herausfinden kannst?

Alles, was du willst.

Mein Name. Ich hätte nur gerne meinen Namen in der Zeitung. Irgendwo über dem Artikel, rechts oben, ja? Aber bitte fett und kursiv.

Warum auch immer, dieser Ralf scheint ihm zu vertrauen. Wie ein Codewort nennt er Straßennamen und Hausnummer und legt auf, ohne sich zu verabschieden.

Damian tippt den Straßennamen in seinen Browser. Läden gibt es nicht in der Ringslebenstraße, auch keine Restaurants. Die einzige Zielfahne führt zu einem Sozialdienst mit fragwürdig kurzer Telefonnummer. Damian fährt sich mit den Fingern über die Augenbrauen. Was ist denn das für ein Anhaltspunkt? Nicht mehr als ein Straßenname, der in jeder Großstadt vorkommen könnte, und eine Hausnummer, diktiert von einem kurzatmigen Psychotiker, der eine Interaktion zwischen einem möglichen Gleichgesinnten und einem trauernden Mann mit angehört hat. Vor fünf Jahren. Womöglich unter Medikamenteneinfluss. Damian streicht über die Tastatur. Aber es ist eben der einzige Hinweis, den er hat.

Er erinnert sich an ein Spiel, das er früher mit sich allein gespielt hat. Er war etwa sechzehn Jahre alt, Google Earth war eine Sensation, und sein einziger Freund war mit seiner Familie nach Seattle gezogen. Da ließ er das grüne Männchen auf Google Earth irgendwo in der fremden Stadt, in der Rasmus jetzt wohnte, fallen. Später in Avarua auf den Cook-Inseln, dann mitten im Pazifik. Besonders schön: Villa Las Estrellas am Südpol. Am liebsten aber mochte er Coari am Amazonas. Eine asphaltierte Straße rein, dann nur noch Pfade, nichts als

Bäume. Seine Mutter hatte gesagt, dass er Wald immer besonders gern mochte. In seinem Jugendzimmer konnte er sich plötzlich im dichtesten Wald der Welt befinden. Aber wenn er sich auf Google Earth in eine Landschaft zoomte, kam immer irgendwann der Punkt, an dem es keine Satellitenbilder mehr gab, an dem er hätte selbst loslaufen müssen.

Past perfect

Endrikah

Zügig durchquert Hendrika eine Gruppe der üblichen schmalgesichtigen Mädchen auf dem S-Bahn-Vorplatz, die ihre noch unbedeutende Schönheit zur Schau stellen, biegt ab in die Straße. Wer weiß, wenn Arda in der Stadt ist, vielleicht kommt er hierher. Vielleicht kommt er endlich nach Hause. Anders als die eiscremefarbenen Fassaden, die es neuerdings in der Stadt überall gibt, haben sie diese Straße in den letzten zwanzig Jahren zumindest in Ruhe gelassen.

Hendrika steht bei der Ampel, an der sie damals lehnte und dachte, das kann noch nicht alles gewesen sein. Sie war noch jung, am Peak ihrer Karriere. Irgendwo an der nächsten Straßenecke musste ein Wendepunkt warten. Sie hätte nicht gedacht, dass das Schicksal dort lauern würde, wo sie so viele Jahre später immer noch am wenigsten sein wollte: auf dem schwerwiegenden Weg zu ihrer Mutter.

Damals war es genau die Zeit gewesen, in der ihre Mutter entschieden hatte, langsam alt und gebrechlich zu werden. Jahre voller Furcht vor den Samstagen, an denen Hendrika in der S-Bahn die Punkte auf der Anzeigetafel zählte, und wenn sie dort *Endstation* las, manchmal schon vorher aus der Bahn stieg. Sie schlurfte in konzentrischen Kreisen um das Viertel ihrer Mutter, durch eine dieser normalen Gegenden, in denen Menschen lebten, die für ihre Flatscreen-Fernseher noch arbeiten mussten. Sie gab vor, etwas Schönes mitbringen zu wollen. Schnaps, Pralinen, Blumen. In allen Farben standen sie in Kübeln auf dem Gehweg vor diesem Blumenladen, der nicht mal ein richtiger war, mehr ein Kiosk mit fragwürdigem Ruf, wo man schnell auf dem Weg zur Bahn für die Freundin oder die Oma oder den Geliebten billige Schnittblumen kaufen konnte. Leute, die Primeln in wagenschwere Holzgarnituren stellten. Hendrika hatte schon lange aufgegeben, mit denen da draußen mithalten zu können. An diesen Tagen mit kiloschweren Füßen wollte sie nur weg vom Lärm der Straße, den Gesichtern, den hämmernden Schritten. Sie hatte die verdammte Türschwelle nicht gesehen. Typisch, hätte sie früher gedacht, aber an den Tagen mit den schweren Füßen war ihr alles egal. Die Sandalen verfingen sich im morschen Holz. Sie stürzte, landete auf den Händen. Und der Boden empfing sie mit einer beruhigenden Kühle. Na gut. K. o., Knock-out, Burn-out. *Out of function.* Vorbei. Wie auch immer. Lasst mich alle in Ruhe! Sie dachte nicht daran, jemals wieder aufzustehen. Weil die Borsten des Fußabstreifers sie in den Bauch piksten, drehte sich Hendrika auf den Rücken, und so blieb sie einfach liegen. Stunden oder Minuten, wie lange, zählte nicht mehr. Nur: einatmen, ausatmen, einatmen, ausatmen. Ihr Blick tastete die Holzdecke ab. Wahrscheinlich Staub in jeder Ritze. Billige Deckenlampen, an denen sich eine Kletterpflanze entlangzuhangeln versuchte, und zwischen den Blättern, fast unbeweglich in der Luft: Rauch. So wie Vaters Hemd roch. Wie wäre es, noch einmal mit der Selbstverständlichkeit eines Kindes den Kopf in einen vertrauten Schoß zu legen? Stattdessen lag sie hier. Ein gestrandeter Wal, der hier verwesen würde. Ob die Kunden im Raum sie anstarrten? Aber kein Räuspern, kein Könnten Sie bitte mal aufstehen, könnten Sie sich mal zusammenreißen. Nur das Einziehen und Auspusten von Zigarettenrauch wie Meeresrauschen.

Über die Stirn hängende Haare, braune Augen, eine Zahnlücke. Sie konnte seinen Atem riechen, so nah beugte sich der Junge über sie und sagte: Die Rosen, die weinen nicht.

Warum fragt er mich nicht, ob alles in Ordnung ist, oder zumindest, warum ich da liege? Stattdessen sagte der Kleine: Aber sie haben Durst. Hast du Durst?

Hendrika nickte. In ihrem Hals implodierte ein Kloß. Sie kniff die Augen zusammen. Schritte auf knarrenden Dielen. Jemand schob ihr etwas an ihre Fingerspitzen. Hendrika hielt sich an dem warmen Teeglas fest. Wahrscheinlich hatte ihre Mutter die Hoffnung schon aufgegeben, dass sie zu Besuch kommen würde. Mal wieder nicht kommen würde. Sie musste wirklich los. Ein Gemisch aus Erde und Staub klebte an ihren Händen. In einem Zug trank Hendrika den Schwarztee aus, bereit, sich für eventuelle Unannehmlichkeiten zu entschuldigen. Aber da war niemand, der etwas von ihr hören wollte, nur ein Mann hinter dem Tresen, der ohne aufzublicken Rosenblätter von Stielen trennte, als handelte es sich um etwas Religiöses. Unbeachtet brannte in seiner rechten Hand eine filterlose Zigarette vor sich hin. Auf der Fensterbank vor einer großen Glasscheibe saß der Junge, schweigsam und unbeweglich und anscheinend wartend. Danke, sagte Hendrika, und er blickte wieder auf die Straße.

Er hieß Arda.

Wie geht es dir?, fragte ihre Mutter auf der Türschwelle, und der Geruch von staubigen Teppichen loderte ihr aus dem Inneren des Hauses entgegen.

Ich sympathisiere mit dem Sterben, dann habe ich endlich meine Ruhe, dachte Hendrika und sagte: Gut. Sie hätte von Arda erzählen können, von seinem Vater Achi, von den Rosen, die sie von ihnen mitbrachte, bei jedem Besuch. Aber die Besuche im Blumenladen auf dem Weg zu ihrer Mutter waren wie ein geheimes Ritual, wenn es so etwas gab, ein kurzes Aufatmen inmitten von Geranien, die Luft so feuchtwarm, dass Hendrika sie im Rachen spüren konnte. Und sie wurde süchtig nach dem Blick dieses Mannes, der nicht fragte, was sie wolle, ob er ihr helfen könne. Im Gegenteil: der sie einfach da stehen, sich im Kreis drehen ließ wie jemand, der sich im Dschungel verlaufen hatte. Seine Handfläche auf dem Tresen, schaute er an ihr vorbei aus dem Laden, aber schien in Wirklichkeit auf gar nichts und niemanden zu warten. Und genauso schweigend saß vor der Fensterfront der Junge mit seinen ungekämmten Haaren wie vor einem gigantischen Fernseher. Das Gesicht an die

Scheibe gelehnt, hörte er der Straße zu. Drinnen gab es keine fremden Geräusche, nur das Rascheln der Pflanzen und das Brodeln des Teekessels. Und hin und wieder die Ladenklingel.

Ich mal wieder, sagte Hendrika jedes Mal, wenn sie den Blumenladen betrat. Je weniger Vater und Sohn sie beachteten, desto länger blieb sie. Gedankenverloren gab sie vor, nach Blumentöpfen zu suchen. Manchmal erkundigte sie sich nach Lilien. Meistens drehte sie Runden durch den Raum, strich über die Blätter und spürte das Gießwasser an ihren Fingerkuppen. Als der Tee schon auf dem Tresen stand, wenn sie kam, erkannte sie, dass sie irgendwie Freunde geworden waren. Vater und Sohn redeten nicht viel und vor allem nicht ungefragt. Sie hatten eine Art Geheimsprache, die Hendrika irgendwann verstand: Hochgezogene Augenbrauen hieß: Noch einen Tee? Ein Nicken bedeutete: Ja, und ein erhobenes Kinn: Was? Ein Stirnrunzeln stand für Nein. So einfach, aber am einfachsten verstanden sie sich im Schweigen: Ein Blick-Karussell durch den Laden, vorbei an den Primeln im Regal, hoch hinauf zu den Kletterpflanzen, um bei den Gestecken vor dem Schaufenster haltzumachen. Wenn sich ihre Blicke verfingen, dann lächelten sich Vater, Sohn und Hendrika zu und schwiegen eine Zugabe.

Durch die große Glasscheibe konnten sie zusehen, wie es Frühling wurde. Arda zeigte darauf: Tulpen in Blumenkästen. Schwalben im Sturzflug. Er zeichnete den Sonnenverlauf über den Hochhausdächern auf dem Fenster nach. Sonne, die bessere Tage ankündigte. Da griff Arda das erste Mal nach ihrer Hand, weich und warm lag seine in ihrer. Schüchtern und neugierig, wie ich es einmal war, dachte Hendrika und hätte ihm fast über den Kopf gestreichelt, dabei lebt er so prekär. Er blickte auf den Punkt über ihren Augen, als würde er ein Rätsel lösen, und fragte, warum sie so schaue.

Wie schaue?

Na, wie Rambo aus dem Fernseher.

Hendrika lachte und drückte seine Hand zwei Mal. Zwei Mal Handdrücken bedeutete in der Geheimsprache etwas wie: Alles ist gut, ich hab dich gern. Ob sie sich an Arda festhielt oder er sich an ihr, so genau wusste sie es nicht. Unergründlich, ob er einsam war und sich nach Aufmerksamkeit sehnte, die er von seinem Vater nicht bekam. Nach anderen Kindern sehnte er sich offenbar nicht. Gleichaltrige kamen nie in den Laden. Hier gab es nur Vater und Sohn, die Stille und das Schweigen und höchstens die Dornen und die Steine und die Knospen, die Arda in kleinen Gläsern im Lager sammelte, und zu denen er, wenn er glaubte, dass niemand es hörte, leise flüsterte. Wenn die Türklingel dann doch einmal schrillte, sahen sie die Passanten, die eine Ladung Stadtluft und Hektik in den Laden zogen, an wie Eindringlinge. Von ihr aus hätten sie den Laden für immer abschließen können.

Es war ein Sommer, in dem die Tomatenstöcke auf ihrem Balkon zu Hause vertrockneten und sie die Morgen damit füllte, die einzelnen Pflanzen im Laden zu gießen, als wären sie Teil einer neuen Familie. Sie zerteilte Äpfel in dünne Schnitze, bürstete Ardas erdige Fingerkuppen ab und kannte bald seine besten Verstecke. Sie fegte den Boden und sammelte die Rechnungen in einem Schuhkarton. Die Lieferscheine heftete sie in einen Ordner und überflog Achis krakelige Handschrift. Er unterschrieb immer mit einem anderen Nachnamen, manchmal auch einfach nur mit einem Punkt. Auch er ließ die gelben Briefe verschlossen.

Sie knieten auf dem Gehweg, setzten Pflanzen in größere Töpfe und beobachteten, wie die Menschen zur Bahn hasteten, in die große Stadt, gebeugt, als würden sie gegen etwas Unsichtbares anrennen. Hendrika ließ sich auf einen der Plastikstühle fallen, klopfte die erdigen Hände an der Hose ab. Achis Zigarettenstummel leuchtete in der Dämmerung, während er den Rollladen herunterrattern ließ. Schweigend setzte er sich neben sie und schaute dem Himmel beim Gewittern zu. Der Regen war schon herangerückt. Arda gähnte und legte den Kopf auf ihr Knie. So musst du rechnen. Hendrika zog ihn auf ihren Schoß. Zähl die Sekunden zwischen Donner und Blitz, und du weißt, wie weit es entfernt ist, flüsterte sie. Zähl die Zeit zwischen Zusammenbruch und Erlösung, dachte sie und blickte auf Arda. Sie hatte die schlimmsten Monate hinter sich. Schwer lag sein Kopf auf ihrer Brust. Sein Atem verfing sich in ihren Haaren, wurde immer regelmäßiger. Ihr Blick zu Achi sagte: Siehst du das? Aber Achi starrte nur in die Windböen wie ein Lastwagenfahrer mit klarem Ziel auf seiner Vierzehn-Stunden-Tour. Die ersten Tropfen prasselten auf die Markise, färbten ihre Schuhspitzen, als er seinen Stuhl gegen die Fassade lehnte. Es ist Zeit. Er werde nun schlafen gehen. Hendrika räusperte sich und grub ihre Finger in Ardas Haare.

Die letzte Bahn sei schon weg, sagte sie. Sie wollte nicht heim. Nicht wieder nachts hochschrecken und in die dunkle Leere starren. Warum nicht einfach fragen: Dürfte sie bleiben? Achi schloss langsam die Augen und nickte ins Innere. Durch den muffigen Vorhang, vorbei an Regalen voller Töpfe, stiegen sie die Treppe im Lager hinauf, die Stufen ächzten. Auf die Tür hatte sie wochenlang gestarrt, sich gefragt, die Fragen gehortet.

Ein Vorhang teilte den Raum in zwei Hälften. Gelbliches Kneipenlicht fiel auf einen Perserteppich, auf den quadratischen Fernseher mit ausgeklappter Antenne, eine Spülzeile mit Holzfolie, die sich nach oben kräuselte, auf Tassen mit Schwarzteerändern. Hendrika fuhr mit den Fingern über die Tasten eines Klaviers. Wie reizend. Sie setzte sich ungefragt auf die ausgebeulte Couch.

Aha, ein versteckter Musiker, sagte sie, ein ausgesprochen dummer Satz, aber wie sollte sie sonst die Stille füllen? Achi legte eine Decke über Arda. Eingerollt auf der Couch, ballte er die Hände vor den Mund wie ein Baby. Eigentlich sei er Ingenieur, sagte Achi, kniff die Augen zusammen, schnippte gegen das Feuerzeug, hüllte Hendrika in Rauch und Ungewisses. Hendrika rückte zur Seite. Die Couch gab nach, und Achi nahm Platz.

Na, einer, der großes Wissen nützlich umsetzt. Einer, der dorthin geht, wo seine Arbeit gebraucht wird.

Und warum arbeitest du dann für einen Hungerlohn in einem schäbigen Kiosk?, fragte Hendrika nicht, nicht explizit zumindest.

Achi sagte, In Deutschland gibt es schon genug Ingenieure. Er zog an seiner Zigarette, bis die Asche knisterte. Er sei mal vom Gerüst geflogen. An nur drei Fingern hat er an einer Gerüstkante gebaumelt, fünf Stockwerke unter ihm, die Feuerwehrmänner haben ihn von da oben abgeholt, ihn abgesetzt, ihm auf die Schulter geklopft. Noch mal Glück gehabt. Leben heil, Schulter kaputt. Aber weiter geht's, anders hat er das nicht gelernt. Das Balkenschleppen hat er den anderen Jungen überlassen. Ein freundlicher Arzt hat ein langes Wort auf einen roten Zettel geschrieben. Die vom Amt haben gefragt, was er sonst machen will, und Achi hat gesagt: Was habt ihr denn? Einen leer stehenden Blumenladen, der Besitzer war gerade gestorben, alles noch drin: Pflanzen, Töpfe, Werkzeuge. Achi dachte an die Menschen in diesem Viertel, verstreute ernste deutsche Arbeiter, die ihre Kinder erst sahen, wenn es schon wieder dunkel war, und mit vierunddreißig schon den ersten Bandscheibenvorfall hatten, aber nicht, weil sie mit drei Fingern an einem Gerüst hingen, sondern weil sie ihre Tage auf Multifunktionsstühlen absaßen. Er hat Ja gesagt, genau genommen: nicht Nein. Auch als Leute an seine Ladentür klopften und nach Töpfen fragten. Er hat Preislisten gelesen und Lieferscheine wie früher auf dreißigstündigen Busfahrten Taschenbücher über die Liebe. Und die Lieferwagen hupten vor seinem Laden, weil sie das immer taten. Und auch da hat er nicht Nein gesagt, genau genommen auch nicht Ja. Wie selbstverständlich kamen die Rosen alle paar Monate. Die Orte, von denen sie kamen, waren ihm bekannt. Es war nicht schwierig, die Pflanzen zu verstehen. Die sprechen alle Sprachen der Welt, sagte Achi und drückte die Zigarette in einem Porzellanschwan auf dem Couchtisch aus, dann wühlte er in einem Stapel Fernsehzeitschriften. Nein, bitte, hör nicht auf zu erzählen, dachte Hendrika. Achi bei der Arbeit zu beobachten, war, wie auf ein Geheimnis zu blicken. Man konnte den Einfluss einer anderen Herkunft erahnen, aber nicht zurückführen, kaum Indizien, nur die Kinderbilder an der Wand: ein Haus, eine lachende Sonne, Berge in Zickzack. Daneben: ein Foto ohne Rahmen. Ein junger Mann in Gummistiefeln, vermutlich Achi, ein Mädchen mit zornig verschränkten Armen, Felder bis zum Horizont.

Ob er das sei, seine Ehefrau, Freundin, Ardas Mutter?

Kein Nicken, kein Kopfschütteln. Achi schwieg und rieb die Füße aneinander.

Die Frau, die ihr auf dem Bild entgegenstarrte, war jung, auch etwas bleich, und Hendrika glaubte, in ihren Augen etwas Wahnsinniges zu erkennen.

Auf die Frage, wo er geboren sei, sagte er: damals.

Auf die Frage, wo genau? Sagte er: in einem Krankenhaus.

Und wo genau?

Im Osten.

Das sei praktisch: Überall auf der Welt, wenn man nach rechts blicke, gebe es einen Osten, sagte er.

Das heißt, woher kommst du tatsächlich?

Na, von überall auf der Welt. Immerhin lächelte er mal.

Hendrika löste ihre Fäuste, spreizte die Finger und fragte endlich, warum er nicht mehr von sich erzähle.

Achi schien ihre Frage nicht verstanden zu haben. Ein Räuspern und ein Husten. Aus der Hosentasche zog er ein Bonbon: Kräuter?

Nein, danke. Sie konnte hören, wie seine Zunge das Bonbon durch den Mund rotieren ließ, wie es gegen die Zähne knallte. Nach einer unendlich langen Pause sagte er: Versteht doch keiner.

Sie starrte auch aus dem Fenster, wo sich eine Gruppe Tauben in die Höhe schwang. Graue und schwarze Wolken türmten sich am Himmel. Ihre Knie berührten sich fast. Hendrika nickte in die Stille: Sie verstehe, was er meine. Auch sie sei nicht in diesem Land geboren, hatte einen komischen Akzent, als sie nach Deutschland kam. Da sei sie so alt gewesen wie Arda. Deshalb die Verbindung.

Achi zog seine Augenbrauen zusammen, als wäre er geblendet.

Hendrika sagte, sie kenne das Gefühl, sich wie ein Alien zu fühlen in einem fremden Land. Achi zögerte, stand auf und schloss das Fenster. Der Regen hämmerte nun in geraden Linien auf den Asphalt. Morgen werde es klar sein, sagte er und ließ sich wieder auf die Couch fallen. Die Tauben werden zurückkommen. Sein fahriger Blick machte sie wahnsinnig. Hendrika sagte, es sei jetzt wichtig, Arda zu fördern. Sie wisse das. Damit er anders aufwachsen könne. Damit er mehr spreche. Natürlich sei es nicht leicht für einen alleinerziehenden Vater wie ihn. Aber ich bin jetzt für euch da, das weißt du hoffentlich? Hendrika legte den Kopf schief. Es gebe da ein Erbe ihres Vaters. Der sei vor langer Zeit an Malaria gestorben. Und noch habe sie keine eigenen Kinder. Sie könne Ardas Erziehung und Bildung finanzieren.

Achi fegte mit der Hand über den Glastisch, sammelte Tabakflocken ein und ließ sie in den Aschenbecher regnen. Er zuckte mit den Schultern und sagte irgendwann Okay.

Einfach nur okay?

Er ließ seine Hand auf Hendrikas Knie sinken wie sonst auf den Tresen. Schwer lag sie da auf ihrer Strumpfhose: Schrunden, von Arbeit gezeichnet, ein nikotinverfärbter Daumen lehnte sich zu einem Zeigefinger. Was wollte er ihr damit sagen? Sie hielt die Luft an. Es war ja nicht so, dass er unbedingt ihr Typ war. Aber sie mochte, wie er morgens über seiner dampfenden Kaffeetasse hing und aus dem Fenster starrte, als wäre ihm alles andere egal, nur seine Pflanzen nicht, die er jeden Morgen begutachtete, deren Blätter er durch die Finger gleiten ließ, und wie er immer wieder sein spitzes Kinn reckte, als würde er mit ihnen sprechen. Wie Achi wohl im Nacken roch, nach Rasierwasser und Erde?

Darf ich bei dir einschlafen, flüsterte sie, womöglich zu leise. Ich meine, darf ich auch da drüben schlafen?

Gute Nacht, sagte Achi, hinterließ sie mit einer Sitzkuhle auf der Couch, einem warmen Handabdruck auf ihrem Knie und dem Blick auf den schwingenden Vorhang. Das war's also? Keine Antwort, nur das Knarzen des Holzbodens, als Achi seine Pantoffeln abstreifte. Das Rascheln seiner Bettdecke. Wäre sie eine der Protagonistinnen in diesen Büchern, wäre sie jetzt aufgestanden, hinübergeschlichen und hätte sich zu ihm ins Bett gelegt. Sie wollte gar nichts Sexuelles. Sie hätten einfach ein bisschen Körperwärme teilen können. Ihre Füße an seinen Beinen und seine Hände an ihrem Rücken, oder wie man das so macht, einfach zusammen einschlafen. Aber ihre Füße waren wie auf den Boden laminiert. Sie ergab sich der Couch, rollte sich ein. Sie hörte nur noch Ardas tröstendes Schnarchen. Ein und aus und ein und aus. Irgendwann würden sie zusammen sein: Mutter, Vater, Kind.

Wenn Hendrika eine Taktik in ihrem Leben gelernt hatte, dann die, möglichst schnell einen Ort als Zuhause zu deklarieren. Die immer gleichen Bars, Läden, Cafés, Wohnblöcke und Arbeitswege einzukreisen, wie Entdecker im vorherigen Jahrhundert, diese Orte mit Menschen zu füllen, die ihr das Leben einfach machten: die zierliche Pakistani in einem Studentenwohnheim in London, ihre beiden Betten so nah beieinanderstehend, dass sie nachts nach ihrer Hand greifen konnte. Der bescheidene Security Guard vor ihrem Wohnblock in Darfur, der den Krieg von ihnen fernhielt und ihr eine Zigarette reichte, wenn sie es am nötigsten hatte. Der gut riechende Besitzer einer Hotelanlage in Bogotá, der versprach, immer ein Zimmer für sie freizuhalten, für den Fall, dass sie es bräuchte, für den Fall, dass sie zu ihm zurückkäme. Es war ein Instinkt, so klar, als wäre er animalisch. Ohne den wäre die Menschheit wohl ausgestorben. Und es waren die schnell angeeigneten Routinen, an denen sie sich entlanghangeln konnte, wenn Chaos herrschte, so wie jetzt. Die Dinge, die ihr Sicherheit gaben: das Klicken der Ladentür, der Geruch von Gießwasser, das abgewetzte Kassenheft auf dem Tresen, die Hand auf Ardas Kopf, Achis schweigendes Nicken. Sie hatte wohl ein neues Projekt gefunden.

Je kürzer die Tage wurden, desto häufiger blieb sie über Nacht. Sie kratzte die Tapete von den Wänden und strich sie. Die Tage mit den schweren Füßen wurden seltener. Es war der Herbst, in dem Arda eingeschult wurde, als Hendrika sich seit Langem wieder mit dem Regionalexpress in die große Stadt traute. An der Hand führte sie Arda durch die Shopping-Mall. Es sollte ihm an nichts fehlen. In seinem Rucksack rumpelten die Materialien, wahrscheinlich wertvoller als das gesamte Inventar des Blumenladens. Obwohl die Schule nur vier Blöcke entfernt lag, brachte Hendrika Arda jeden Tag in die Schule. Warum? Achi zuckte mit den Schultern, Arda kann doch alleine laufen, hat doch zwei Beine. Aber Hendrika beharrte darauf, dass sie in der Küche stand, wenn er morgens die Treppe heruntertrottete, sich die Augen rieb und fröstelte. Dass jemand da war, um ihm die Socken anzuziehen, ein Butterbrot zu schmieren, den Rucksack zu packen. Dass jemand schaute, dass er auch gut ankam.

Und weil sie rund um die Uhr da sein musste, brauchte sie natürlich langsam auch ein eigenes Bett. Zwei Menschen auf der Schlafcouch, das war auf Dauer zu eng. Auf ihrem Rücken hievte sie eine einen Meter breite Matratze in den ersten Stock. Von dort konnte sie jeden Morgen Achis nackte Füße hinter dem Vorhang hin und her laufen sehen. Vor zehn Uhr war er nicht ansprechbar, schlecht gelaunt, wie sie ihn sonst selten sah. Seit Wochen sprach Hendrika nicht mit ihrer Mutter, aber manchmal fand sie den Gedanken lustig, ihr zu erzählen: Mama, da gibt es jemanden. Wir sind wie ein altes Ehepaar, das keinen Sex mehr hat. Aber im Schweigen waren sie immer noch das beste Team: An den Vormittagen voll stummer Blickketten, dem Nicken und dem Nippen an längst erkaltetem Tee, dem fast lautlosen Streichen über den Tresen, dem ständigen Starren auf die Tür, durch die doch nie jemand kam. Innerlich zählte Hendrika die Viertelstunden, bis sie Arda von der Schule abholen konnte. Und zwei Viertelstunden zu früh wartete sie vor dem eisernen Zaun, die Arme in den Taschen der Regenjacke vergraben, und blickte auf das Schulgebäude, ein mit Buchsbäumen umsäumter Sechzigerjahre-Bau mit bunten Fensterrahmen. Hendrika hielt sich am Tor fest und versuchte, die Gedanken an ihre eigene Schulzeit zu vertreiben.

Die Schulklingel läutete. Scharen von Kindern strömten auf den Innenhof, abgefangen von Eltern, dazwischen Lehrer, Freundinnen Hand in Hand und Jungs auf dem Bolzplatz. Die Bezüge waren klar wie in einem Bilderbuch. Nur Arda war immer der Letzte, trottete die Stufen hinunter, viel zu beschäftigt mit der Innenfläche seiner Hände, den Steinen auf dem Boden, den Vögeln, die über die Kastanienkronen zogen. Ob Arda sich eigentlich auch Freunde wünschte? Oder waren ihm die anderen einfach egal? Arda sagte zu niemandem Tschüss und morgens zu niemandem Hallo. Aber kein Wunder, wenn seine einzigen Kontakte bisher sein Vater, ein paar Besucher und die Alkis sind, die vor der S-Bahn ihr Elend ausstellen, dachte Hendrika, während sie ihm die Wollmütze aufsetzte. War es die Sprachbarriere? Er brabbelte auf dem Nachhauseweg in einer Geheimsprache, die Hendrika eigentlich beruhigte. Sie verstand kein Wort, aber warm lag seine Hand in ihrer, während sie den gewohnten Weg nach Hause liefen. Und an den Gartenzäunen ratterte Ardas Bleistift im Dreivierteltakt entlang.

Was sie wohl dachten? Die Frau auf dem Fahrrad, die sich zu ihr umdrehte. Die tuschelnden Handtaschentussis an der Ecke. Vermuteten sie, dass an diesem Bild etwas falsch war: Sie, hellblonde, lange Haare, blasse Wangen – und das Kind, das so ganz anders aussah. Da guckt ihr, was? Diese dummen Vorstadtleute, die höchstens aus dem Fernseher wussten, wie es außerhalb ihrer Landesgrenzen aussah. Wenn sie Arda erst einmal gefördert hätte, würden sie wegziehen, in ein Haus mit hohen Decken. An einem massiven Esstisch würden sie sitzen. Achi könnte auf dem Balkon Stecklinge ziehen. Sie würden die Pflanzen auf dem Wochenmarkt verkaufen. Und er würde sprechen, mehr und mehr. Er würde Geschichten schreiben, und er hätte ein eigenes Zimmer in diesem Haus voller Bücher. Endlich ein ordentliches Zuhause, dachte Hendrika, als sie um die Ecke bog und Achi vor dem Laden warten sah, die Hände hinter dem Rücken verschränkt. Wie perfekt er sich fügte in diese trostlose Gegend. Schade, dass du es nicht verstehst. Dass Arda plötzlich in vollständigen Sätzen sprach, lag an ihr, und es war klar, dass er jemanden brauchte, der ihn förderte. Eine Mutter.

Als Achi seine Hände auf Ardas Schultern sinken ließ und noch lange die Straße hinunterstarrte, überkam Hendrika eine unangekündigte Angst: Was, wenn Achis Frau mit den wahnsinnigen Augen wiederkäme? Mittlerweile hatte Hendrika ihren festen Platz auf einem der drei Plastikstühle, mittig, vor der verwitterten Fensterfront, genau richtig. Sie war nicht bereit, ihren Platz jemals wieder aufzugeben.

Es war falsch, die Geister zu beschwören. Denn dann kam der Tag. Sie sah den Mann schon von Weitem. Er saß auf ihrem Plastikstuhl, türrahmengroß, und seine weißen Haare standen über den roten Ohren ab. Er sei sein Onkel. Einer von fern. Sie lachten, als gäbe es etwas zu lachen. Hendrika flüchtete in den Laden. Unbeachtet stand eine Kundin vor dem Tresen. Aber Achi und der Typ schienen damit beschäftigt zu sein, pausenlos zu reden. Hendrika verstand nur so viel, dass der Mann mit seinem Lieferwagen Ware durch ganz Europa kutschierte und seine Ankunft schon lang erwartet worden war. Es dauerte keine zweimal fünfzehn Minuten, da parkten reihenweise Autos vor dem Laden, hupten und blinkten. Die Menschen hoben die Arme in die Höhe, küssten und umarmten sich. Arda wurde hochgehoben, sie fuhren ihm über die Stirn, tätschelten ihn. Lasst ihn in Ruhe, das mag er doch gar nicht, dachte Hendrika, die sich vor dem Schaufenster verschanzt hatte, als ob noch Kundschaft kommen würde. Zumindest eine musste doch hier die Stellung halten. Sie setzten sich auf die drei Plastikstühle vor dem Laden, die sonst für Hendrika, Arda und Achi reserviert waren, und bauten einen Grill auf. Jemand reichte Hendrika einen Pappbecher mit Cola. In Grüppchen standen sie um den qualmenden Grill, ein Autoradio dudelte im Hintergrund, kreischendes Lachen. Die Frauen schaukelten ihre Handtaschen hin und her. Hendrika wurde das Ganze zu bunt. Sie schlängelte sich zwischen den Stehenden hindurch, baute sich neben Achi auf, der gerade einer älteren Dame die Jacke abnahm, und sagte, Hallo, ich bin Hendrika. Aber keiner wollte ihre ausgestreckte Hand entgegennehmen.

Einer fragte etwas. Achi lachte, die Hand flach auf der Brust.

Nein, nein. Hendrika hilft hier nur ab und zu aus. Dann etwas in ihrer fremden Sprache.

Sie wollte ja nicht gleich als neue Freundin vorgestellt werden, aber als Arbeitskraft? Demonstrativ nahm sie Arda an der Hand: Komm, wir machen dir etwas Ordentliches zum Mittagessen. Sie zog ihn ins Innere.

Wer sind die ganzen Leute, fragte sie, bemüht, sich ihren Ärger nicht anmerken zu lassen. Hendrika schmierte ihm ein Butterbrot, als könnte sie mit dem Messer die ganze Schar vor dem Laden wegwischen. Und was für einen Lärm die machten.

Arda zählte vor dem Fenster die Namen der Personen auf.

Hatte sie wirklich geglaubt, Achi hätte keine Familie? Der einsame, alleinerziehende Vater mit seinem sechsjährigen Sohn. Da standen sie plötzlich alle, die Arda retten könnten, und warum taten sie es nicht? Warum verhökerten sie nicht ihre Luxuskarren und kauften ihm ordentliche Schuhe, wie sie es getan hatte?

Die fremden Leute hatten mittlerweile ein Lied angestimmt. Klagende, raue Stimmen. Hendrika schnappte sich ihre Jacke. Nichts wie weg. Durch die Menge, den Qualm und die Stimmen schob sich Hendrika auf die Straße. Vor allen anderen küsste sie Ardas Stirn und suchte Achis Blick, der aber stand breitbeinig mitten unter den Menschen. Kann ja doch reden, dachte sie sich und stapfte davon. So froh hatte sie Achi noch nie gesehen. Den Blick gesenkt, hastete sie die Treppen zur S-Bahn nach oben, griff beiläufig in ihre Jackentasche. Aber da war nichts, kein Geldbeutel. Diese verdammten …, fluchte sie und schlug mit der Faust gegen den Ticketautomaten. Eine Weile schaute Hendrika auf ihre schmerzende Hand. Die Knöchel färbten sich langsam rot. Sie konnte es nicht fassen. War das Wut, was sie fühlte? War sie etwa wieder zurück im Leben?

In der Nacht wälzte sie sich in ihrem Bett. Fratzen von Tanten, ihre Tanten oder Ardas Tanten, sie wusste es nicht genau. Ein undefinierbares Wimmern. Und dazwischen: Arda mit seinen schiefen Eckzähnen. Arda mit seinen blauschwarzen Haaren. Arda mit einem Blähbauch. Dann wusste sie wieder, woher das Wimmern kam: Es waren die Laute von Kindern, die hungerten. Die einem vor den Augen einfach wegstarben, obwohl man ihnen gerade einen Erdnussriegel gegeben hatte. Die sogar zu müde waren, um zu weinen. Mit einem Pochen in den Schläfen wachte Hendrika auf. Dann kam das Flimmern. Der blinde Fleck rechts oben in ihrem Sehfeld. Das ganze Zimmer wackelte wie auf stürmischer See. Aufstehen unmöglich, und so beobachtete Hendrika, wie das Pochen in ihrem Kopf aufflammte, verloderte, aufflammte, verloderte, und jedes Mal, wenn sie kurz die Augen öffnete, wurde es trüber, bis die Nacht das Flimmern verschluckte. Wie mumifiziert lag sie in ihrem Bett und wartete darauf, endlich einzuschlafen. Nur für ein paar Tage würde die Migräne sie kleinkriegen, dachte sie. Morgen, übermorgen würde sie Arda wieder von der Schule abholen, sprach sie Achi auf den Anrufbeantworter. Ob die Gäste schon fort waren, ob sie auf ihrer Matratze schliefen, ob sie mit ihren Schuhen Dreck in den ersten Stock trugen? Sie fand ihren Geldbeutel im Wäschekorb und schmetterte ihn gegen die Wand.

Die Nächte dehnten sich aus, als hätten sie's auf sie abgesehen. Hendrika versuchte beim Zähneputzen, nicht in den Spiegel zu schauen. Sie ließ das Licht aus. Niemand sollte sie durch das Fenster sehen. Blind kannte sie die Runden durch ihre Dreizimmerwohnung nachts, vom Bad ins Wohnzimmer, vom Wohnzimmer ins Schlafzimmer, vom Schlafzimmer in die Küche. Exakt fünfunddreißig Schritte. Aber die Schritte auf dem Parkett hörten sich plötzlich anders an: Die Stille machte sie wahnsinnig. Sie zählte die Minuten, bis sie es morgens aus dem Bett schaffte. Sie beobachtete den Staub auf dem Boden. Sie wartete auf etwas, das nicht passierte. Das Radio lief in der Küche. Nachrichten und klassische Musik versuchten, sich in ihrer Lautstärke zu übertrumpfen. Wo Arda wohl jetzt war, kam er allein von der Schule nach Hause, was beschäftigte ihn? Sie versuchte, nicht zu oft daran zu denken.

Nur einmal klingelte das Telefon.

Achi? Vielleicht war etwas passiert. Vielleicht wollte er sagen, er vermisse sie. Es war ihre Mutter.

Hallo, sagte Hendrika und ließ sich auf die Couch fallen.

Wie geht es dir? Bist du sehr beschäftigt? Ihre Mutter hatte ein Talent dafür, jede Frage wie einen Vorwurf klingen zu lassen.

Gut.

Und die Migräne?

Wie eben jedes Jahr zum Herbst, sagte sie.

Ihre Mutter seufzte. Sie habe gerade Nachrichten gesehen.

Hendrika legte den Hörer auf den Küchentisch. Sie hörte nicht mehr hin, als ihre Mutter nacherzählte, was alles besser gewesen wäre, wenn sie nicht nach Deutschland gezogen wären. Hendrika stellte sich vor, wie der trockene Mund ihrer Mutter fast den Hörer berührte, im Hintergrund die klaustrophobische Stille, die für die Mutter Sicherheit bedeutete.

Ich muss los, sagte Hendrika.

Triffst du dich etwa mit jemandem?

Nein, ja, doch. Ich muss nur mal raus, frische Luft. Du solltest auch mal raus, sagte Hendrika, den Hörer zwischen Schulter und Nacken eingeklemmt, ihre Zehen gruben sich in den Teppich. Sie löste zwei Ibuprofen in einem Glas Sekt auf und wartete. Als es schon dämmerte, trat sie aus der Tür. Sie versuchte, sich aufzurichten. Bloß nicht werden wie deine verfluchte Mutter, dachte sie. So weit kommt's noch. Schritt für Schritt kämpfte sie sich bis ins Erdgeschoss.

Schon von der Haltestelle aus sah sie, dass Achi die Plastikstühle hineingestellt hatte. Die Markise eingezogen. Als rechnete er gar nicht mehr mit ihr oder Kundschaft. Die Tür war verschlossen. Hendrika klopfte kurz und schnell, dann lang und heftig. Sie hörte Achis Pantoffeln und die Dielen knarzen.

Hallo, ich mal wieder. Hendrika dachte, er würde sich daran erinnern, an ihre Anfänge. Ich habe dich vermisst, platzte es aus ihr heraus. Am liebsten hätte sie Achi fest an sich gezogen: Ich habe euch so vermisst! Wie geht es Arda? Ist er schon aus der Schule nach Hause gekommen?

Achi lächelte nicht, er sagte nichts, er hielt die Klinke nur in der Hand. Warum bat er sie nicht hinein?

Er ist krank.

Aber Achi, das ist doch egal, darf ich ihn nicht sehen, darf ich kurz hoch?

Sein Zögern machte sie wahnsinnig. Ich weiß, ich war lange nicht da, sagte sie. Ich war selbst krank. Aber jetzt geht es mir gut, es geht mir sogar sehr gut, weil ich euch habe.

In der Wohnung hatte lange keiner mehr gelüftet oder gefegt. Die Luft war drückend und roch fremd. Hendrika stieg die Treppe hinauf. Auf der Couch lag Arda und blickte an die Decke. Erst als sie sich über ihn beugte, sah sie die Kratzer auf seinem Arm, den Bluterguss in Rot, Gelb, Blau um die rechte Wange.

O Gott, was ist passiert?

Achi setzte sich auf die Bettkante, entblößte seine Unterzähne und erklärte: Arda sagt nicht, was los war. Er kam allein von der Schule nach Hause. Seitdem redet er komisch.

Arda, stimmt das? Waren es die anderen Kinder? Er wich ihrem Blick aus.

Ich habe dir doch gesagt: Versuch mal nett auf die anderen Kinder zuzugehen. Erzählst du mir jetzt bitte, was los war? Red mit mir, Arda, hey!

Dann sagte er, so klar, wie andere Gerichtsurteile verlesen: Die Pflanzen, die weinen nicht.

Ohannaj

Die Bilder des Jahres, in dem Johanna achtzehn wurde, gingen etwa so:

ein Mond, der auf dem Wasser zu hüpfen scheint. Lachen, das in der Strömung erstickt. Das Gefühl, vor lauter Schwindel nicht zu wissen, ob man nach vorn oder nach hinten fällt.

In diesem, exakt in diesem einen Moment hätte Johanna gern auf Pause gedrückt und zurückgespult, an den Anfang, als Arda das erste Mal ihre Schule betrat. Jetzt war es zu spät.

Es war dieses eine Jahr, in dem alles bedeutsam schien und jede Handlung entscheidend, weil irgendetwas bald enden und irgendetwas beginnen würde, da waren sie sich einig. Die Vorahnung lag wie ein Geruch im Klassenzimmer. Und mittendrin, an einem Novembertag, stand Herr Ott vor dem heruntergekommenen Lehrertisch, seine abstehenden Haare nur ein Schatten an der Tafel. Er trug eine dieser bunten Westen, über die sie sich manchmal totlachten.

Seit Kurzem sagte er: Verehrte Damen und Herren. Ein subtiles Nicken in die erste Reihe. Sie haben einen neuen Mitschüler, Arda. Er hatte schwarzes Haar, fast bläulich unter der Neon-Beleuchtung, er ließ sich in die erste Reihe sinken. Ein Neuer mit unerklärlich hängenden Schultern mitten im Schuljahr, wie konnte das sein? Johanna starrte eine ganze Weile auf die knochigen Schulterblätter, die sich unter seinem Shirt abzeichneten.

Noch Fragen? Ott tippte am Ende der Stunde mit der Kreide an die Tafel, blickte in eine verstummte Klasse. Die Schulklingel läutete.

Der ist bestimmt geflogen. Tom drehte sich um.

Aber mitten im Jahr?

Schulterzucken. Muss etwas Schwerwiegendes passiert sein.

Könnte zugezogen sein, dachte Johanna, sagte sie aber nicht. Es war ja klar, niemand hatte ihn je zuvor gesehen. Er hatte einen Nachnamen, der keine Auskunft darüber gab, ob er hierhergehörte oder nicht. Er lieferte keine Hinweise über sich, sprach keinen Dialekt, er lächelte nur wie jemand, der das erste Mal in einem richtigen Klassenzimmer sitzt. Statt T-Shirts trug er Opahemden, polierte Schuhe statt ausgelatschter Nikes, in der Pause hielt er noch den Kuli in der rechten Hand statt einer Kippe. Der Neue trug seine Fremdheit wie einen Mantel. Natürlich scannten sie jede seiner Bewegungen, wenn er morgens in den Klassenraum kam. Und sie konnten es nicht fassen, dass er sich jedes Mal an einen anderen Platz setzte.

Johanna hatte eine ganze Schulzeit damit verbracht, sich einen sicheren Platz zu erkämpfen. Sie saß in der mittleren Reihe, den Luftzug aus dem Fenster an der linken Schulter, zwischen den Coolen hinten und den

Außenseitern vorne, mit einem guten Überblick über beide Lager. Mittig zu sitzen war klug, es hieß, dass man zumindest in Ruhe gelassen wurde und nicht viel tun musste. Und von den hinteren Reihen spürte Johanna die Blicke auf ihrem Nacken wie den Luftzug aus den alten Giebelfenstern. Gekonnt wippte sie den blonden Zopf von einer Schulter zu anderen, genauso wie ihre Mutter. Sie war ein schönes Ding, hatte Tom einmal zu ihr gesagt, auf einem Stuhl kippelnd in der hintersten Reihe, an die Wand gelehnt. Wenn die Lehrer aus dem Raum waren, legte er die Füße auf den Tisch. Dass er klein war, kompensierte er damit, laut zu sein. Vor allem feierten ihn dafür seine besten Freunde: Richie, Mike und Steve, die in Wirklichkeit Richard, Michael und Stefan hießen, aber viele US-amerikanische Serien schauten. Dann gab es noch Lasse, dessen Eltern wahnsinnig viel Geld hatten, und der deshalb auch dazugehörte, Lasse, der Papierkügelchen in Jennys Hemdkragen warf. Und weil Jenny sich dann auch noch in Lasse verliebte, kam Johanna in die Gruppe, die sich vor allem über Pausenhofstehkreise definierte. Aber noch viel mehr darüber, wer nicht mit im Kreis stand. Johanna war das erste Mal in so etwas wie einer Clique aufgenommen worden, und sie hatte nicht vor, ihren Posten jemals wieder aufzugeben, auch wenn sie am Ende noch mit Tom knutschen müsste. Immerhin hatte er mehr Sommersprossen als Pickel.

Nach der Schule fragten sie sich Sachen wie: Na, was geht noch? Hängen wir ab? Planlos fuhren sie mit dem Fahrrad das Freibad, das Sportheim oder die Bushaltestelle ab. Einfach nur, um das Nachhausegehen hinauszuzögern. Zu sich brachte Johanna niemals jemanden mit. Es war ihr peinlich: das Vorgekochte auf dem Esstisch. Die Stickerphantomspuren auf dem höhenverstellbaren Schreibtisch und die Tennisabzeichen an der Wand. Sie hingen bei Tom rum, wo der Kühlschrank immer gefüllt war, Joghurts mit Schokoperlen und anderer Süßkram, wo keiner genau hinschaute und es nur ein Au-pair-Mädchen gab, das rauchend im Hinterhof saß und sie mit Straßenschuhen herein und auf der Couch RTL schauen ließ. Breitbeinig auf der Couch fläzte Tom, der Ärger bekommen würde, wenn der Alte vom Autohaus heimkam. Aber sie ahnten, dass es gleich war, ob der Vater mit seinen pochenden Schläfen jetzt die Wohnzimmerbelagerung auflösen würde, dass Tom am nächsten Tag so oder so mit einer roten Backe in die Schule kommen würde, und sie wussten, dass Tom das wusste. Es schien eine eigene Form der Zuneigung in diesem Haus zu herrschen. Jeder auf der weißen Leder-Couch, die niemals quietsche, wusste, wogegen er oder sie ankämpfte: die zornige Mutter, den cholerischen Vater, die spießige Oma. Es wirkte verbindend, darüber zu sprechen. Und mittendrin nickte Johanna und lächelte. Sie fand ihre Eltern weder doof noch toll und fragte sich, ob das ein Problem war. Sie starrte in den Fernseher, wo die Gerichtsshows liefen. Was sie mehr beschäftigte, war die Frage, wogegen Arda eigentlich ankämpfte, denn da schien es nichts zu geben.

Auch wenn es in Strömen regnete oder der Bus ausfiel, niemand holte ihn jemals von der Schule ab. Sie sahen ihn allein durch die Kleinstadt spazieren. Einmal, auf dem Heimweg, sahen sie Arda unter dem Schein einer Straßenlaterne stehen und lächeln. Kein Winken, kein Hallo, er blieb auf seiner Straßenseite und sie auf ihrer.

Creep, sagte Jenny und kicherte durch ihre Zahnlücke.

In der Kleinstadt hatte er bald den Ruf eines Jugendlichen, der nie grüßte. Vielleicht einer aus der großen Stadt. Da wisse man ja eh nicht mehr, wer zu wem gehöre. Ein Feiner wie der, bestimmt aufgewachsen nur mit Frauen. Sie sahen Nachmittage lang stumm in den Fernseher und wussten keine Antwort auf die Fragen, und mittendrin saß Tom mit angezogenen Beinen.

Was willst du, fragte Tom auf dem Pausenhof, lief an Arda vorbei, und ihre Schultern streiften sich fast. Arda legte den Kopf schief, als hätte er die Frage nicht verstanden. Es passierte schneller, als Johanna fassen konnte, dass Tom seinen Rotz in die Kehle zog, den Kopf in den Nacken legte und mit aufgerissenen Augen Arda anspuckte. Arda schloss nur die Augen, spürte wohl das Nass, das seine Wange nur gestreift hatte, an ihm vorbeigeflogen war, an die Wand hinter ihm, er drehte sich um, blickte auf den Fleck, an die Wand, lief darauf zu und fort und hinterließ eine monumentale Stille.

Mike sagte irgendwann, Was geht? Tom zog die Schultern hoch, Was habt ihr denn, das geht doch nicht, einer wie der stellt sich über uns.

Darauf hatte niemand etwas zu sagen.

Arda schien bald wie eine kränkelnde Straßenkatze, der man nicht so nahe kommen wollte. Aber er hielt sich einfach fern, als hätte er den Spuckmoment verstanden und eine Anweisung zu befolgen. Die Anweisung, einfach zu verschwinden, wenn sie den Raum betraten. Er befolgte alle Anweisungen, so strikt, dass es kaum auszuhalten war.

Morgens saß er allein auf der Bank vor dem Schultor, versunken in ein Buch, die Beine übereinandergeschlagen. Er sagte Sätze, die in Schullektüren standen. Benutzte Worte wie evident und ausgesprochen. Aus seinem Notizbuch ragten Zettel, Post-its, unfassbar, dass er alles, was er im Unterricht hörte, archivierte. Wenn Arda sich meldete, lehnte sich Ott an sein Pult und nickte mit offenem Mund. Arda zögerte, blickte an die Decke, und plötzlich waren alle, die gerade noch aus dem Fenster den fallenden Blättern hinterhergeschaut hatten, wieder wach und horchten auf die Atempause.

Eine Sekunde, zwei Sekunden, drei Sekunden.

Johanna liebte diese Atempause, und es schien, als ginge es Ott ähnlich, als würde er Arda nur deshalb drannehmen. Wenn er nicht gefragt wurde, sagte Arda kein Wort. Er bewegte sich geduckt durch die Gänge. Es war aus der Mode gekommen, höflich zu sein, aber er hielt jeden Tag nach der Stunde dem Lehrer die Tür auf. Wenn sie am Lehrerzimmer vorbeiliefen, hörten sie seinen Namen.

Arda hatte eine neue Kategorie aufgemacht, nach der sie sich plötzlich hätten verhalten müssen. In dieser Zeit fiel nur auf, wer ADHS hatte oder hochbegabt war. Sie warteten auf den Moment, in dem Ott sagen würde, Arda solle nach der Stunde noch kurz bleiben, sie müssten reden.

Kurz vor Weihnachten sprang Tom von der Feuertreppe und sagte, der war im Heim.

Sie standen hinter dem Schulgebäude, gehüllt in Rauchwolken und bedeutungsvolle Blicke. *Pfff*, machte Richie und kaute weiter auf seinem Brot, als wäre es Kaugummi.

Tom lief auf und ab. Er hatte ein Gespräch zwischen Ott und Arda mitbekommen. Nach der Stunde. Die Tür war angelehnt gewesen. Da hatte Arda erzählte, dass er in einer kirchlichen Einrichtung aufgewachsen war. Deshalb. Deshalb auch diese komische Sprache. Das erkläre alles. Keiner wusste darauf etwas zu sagen.

Na ja, und nach dem Gespräch sind die beiden zusammen heimgegangen.

Was?

Ja wirklich. Tom nickte. Sie treffen sich jeden Tag. Habt ihr das nicht gesehen? Arda läuft nur Kreise um das Gebäude. Dann dreht er um. Er geht wieder zurück ins Gebäude, durch den Keller. Tom erzählte, dass auch Otts Auto noch in der Parkschleife stand, bis nachts.

Da geht was, sagte Tom leise, das ist so ein Vater-und-Sohn-Ding.

Toms Beobachtung wurde zum Gespräch, das Gespräch ein Gerücht, und das Gerücht trug sich weiter über den Pausenhof bis ins Lehrerzimmer und zurück in die Klasse. Es habe eine Besprechung gegeben, sagte Tom. Seitdem hielt Ott nervös die Lehrertasche am Körper, wenn er nach dem Unterricht aus dem Raum flüchtete, er fuhr sich immer öfter mit der schwitzenden Hand durch sein lichtes Haar, er nahm Arda kaum noch dran, obwohl Arda zur Frühromantik offensichtlich viel zu sagen gehabt hätte. Sie hatten erwartet, dass Arda jetzt endlich wütend werden würde. Es musste nicht einmal eine Schlägerei sein, aber zumindest zusammengezogene Augenbrauen, ein hilfloser Blick, er hätte sie bei den Lehrern verpetzen können. Arda aber lächelte weiter, wie jemand, der sogar in einem Angriff eine freundliche Kontaktaufnahme sieht. Er las ohne aufzuschauen weiter seine Bücher und schrieb immer noch die besten Noten. Langsam fragten sie sich immer seltener, warum Arda so war, wie er war, das Kichern verstummte. Arda, das war irgendwann einfach ein Synonym für einen, der zu brav war, um normal zu sein.

Es wurde heimlich Frühling. Die Schulzeit war bisher die längste Zeit ihres Lebens gewesen, jetzt waren die Wochen abzählbar. Und täglich wurden sie daran erinnert, dass es jetzt um alles ging: um Jahresfortgangsnoten, die definierten, wie die Gespräche an den Küchentischen zu den Zukunftsfragen geführt wurden, um Abschlüsse und Anerkennung. Mein Vater prügelt mich tot, wenn ich's nicht packe, sagte Tom und blickte präzise an seinen Nikes vorbei auf den Asphalt. Jetzt war es Zeit, sich wirklich anzustrengen. Nach den Hausaufgaben hingen sie an der Bushaltestelle herum und zitterten in viel zu dünnen Pullis. Zumindest der Himmel war eine klare Sache mit ein paar Sternen, als hätte jemand Löcher hineingeschossen. Sie saßen unter der Obhut der Straßenlaternen auf dem Bordstein, auf dem sie sich mit Tausenden Kaugummis verewigt hatten. Noch ein Moment, an dem Johanna am liebsten Stopp gedrückt hätte. Die Sachen, die sie immer gemacht hatten, wurden zu Sachen, die sie vielleicht zum letzten Mal machten. Es war wie dieses Spiel mit den Stühlen, wenn die Musik dudelte wie verrückt, und alle wussten, dass sie irgendwann aufhören würde und dass sie sich beeilen mussten, um schnell einen Platz zu finden. Weil ein Platz zu wenig war und einer in die Lücke fallen würde.

Tom hatte wie immer vorgesorgt. Die Arme hinter dem Rücken, sprang er eine Weile mit dem einen, dann mit dem anderen Bein auf die Bordsteinkante. Sie konnten ihm beim Nachdenken zusehen. Irgendwann blieb er stehen und sagte: Also. Die Blicke wanderten von seinen Füßen zu seinem ernsten Gesicht.

Er sagte, es ist das letzte Haus am Ahornweg, wisst ihr, wo? Da habe er Otts roten Peugeot gesichtet. Eigentlich eine easy Sache. Die Hintertür ist nie abgeschlossen. Johanna stellte sich den Lehrer vor, wie er seine Villa betreten und die Spuren ihres Herumwühlens sehen würde. Wie er am nächsten Tag in die Schule hetzen würde, die Hände kneten und zugeben müsste, dass die Abituraufgaben geklaut worden waren, und er wüsste genau, wer es war. Vermutlich würde der Schulleiter sie in sein Büro zitieren. Steve, Mike, sogar Jenny waren schon in diesem Büro gewesen. Sie kannten die Superman-Figuren überall in seinem Büro und die pulsierende Ader auf der Stirn des alten Mannes, der es nicht mehr lange machen würde. Nur Johanna würde später nie über diese Erfahrung in ihrer Schulzeit berichten können.

Ich bin dabei, sagte sie.

Was, du?

Na klar.

Die Kleinstadt war ein Schachbrett, eingeteilt in schwarze und weiße Quadrate, in denen gute und schlechte Bezirke lagen, dicht aneinander, aber klar abgetrennt. Und in einem dieser guten Quadrate, nur zehn Minuten von ihrem Haus entfernt, lag das Lehrerviertel. Gestutzte Gärten, Vogelhäuser, in denen man nie Vögel zwitschern hörte, nur das Rattern der vollautomatischen Garagentore. Wie zufällige Spaziergänger schlenderten sie vorbei an den frisch lackierten Straßenzäunen, kickten Kieselsteine voraus, sie bemühten sich nicht einmal, leise zu sein.

Kein Licht hinter den Fenstern bei Herrn Ott. Kein roter Peugeot im Hof. Dunstig baute sich der Wald hinter dem Holzhaus auf, Nebel in den Baumkronen, als könnte er den Rest der Straße jederzeit verschlucken. Feierlich sahen sie sich an. Keiner merkte, wie Johanna schwitzte. Es war, wie Tom gesagt hatte, die Hintertür war offen. Also im Grunde nicht einmal ein Einbruch. Sie tappten vorbei an frisch gewaschener Wäsche. Als hätten sie einen Plan gehabt, von dem Johanna nichts wusste, strömten sie in die Räume. Ihre Silhouetten im Dunkeln, ihre Schritte knarzten auf dem Fischgrätenparkett. Tom machte sich über einen alten Sekretär her, zog Papier heraus, las darin und flüsterte: Wusste ich's doch. Lachend hielt er Richie einen Brief hin, aber der war nur auf der Suche nach den Prüfungsaufgaben. Sie zogen Bücher aus dem Regal und blätterten darin, als wäre Otts Haus eine Ferienwohnung, in der sie sich für ein paar Tage einrichteten. Nur Johanna stand immer noch im Gang in der Dunkelheit und sah zur Decke. Sie drehte sich um und ging, ohne darüber nachzudenken, nach oben. Berührte das verkratzte Treppengeländer, blickte in ein Bad mit fliederfarbenen Fliesen, sie bog rechts in das Schlafzimmer ab, als würde ein Geruch sie anlocken. Das Bettgestell, bestimmt selbst gebaut. Unter der zurückgeschlagenen Decke lag ein Teddybär. Nicht zu fassen, ein Stofftier. Kinder konnte Ott doch nicht haben? Wenn Tom das sehen würde. Sie hörte Schritte auf der Treppe. Noch ein anderes Geräusch. Sie wunderte sich nicht darüber, erst als die Schritte im Erdgeschoss hektischer wurden. Das Laternenlicht draußen flackerte. Autoreifen auf Kies.

Tom erschien im Flur, er rief, raus hier, durch die Balkontür. Johanna blickte auf ihre Hand auf der Bettkante: Er checkt doch eh, dass wir hier waren.

Tom sagte, du bist ja krass. Seine Schritte hallten auf der Treppe. Johanna dachte nicht daran, ihm zu folgen. Sie zog sich nicht einmal die Schuhe aus. Sie nahm den Teddy, schlug die Decke beiseite und ließ sich in das Bett sinken. Sie grub ihr Gesicht in das Fell des Stofftiers, rollte sich ein und schloss die Augen. So müssen sich Menschen fühlen, die auf ein Erdbeben warten. Sie hörte, wie ihr Herz gegen den Rücken hämmerte. Unabsehbar, wie lange es dauern würde, von dem Klicken der Haustür, den erst langsamen, dann immer schnelleren Schritten im unteren Stock, dem Knarzen des Geländers, einem Rumoren, bis die Schlafzimmertür aufging. Dann erst öffnete sie die Augen. Sie hätte erwartet, dass Ott wütend wäre, sie anschreien würde. Aber er stand nur da, mit offenem Mund, die Türklinke in der Hand, und sah sie an. Er sah sie an auf eine Art und Weise, wie er sie nie wahrgenommen hatte. Er hörte gar nicht auf, sie anzustarren.

Die Absätze der Sekretärin hackten sich in das Linoleum, Johanna hastete neben ihr her. Die anderen drückten sich gegen die Wände und prognostizierten nichts Gutes. Da saß sie endlich, in diesem ominösen Raum. Dunkle Holzmöbel, keine Superman-Figuren in der Ecke, nur ein eingerahmter Batman-Comic von 1976. Durch seine Eulenaugen sah der Direktor sie an und sagte, Warum? Dabei war das keine Frage. Es war eine Tatsache.

Du, wirklich? Hatte Tom gefragt. Ja klar.

Sie bekam zwei Wochen Strafarbeit.

Krass, sagte Tom. Er habe echt Schiss gehabt. Keine Prüfungsaufgaben, aber trotzdem, nun ja, coole Aktion, oder?, sagte er, während die letzten Busse aus der Parkschleife fuhren.

Hey, Johanna. O Mann, du Arme.

Ach. Easy.

Schleich dich doch weg.

Ja, vielleicht.

Johanna nagte an ihrem Käsebrot. Die Türen der Schulbusse verschluckten die Stimmen. Nur noch stille Atemspuren an beschlagenen Fenstern. Und mit den Geräuschen wich jegliche Bewegung. Sie verschwanden wie Spinnen, wenn es regnet.

Sie hatte eine handschriftliche Liste mit allen Klassenzimmern bekommen, die sie putzen sollte. Putzen und darüber nachdenken, was sie falsch gemacht hatte. Johanna dachte daran, was sie eigentlich falsch gemacht hatte, wo sie zu lange gewartet, wann sie gezögert hatte, sie hatte so oft gezögert, es lag wohl in ihren Genen, dachte sie und stapelte die Stühle auf den Tischen aufeinander. Je lauter, desto schöner. Es hallte durch die Gänge, die nicht für die Ruhe gemacht waren. Sie horchte dem Echo nach. Vielleicht war es eines der ersten und letzten Male: allein in der Schule. Sie versuchte zu zählen, wie viele Stunden sie in ihrem Leben bisher komplett allein gewesen war, und übergoss den PVC-Boden mit grünen Spülmittelfluten. Dampfendes Wasser. Ihre Rechnung ergab keine logische Zahl.

Johanna lehnte sich gegen das beschlagene Fenster. Draußen dämmerte es schon. Die Ankündigung eines Sturms zwirbelte in den Birken. Ein Licht nach dem anderen sprang an, klack, klack, klack, ebnete den Gang mit gleichmäßigen Lichtpunkten. Der Putzkübel klapperte an ihrem Bein. Nur kurz abstellen und dann nach Hause, sich den Anschiss abholen. Aber dann hörte sie ein Geräusch, undefinierbar. Sie blieb vor dem Haushaltsraum stehen und rührte sich nicht. Unmöglich, dass dieses asynchrone Klacken von einer Leitung kommt.

Sie fand den Lichtschalter nicht, tastete sich durch den fensterlosen Raum. Nur rechts in der Ecke leuchtete etwas. Das Display der Waschmaschine beleuchtete ein Gesicht. Oh, sagte Arda. Du?

Das Gleiche hätte Johanna fragen können. Seine Hände steckten in einem Haufen Kleidung, als wäre er beim Sortieren verzweifelt. Dieses Bild ergab keinen Sinn. Arda blinzelte und schloss die Augen.

Johanna kniete sich hin.

Er biss sich auf die Lippen. Natürlich, in ihrem Kopf lag all das parat, was Tom gesagt hatte: Arda aus dem Heim, der keine Eltern hatte. Vielleicht auch keine Waschmaschine.

Arda zögerte, er sagte, Ist nicht meins. Er zog ein Hemd und eine Hose aus der Waschtrommel.

Wem seins dann?

O Mann, sagte er und zog an der Kleidung, bis sie mit einem Ruck nachgab. Dann drückte er sein Gesicht in die Wäsche: Ecki ist letzte Nacht gestorben.

Wer?

Vielleicht sei das jetzt auch egal. Ob sie ihm helfen könne, fragte Arda.

Ratlos lief Johanna neben ihm her, einen Müllsack voll nasser Kleidung unter dem Arm, am Fluss entlang durch die Innenstadt, entlang an Fahrradwegen, die im Industriegebiet mündeten. Hier gab es nichts, nur hier und da Hundegebell. Autoleichen auf Parkplätzen. Im

Inneren einer Fabrik rumorte es, als würde eine U-Bahn losfahren. Hinter dem verlassenen Supermarkt loderte ein Feuer, warf Schatten an die Wand. Eine Gruppe Menschen, versammelt wie zu einem Ritual, das Johanna nicht verstand. Auf dem Boden standen Dosenbier und Konserven. Eine Frau torkelte auf Arda zu, dann schlang sie die Arme um Johanna, ihr Atem roch nach kaltem Rauch. Erst als sie Johanna prüfend vor sich hielt und mit ihrem Blick untersuchte, wer sie wohl war, bemerkte Johanna, dass ihre Unterlippe zitterte. Die Beine waren nackt unter ihrem Fellmantel. Die Augenbrauen dramatisch, die schwarzen Locken standen ihr vom Kopf, sie hätten auch grau sein können, eine wie sie schien alterslos. Vielleicht war sie genauso alt wie Johanna, vielleicht wohnte in ihr eine tausend Jahre alte Piratin. Sie hieß Vesna, und sie war wunderschön.

Junge, hast du gehört, was passiert ist?, fragte sie. Sie schien die Worte mit Mühe herauszupressen. Rinnsale aus Wimperntusche hatten sich auf ihren Wangen verkrustet. Arda hielt sie an den Schultern fest und nickte schweigend wie ein Priester.

Sie hatten ihn in der Früh gefunden. Dort, wo Ecki gewohnt hatte, stand nur noch eine ausgebrannte Einkaufswagenfestung: vier zusammengesteckte Wagen mit verkohlten Polstern und Decken ausgefüllt, in der Mitte flackerte eine Kerze. Johanna zog ihre Jacke fester zu.

Polizei, Krankenwagen, Feuerwehr, alle waren da. So ging das stundenlang. Wir haben ihn fast nicht löschen können. Der hat gebrannt wie eine Schnapsbrennerei, der hat gebrannt, wie er gelebt hat. Vesna lachte oder schnappte nach Luft, dann schluchzte sie: War ein Guter, ich sag's dir, Junge. Wirklich.

Arda reichte Vesna die Wäsche. Sie zerriss den Sack.

Weißte, ich mochte ihn eigentlich schon gern. Ach, und der Streit. Sie tauchte ihr Gesicht in einen schwarzen Pulli, sah auf: Denkst du, er wollte weg von mir, denkst du das?

Nein, bestimmt nicht. Arda sah in das grünliche Feuer, wo eine Wurstpackung vor sich hin brutzelte.

Und kommste morgen wieder, Junge, ja?

Sie trafen sich heimlich, abends, an der Turnhalle, in der Johanna vorgab, Tennis zu spielen. Arda war immer schon dort. Eigentlich ein Wunder, dass keiner bemerkte, wie sie durch das Kellerfenster in die Schule kletterten, mit Säcken voller Kleidung, die nach Bier und Pisse und vergammelten Dosenbohnen roch.

Im Schneidersitz saß Arda vor der wummernden Waschmaschine und antwortete höflich auf Johannas vorsichtige Fragen, und er erzählte tatsächlich.

Nein, er wusste wirklich nicht, wo er geboren war.

Nein, er war an verschiedenen Orten aufgewachsen.

Nein, gar nicht so schlimm. Er habe es gut gehabt.

Die haben sich meiner angenommen, sagte er. Die Sozialarbeiterinnen mit den Keksdosen. Der Schuhmacher an der Ecke, der ihm jeden Tag nach der Schule eine Portion Gulasch auf die Bank stellte. Da gab es noch eine Frau, die ihm jeden Monat Geld hinterlegte, von dem er sich Bücher kaufte.

Einfach so?, fragte Johanna.

Er sagte, sie sei wie eine Braunbärin gewesen. Als Kind sei er mal im Zoo gewesen, da gab es auch eine Bärin. Sie hatte ihr Neugeborenes aufgefressen. Blutige Angelegenheit, alle waren schockiert gewesen. Aber sie hatte es aus Schutz getan, er war sicher. Der Zoo war anscheinend nicht die Umgebung gewesen, in die sie ein Kind werfen wollte. Bären sind keine Raubtiere, sie fressen ihre Artgenossen und Menschen auf, aus gutem Grund. Ohne dass Johanna es bemerkte, hatte Arda sie abgelenkt. Er sagte, aus Dankbarkeit gegenüber denen, die sich seiner angenommen hätten, habe er ein Gelübde abgelegt. Er sagte wirklich Gelübde: ein guter Mensch zu sein. Nichts leichter, als das umzusetzen. Wie das geht, stand in alten Büchern, die der Büchereibus brachte: im Koran. In der Bibel. In der *Unendlichen Geschichte*. Arda erzählte auch, wie er neu und etwas einsam in der neuen Stadt die Heimatlosen getroffen hatte. Genauer genommen sagte er, Menschen ohne Haus, er sagte nicht obdachlos, er sagte nicht heimatlos, es klang wie eine simple Tatsache. Er hätte auch sagen können: Menschen ohne Hausratversicherung und ohne die Pflicht, den Gehweg vor ihrem Haus zu fegen. Für Johanna klang es wie ein Kompliment. Arda tummelte sich in der Gesellschaft der Parkplatzmenschen, weil sie ungefährlich waren. Sie hätten eben keine Angst vor Andersartigkeit. Für die zählt mehr, was du tust, als wer du bist. Arda, einfach nur Arda, der, der die frische Wäsche bringt. Und so hatten er und die Menschen ohne Haus eine einfache Vereinbarung getroffen:

keine Fragen, keine bewertenden Blicke. Ganz anders als in der Schule, sagte Arda.

Johanna starrte auf ihre Hände. Sie hatte keine Worte parat, um zu sagen, wie leid ihr alles tat. Sie hätte Arda anschauen müssen. Aber zum Glück piepte die Waschmaschine. Arda öffnete die Tür, stopfte die Klamotten in den gelben Sack.

O Gott, dachte Johanna. Was würden die anderen von all dem hier denken? Was, wenn das aufflöge, nicht nur die Freundschaft, auch das Wäschewaschen? Keiner würde es verstehen. Sie aber verstand immer mehr, warum Arda tat, was er tat. In den Momenten, in denen Vesna lächelte, wenn sie sich in ihr frisch gewaschenes Kleid zwängte, sich drehte und fluchte. Vesna, die so laut war, wie Johanna nie hätte sein können. Vesna, die röhrte und schrie und dabei den Kopf zurückwarf und stampfte und spätabends Flaschen in hohem Bogen gegen die Supermarktwand schmiss und über den Knall lachte.

Wenn Johanna tagträumte, stellte sie sich vor, sie sei Vesna mit diesem voluminösen Brustkorb, in dem neben ihrer Wut ein ganzer Mensch Platz gehabt hätte. Für Vesna aber war sie bestimmt nur eines dieser Mädchen, die um Punkt neunzehn Uhr zum Abendessen zu Hause sein mussten. Eine, die sich mal eben auf den pissebesprenkelten Boden setzte, um dann wieder am Esstisch mit den Eltern Lasagne aus Keramikgeschirr zu löffeln, das mehr wert war als Vesnas ganzes Inventar: ein Daunenschlafsack, die Sammlung Reclamhefte, ein georgischer Taschensäbel, ein Waschbeutel mit Tigermuster mit Aspirin gegen den chronischen Kater und blauer Wimperntusche.

Sie drehte sich zur Seite, klappte ihr Handy auf und simste ihren Eltern: Übernachte bei Jenny, okay? Sie sah hinüber zum Lagerfeuer, beobachtete Arda, der vorgebeugt auf einem Campingstuhl saß und Karten spielte, und ganz sicher keine Sekunde darüber nachdachte, wer gerade gewann oder verlor.

Sie hätte den anderen erzählen können, dass sie Arda endlich verstanden hatte. Und das, obwohl die Basis ihrer Freundschaft nur der Schonwaschgang war, fünfundsiebzig Minuten, dreißig Grad, bei gedämpftem Licht. Der Parkplatz hinter dem Supermarkt wurde ihre Schnittstelle, der Ort, an dem sie sich ungestört trafen, um sich am nächsten Tag in der Schule wieder zu ignorieren. Nur hinter der Tennishalle umarmte sie Arda, hörte seine Atempausen an ihrem Nacken, sie ließ es zu. Na los, sagte er, das klang wie: Es geht weiter. Mit einer Mission, die ihre gemeinsame geworden war. Die bald enden würde. Vielleicht war es auch egal, wenn jemand aus der Klasse sie so zusammen gehen sehen würde. Bald würden eh alle fort sein. Sie könnte noch ein wenig von Arda lernen. Die Verabschiedungen an der letzten Ampel wurden immer länger.

Hast du Hunger?, fragte Arda eines Abends an der Straßenkreuzung. Als er sie endlich einlud, auf seinen Teil des Schachbretts, auf das sie schon immer neugierig war. Es war kein Heim. Buchsbäume umrahmten einen Häuserblock, in dem Familien lebten. Ein paar Mädchen spähten vom Fenstersims in den Hof.

Hallo, rief Arda nach oben. Sie kicherten. An der Klingel klebte ein Kreppbandstreifen mit seinem Namen. Er lebte offensichtlich noch nicht lange hier, in den drei Zimmern, die aussahen wie aus einem IKEA-Katalog: pastellfarbene Vorhänge, ein Tee-Set auf dem kniehohen Couchtisch, das Bett gemacht, nach Farben geordnete Bücher. Wie er das mache, so allein zu wohnen? Johanna kannte niemanden, der nicht bei seinen Eltern lebte.

Arda sagte, na, wie man das so macht: Vorhang auf, essen, weggehen, zurückkommen, essen, Vorhang zu. Ab und zu kommt jemand vorbei und schaut, ob ich noch lebe. Er erzählte, dass er das früh gelernt habe: allein zu sein. Es fiel ihm leichter, als mit anderen zu sein. Er sagte, Ich habe mich eben dafür entschieden. Jeder Mensch hat seine Strategien, wie er durchs Leben kommt. Es ist nur ein Spiel. Zugegeben, ein sehr komplexes Strategiespiel.

Er sagte, Na ja, der Vorteil ist jedenfalls, und tippte sich auf den Kopf, hier gelten nur meine eigenen Regeln. In seiner Wohnung dürfe man so lange fernsehen, wie man wolle. Und man müsse keine Socken tragen und könne auf dem Bett essen und krümeln, zu allen Tages- und Nachtzeiten, und man könne immer Gäste einladen, die harmlosen und die gefährlichen. Er öffnete mit einer Unsicherheit, die verriet, dass er nicht oft Besuch hatte, den Wandschrank. Bestimmt noch von den Vorbesitzern. Er hielt eine Schnapsflasche gegen das Deckenlicht.

Aha, machte Arda, ließ sich auf den Teppich sinken und rieb sich den Grappa mit der Hand auf die Fußsohlen.

Viel gesünder, als über den Mund zu trinken, wie das Tom und die anderen machen, sagte Arda. Der Schnaps brannte an Johannas Füßen, der Geruch erinnerte sie an das letzte Mal, als sie beim Faschingsball in einem Berg von Decken lag und sich ankotzte.

Er sagte, Hat mein Vater schon so gemacht, abends, um besser schlafen zu können. Wollte nicht aus einer Flasche trinken. Was hätten die Leute in der Nachbarschaft über ihn gedacht?

Dein Vater?

Arda rieb sich noch mehr Grappa unter die Füße und fragte: Und, fühlst du es schon?

Johanna imitierte eine Besoffene und ließ sich auf den Boden fallen. Sie kicherten eine ganze Weile, die Lampe drehte sich, jedenfalls bildete Johanna sich das ein, sie blinzelte an die Decke. Hatte sie jemals in ihrem Leben eine Strategie gehabt? Spätestens jetzt wäre eine nötig. Wie konnte sie sich so lange darauf verlassen haben, keine eigene Strategie zu haben?

Und noch ein Moment, der sich in ihre Erinnerungsbilder dieses letzten Jahres reihte: Wie sie sich auf den Bauch drehte, zu Arda blickte und sagte: Eigentlich ist deine Strategie doch Mimikry wie in der Biologie. Mimikry wie die Tarnung aus Schutz. Und du bist die Echse, die im Wald verschwindet. Getarnt vor ihren Fressfeinden, sagte sie zu Arda, in sein Gesicht, dessen Ausdruck sie noch lange vor sich hatte, bis sie sich später fragte, wie sie ihn zu deuten hatte. Demnach, sagte sie, könntest du so sein wie Tom, und alles wäre leichter. Arda rollte sich wieder auf den Rücken und sagte, mehr zur Decke als zu ihr, Ich glaube nicht, dass Tom der Fressfeind ist.

Je müder ihre aufgestützten Arme wurden, desto tiefer sanken sie in den Teppich. Johanna wollte nicht mehr auf die Uhr schauen, sie hatte Angst, Arda könnte sagen, dass sie jetzt gehen müsse, dass es Zeit war, dass es auch eines der letzten Male wäre, dass sie über Stunden so sprachen. Nur noch ein Monat. Sie würden sich an die Unis in der Gegend verteilen, die noch mit dem Wagen der Eltern und an den Wochenenden erreichbar waren, Jura studieren oder Pädagogik oder VWL, alles abbrechen und noch einmal neu beginnen, Meeresbiologie, Kunst oder Zukunftswissenschaften. Wie auch immer, Arda passte in keine der Kategorien.

Was wirst du machen?, fragte Johanna.

Arda zuckte mit den Schultern, und dann sagte er diesen Satz. Er sagte ihn mit einer Selbstverständlichkeit, die ihr nicht mehr aus dem Kopf ging.

Alles, natürlich alles, alles oder nichts.

Es dämmerte, als sie nach Hause lief, und sie schwor den aufwachenden Vögeln, dass sie das Abiturzeugnis in der Hand halten und ihren Eltern sagen würde, sie werde den Studienplatz nicht annehmen. Mutter würde ausrasten, Vater in den Keller gehen und sie zu Vesna. Sie würde mit in den Nacken gelegtem Kopf Bier trinken. Und sie würde wie Arda leben. Gut sein und frei sein und jeden akzeptieren, sie kritzelte ihren Vorsatz auf ihren Schulblock. Nur noch ein paar Tage, dann würde sie sich trauen.

So endete der letzte Akt der Geschichte, der den gewohnten Lauf der Dinge wiedergab. Dann kam der Tag der Matheprüfung. Im Akkord rieben sie sich die schwitzigen Hände an den Außenseiten ihrer Hosen, mit aller bemühten Coolness. Die Uhr tickte bedrohlich über einer endlosen Reihe von angestrengt über den Tisch gebeugten Hinterköpfen. Sieben Jahre lang hatten sie Gleichungen, Formeln und Regeln gelernt, um ihr Wissen in viereinhalb Stunden auf ein Blatt zu kritzeln. Dann endlich das Läuten, das Aufatmen, das Seufzen und Stühlerücken. Ein letztes Mal strich Johanna über die fünfundzwanzig karierten Seiten. Mal wieder würde irgendjemand per Rotstift bestimmen, wie ihre Chancen standen, was sie studieren würde und in welcher Stadt. Würde, hätte, könnte. Auf dem Weg nach draußen noch verschachtelten sich die Konjunktive in aufgeregten Gesprächen. Ach, egal wie es war. Sie hatten es nicht mehr in der Hand, sagten sie sich, und die ersten Biere ploppten auf. Dann ein zweites. Das dritte Bier führte sie zum Gasthof *Hasenbrunnen*. Sie fuhren mit dem Fahrrad durch die Stadt, laut und ausufernd wie ein Hochzeitskonvoi. Zu Hause hielten sie nur, um Schlafsäcke abzuholen. Während die anderen vor dem Gartenzaun warteten, ignorierten sie jeweils feierlich die sechs W-Fragen der Eltern: Wann, wer, wie, was, warum und worauf bezieht ihr euer Tun? Das alles zählte ab diesem Tag nicht mehr. Die Fahrräder quietschten über die Feldwege. Und je weiter sie sich von den Häusern entfernten, desto ruhiger wurde die Euphorie. An der Böschung angekommen, glaubten sie, alles auf einmal abgehakt zu haben: das Abi, die Schule, die ewigen Tests. Immerhin: die längste Etappe ihres bisherigen Lebens. Flüge nach Thailand, Australien oder Malle waren gebucht. Es konnte losgehen. Womit, wusste keiner wirklich. Aber das Gefühl schmeckte nach Kippen und Rotweinflecken in frisch bezogenen Einmeterbetten. Die Bäuche an das hölzerne Geländer gelehnt, schwiegen sie und blickten auf den tosenden Fluss. Wie Sportler kurz vor der Ehrung hielten sie das Bier vor der Brust. Rechts und links grinsten sie in die Runde. Johanna lehnte sich ans morsche Geländer und wusste, dass es halten würde.

Als sie ihre Zelte aufstellten, sah Johanna, wie Arda sein Fahrrad über die Wiese schob und von Weitem winkte. Zum Glück waren alle viel zu beschäftigt, den Pavillon aufzustellen und Bierkästen darin aufzustapeln. Natürlich war Arda der Einzige in der Klasse gewesen, dem niemand Bescheid gesagt hatte. Aber niemand würde sich wundern, wenn er trotzdem dabei wäre, hatte sich Johanna gedacht und ihm auf dem Weg zur Matheprüfung zugeflüstert, Hey, machst du mit? Niemand käme darauf, dass sie ihn mitgeschleppt hatte.

Sie übermittelte ihm in kurzen Worten alles, was er wissen musste. Mitternacht. Am Fluss. Mutprobe. Die Nacht im Wald verbringen. Jeder und jede für sich in völliger Dunkelheit. Kein Handy, keine Taschenlampe, kein Feuerzeug. Nichts als Stille.

Bei Sonnenuntergang wollten sie los. Zu Sonnenaufgang zurückkehren. Alles, um eine neue Lebensphase zu feiern.

Johanna zweifelte nicht, dass er kommen würde. Die Mutprobe schien ihm keine Angst zu machen, aber er hatte sich offensichtlich dazu entschieden, als Letzter aufzutauchen. Die Dunkelheit senkte sich schon über die Felder. Über die abgemähte Wiese liefen sie zum Lager. Die Grillen zirpten. Vor ihnen baute sich die Sommernacht auf. Kippenstummel flogen wie Glühwürmchen in den Fluss, der in allen Schwarznuancen ins Tal toste, rechts und links unentschlossene Bäumchen mitriss. Nur vom Mond beleuchtet. Ein endloses Rauschen, in weiter Ferne der Wasserfall. Würde man verstehen, was sich hier Gewaltiges abspielte, wenn man als Alien auf der Erde landen und das Konzept Schwerkraft nicht kennen würde?

Bis über die Köpfe loderte das Lagerfeuer, als wäre es seine Funktion, ein letztes Mal die Gesichter der anderen anzuleuchten, auszuleuchten, abzuspeichern. Der Schein flackerte um Ardas gesenkten Kopf. Da verfing sich Johannas Blick in Ardas. Er lächelte eine Frage, die sie nicht verstand, und plötzlich war sie traurig.

Sie einigten sich darauf, dass sie keine Angst haben würden: vor dem Alleinsein und der Dunkelheit und allem zusammen, und der Jägermeister half.

Was ist, wenn jemand in die falsche Richtung läuft?

Ach was. Siehste doch die Sterne.

Und Wildschweinen begegnet?

Oder Aliens?

Und Serienkillern?

Oder dir selber mit achtzig?

Sie lachten, lagen auf ausgebreiteten Decken und warteten nur darauf, dass es losging. Köpfe auf Bäuchen rollten sie über den Boden, die Strohstoppel piksten ihnen in den flauen Magen. Johanna war erschöpft und besoffen. Ganz anders als Tom. Laut, lallend schwang er laute Reden. Und dann ging es los.

Manche kicherten, manche liefen direkt, manche im Slalom vom Feuer weg, manche blickten sich immer wieder um. Schritt für Schritt ging Johanna irgendwann auf den Wald zu, der wie eine schwarze Wand vor ihr lag, an der sie abschmettern konnte, wenn sie zu schnell lief. Und mit jedem Schritt ließ die Wärme des Feuers an ihrem Rücken nach. Feucht empfing sie der Waldrand. Noch einmal blickte sie durch die armdicken Bäume zurück zum Feuer, an dem immer noch Tom und Richie saßen. Natürlich nahmen sie das Ganze nicht ernst.

Zeit wurde ein nebliger Zustand. Johanna hätte Stunden oder nur Minuten, links oder rechts oder auf oder ab laufen können. Es gab nur das Moos und die Wurzeln unter ihren Füßen. Der Mond drehte sich. Die gesamte Schulzeit zog in Bildern vorbei. Und plötzlich kam ihr das Gefühl, schreien zu wollen, laut und mit Nachdruck, wie Vesna. Sie schrie, und ein aufgescheuchter Vogel hob ab, ein Ast flog knackend zu Boden. Und irgendwann, als sie nicht mehr laufen konnte, legte sie sich hin mit der rechten Gesichtshälfte auf den moosigen Untergrund. Ameisen liefen über ihre Fußknöchel. Dann war es vollkommen still. Dann war alles vollkommen klar.

Die aufgehende Sonne blitzte stroboskopisch zwischen den Bäumen hindurch. Johanna blieb liegen, beobachtete, wie sie emporstieg, bis der pelzige Geschmack in ihrem Mund verschwand. Und plötzlich hatte sie es unheimlich eilig. Sie wollte los, weg, was auch immer da war. Her damit! Im Stechschritt lief sie durch den Wald, dem Rauschen des Flusses entgegen. Das Feuer brannte noch. Manche waren schon zurück, rieben sich die Augen. Andere kamen erst nach und nach zurück.

Nur Arda, Arda kam nie wieder.

Drikahen

Hendrika musste einfach handeln. Niemals hätte sie Arda etwas Böses gewollt. Sie wollte nur sein Bestes.

Der Geruch, mit dem ihre Wohnung sie begrüßte, war derselbe, wenn sie von einem langen Auslandseinsatz zurückkam. Staubflocken wirbelten vom Dielenboden auf. Die Yucca-Palme, mehr Deko als am Leben. Die Rollos, seit dem Sommer zugezogen. Das Stillleben eines stillstehenden Lebens. Sie riss alle Fenster und Türen auf.

Willkommen zu Hause, sagte sie und drückte Arda zwei Mal die Hand. Er sah winzig aus mit dem bunten Rucksack unter dem Kronleuchter. Wie Naturgewalten wirkten die Bilder von Dünen und Flüssen, Wäldern und Meeren in den vergoldeten Rahmen. Sein Blick tastete die Decke ab, als könnte er so die Höhe abschätzen, später seinem Vater erzählen, wie hoch die Decke war. Aber sein Vater war weg, nicht mehr nur gefühlt, sondern Tausende Kilometer. Ob Arda diese Dimensionen verstand?

Es hatte sich Wochen zuvor angebahnt, wie eine Grippe pünktlich zum Winter, abzulesen an Achis glasigen Augen. Bemitleidenswert stand er vor dem erleuchteten Schaufenster, wippte vor und zurück und paffte ein Gemisch aus Atem- und Rauchwolken in die Straße, die sich mit dem Herbst geleert hatte wie die Vasen. Regen,

Wind, Kälte, alles schien Achi egal. Er blieb stundenlang unter der Markise stehen und ließ den Regen auf seine Kappe fallen. Hendrika, den braunen Mantel bis unters Kinn zugezogen, sah aus dem Laden auf seinen Rücken und wartete, bis er wieder reinkäme. Aber er stand dort wie einer, der den letzten Bus verpasst hat und die Hoffnung nicht aufgeben will, weil er unbedingt irgendwohin muss.

Papa tut das Heim weh, sagte Arda und fasste sich mit der Hand an seine Brust, dorthin, wo er sein Herz vermutete.

Und vom Regen, vom Heimweh oder beidem wurde Achi tatsächlich krank. Er lag in seinem Bett, die Arme vor der Brust gefaltet, wie ein Pharao. Sein Gesicht glänzte, und Schleim rasselte in seiner Lunge.

Ob sie ihm etwas bringen könne?

Nein, Achi schob Hendrikas Hand weg und schloss die Augen.

Nein, nein, immer nur nein. Die Augen öffnete er nur, wenn Arda nach Hause kam, über seine ausgestreckten Beine krabbelte, sich neben ihn legte und Achi beim Schnaufen zusah, bis er selbst einschlief. Arda machte sich keine Sorgen. Etwas Vorfreudiges hing in der Luft.

Schnee bedeckte an dem Morgen, als Achi losfuhr, den Gehweg wie Puderzucker und schluckte alle Geräusche. Hendrika beobachtete die Passanten, die hinter den beschlagenen Fenstern vorbeiliefen und in den Himmel blickten. Und am Bordstein: ein schwarzer Kleinlaster, offensichtlich im Parkverbot. Kein deutsches Kennzeichen. Hendrika öffnete die Tür und atmete die Ahnung eines harten Winters ein. Ein bärtiger Mann ließ die Wagentür zuknallen und wurde langsamer, als er auf den Laden zuschritt. Versteht wohl nicht, dass ich jetzt hier den Laden schmeiße. Hendrika putzte ihre Hände an der Schürze ab. Arda schrie vor Freude auf, klammerte sich an das Bein des Fremden. Und sogar Achi wackelte die Treppe herunter, die Arme nach oben gerissen wie zum Gebet. Die Männer küssten sich auf die Wangen. Schon wieder so einer. Wie selbstverständlich schob er mit dem Fuß Hendrikas Matratze beiseite, ließ sich auf die Schlafcouch fallen. Seine Zahnbürste hing aus seinem rot karierten Hemd. Kein Wort verstand Hendrika, und so tat sie, als würde sie den Laden fegen. Im oberen Stock klimperten Teetassen. Immer wieder hörte Hendrika ihren Namen. Als sie in die Wohnung ging, war dieser Mann im Sitzen eingeschlafen, die Hände auf dem Bauch und den Mund geöffnet, als hätte er noch etwas Wichtiges zu sagen. Er war gekommen, um ihn abzuholen, so sagte es Achi. Nach dort, wo er gebraucht werde. Als was oder wo, das sagte er nicht. Für Arda schien es klar.

Achi rieb sich die Hände. Die Schule, sagte er zögernd, legte den Kopf schief und blickte zu Arda. Und bevor er weiter nach Worten kramen musste, nickte Hendrika so selbstverständlich wie zu den Kundinnen, die nach Magnolien fragten. Klar würde sie auf Arda aufpassen.

Wie lange?

Er zeigte sieben Finger. Der rechte Mittelfinger unentschlossen, er zuckte mit den Schultern.

Acht Monate also?

Nein, acht Wochen.

Hendrika lächelte und grub die Finger in Ardas Haare.

Natürlich, sagte sie. Selbstverständlich. Wir sind doch jetzt eine Familie, oder? Und die Schule, die ist wichtig. Die erste Klasse darf Arda nicht verpassen, er darf den Anschluss nicht verlieren. Sie war froh, dass Achi das endlich begriffen hatte.

Runde für Runde drehte Achi in seinem Zimmer. Noch einmal begutachtete er Ardas Kleiderschrank, packte seinen Koffer ein und aus. Auf einem Kassenzettel notierte er eine Nummer. Wortlos übergab er Hendrika den Ladenschlüssel und seine Sparkassen-Karte. Das war's also? Kein Tschüss, keine Umarmung, kein Danke für sie. Nur vor Arda ging er in die Knie und legte seine Stirn auf Ardas. Arda nickte. Sie prägte sich das Bild ein, sie wollte es aufheben, als ob sie es geahnt hätte.

Es war nicht schwer, Achi nachzuahmen. Hendrika schlief in seinem Bett. Der Tabak schien an ihrer Haut zu haften. Morgens zog sie seinen braunen Wollpulli über, stieg in seine ausgelatschten Pantoffeln und weckte Arda, wie Achi es tat, indem sie mit den Fingerspitzen auf der Kante der Schlafcouch trommelte. So einfach, als wäre die Elternrolle wie ein Lockstoff, mit dem sie sich umgab und den Arda offensichtlich wiedererkannte. Sie dachte, so muss es sein, so wie es Tiere machen. Tiere, die sich anpassen müssen, wenn eben ein Mitglied der Herde wegfällt. Sie stand hinter dem Tresen und grüßte die Kundinnen schweigend mit einem Nicken zu Arda, den

Blick, den Achi so draufhatte, der sagte: Alles gut. Und Hendrika merkte, wie dieses *alles ist gut* in sie überging. Es würde in ihr ein ruhigerer Winter werden.

Äußerlich hatte der Winter die Stadt fest im Griff. Er ließ Autos über die vereisten Straßen schlittern und Menschen aus ihren Wohnhäusern in den Himmel starren, befinden, dass heute kein guter Tag war, um hinauszugehen. Der Frost verkalkte die Arterien der Regenrinnen. Es blieb dämmrig bis finster.

Gerade an solchen Tagen von der dunkelsten Sorte blieb das Licht im Laden aus. Wie oft muss man einen Lichtschalter hin- und herdrücken, bis man begreift, dass die Deckenlampe nicht angehen wird? Arda begriff beim ersten Mal, dass Achi die Stromrechnung nicht bezahlt hatte. Und als wäre das nicht genug, gluckerten die Heizkörper eine Art letztes Klagelied.

Mit der Dunkelheit kam die Kälte. Schweigsam saß Arda mit seinen Hausaufgaben vor dem Gasherd und wärmte sein Gesicht am dampfenden Wasserkessel, er schien das nicht zum ersten Mal zu machen. Arda beschwerte sich nie, weder über die Kälte noch die Dunkelheit, und die Müdigkeit schien ihm auch gleich. Nachts, wenn sie nicht schlafen konnte, weil ihre Füße Eisbrocken waren, hörte Hendrika, wie Arda sich auf der Schlafcouch wälzte.

Was hätte sie tun sollen? Sie musste handeln. Wer weiß, sie hätten sich hier noch den Tod geholt. Es ging um Ardas Wohl, und mit Kindeswohl kannte sie sich zumindest aus.

Einen Sommer, einen Herbst und einen halben Winter war Hendrika kaum in ihrer Wohnung gewesen. Nach der Zeit im Laden und dem Geruch von feuchten Wänden, die man berühren konnte, wenn man sich auf die Zehenspitzen stellte, wirkte die Weite der Altbauwohnung bedrohlich wie die offene Prärie. Weil wohl alle anderen in der Familie ihre Leben besser im Griff hatten, hatte sie die Wohnung der Großmutter bekommen, einer Frau mit Goldzähnen, klackenden Plateau-Absätzen und einem Hang zu sehr viel Himbeertorte. Hendrika war damals etwas jünger als Arda gewesen, als sie an einem Hafen warteten, dass die ganzen Möbel, Kunstwerke und das Porzellan nach Deutschland verschifft werden sollten. Ob sie damals als Kind erleichtert oder traurig gewesen war, als sie dort stand? Hendrika wusste es nicht mehr. Die Erinnerung war ausgeblichen wie ein jahrelang aufgehobener Einkaufszettel. Sie erinnerte sich nur noch an die Kulissen. Die Farm. Barfuß auf Steinfliesen. Fliegengitter, die im Wind quietschten, und die Geräusche der Tiere nachts. Nur ein Zaun dazwischen. Draußen war die Gefahr, drinnen waren sie sicher, so hatte sie es gelernt. Im Haus mit Mutter, Vater, der Cousine und der Tante. Sie lebten damals so weit weg von allen anderen, dass sie einen Schlangenbiss nicht überlebt hätten. Nur wenn nötig, stiegen sie in den Jeep. Sie standen in Kleingruppen um die holzvertäfelte Kirche, sprachen Deutsch und mal Englisch, vor allem über andere. Wie es auf der Farm lief, beantwortete ihr Vater seit Langem nicht mehr. Sein Rücken war krumm wie Achis Rücken. Es war fast unmöglich, aus der steinigen Erde etwas wachsen zu lassen. Seine Knie schmerzten, Hendrika konnte es sehen, wenn er sich zum Gebet auf die Bank kniete. Der Weihrauch machte sie fast ohnmächtig. Aber manchmal mussten sie einfach lachen, sie und ihre Cousine, die eigentlich schon zu alt war, um die Kirche blöd zu finden. Wie der Pater aussah, mit dem wallenden Kleid, wie eine Frau. Dann zischte ihre Mutter. Überhaupt gab es nicht viel zu lachen. Die politische Stimmung war angespannt, so viel verstand Hendrika schon damals. Nachts riegelten sie das große Tor vor der Farm ab.

Sie hatte Angst, vor allem nachts, wenn die Hunde bellten und es doch nur eine verirrte Antilope war. Und es wurde schlimmer, als der Vater starb. Wie Arda hatte sie keine andere Wahl gehabt: Sie musste schnell eine Erwachsene werden, um mit denen mitreden zu können. Sie fand erst später eine Sprache für eine behütete Kindheit, die doch keine war. Wie sie neben den Arbeitern saßen, auf einem abgemähten Fleck Rasen, und ihnen bei der Arbeit zuschauten. Wie ihre Mutter Kaffee trank, aus demselben Porzellan, auf den Tischdecken, den einzigen weißen Tischdecken, für die sie in die Stadt gefahren waren, und wenn sie eine Mücke erschlugen, wie das Blut auf der weißen Tischdecke kleben blieb.

Als die Arbeiter protestierten, wurde es ruhig zu Hause. Sie aßen nicht mehr draußen. Die Tante und ihre Mutter verstummten, wenn sie ins Zimmer kam. Sie zogen die Vorhänge zu, sie warteten ab.

Wir ziehen um, sagte ihre Mutter irgendwann.

Wohin?

Nach Deutschland, sagte sie. In das Land, das Hendrika nur aus den Ferien und von der vergilbten Karte in der Schule kannte. In dem sie immer das Gefühl hatte, dass es zu viele Menschen gab und dass die Autofahrer und die Fahrradfahrer sich deshalb anschreien mussten. Dass sie gehen mussten, war ihre Rettung, dachte sie und beobachtete Arda, der die Bücher inspizierte.

In diesem Deutschland schienen ihre Mutter und ihre Tante plötzlich um hundert Jahre gealtert. Sie benutzten Wörter, die keiner verstand, und trugen Kleider bis zum Boden, die in der Stadt längst als *old-fashioned* galten. Noch lange erzählte Hendrikas Großmutter auf Dinnerpartys, wie es gewesen war, damals, und es schien, als lebte sie allein davon, keuchend von den alten Zeiten zu erzählen. Solange die Großmutter lebte, war ihr Stolz so unverrückbar wie das Inventar der Wohnung. Und als sie endlich starb, stand Hendrika in der Wohnung, unfähig, das alles zu zerstören, denn es war der einzige Besitz, den sie hatte. Das Konto zu leer, um sich neue Möbel zu besorgen.

Hendrika schob den Sekretär aus dem Wohnzimmer in die Abstellkammer. Die Möbel hinterließen blasse Flecken auf dem Holzboden. Das alte Arbeitszimmer wurde Ardas erstes eigenes Zimmer. Auf dem Tisch, an dem ihre Großmutter früher Briefe geschrieben hatte, türmten sich jetzt Bücher. Hendrika deckte Arda mit einer Daunendecke zu und setzte sich auf die Bettkante.

Wie lange bleiben wir hier?, fragte Arda. Es war nur

dieser eine Satz. Sonst hatte er an diesem Tag nicht viel gesprochen. Kein Danke. Kein Staunen. Vermutlich war er einfach nur müde von den vielen Eindrücken.

Bis dein Vater wiederkommt, sagte Hendrika und versuchte, sich die Enttäuschung nicht anmerken zu lassen.

Bis dahin musste sie sich etwas überlegen.

Deckenlampen warfen weiße Punkte auf das Linoleum, das sich vom Boden gelöst hatte. Die Schritte darauf, mehr ein Quietschen als ein Hallen. All diese Menschen mit ihren verschränkten Armen, die auch nichts hinbekamen in den Gängen. Hendrika öffnete die Tür und setzte sich unaufgefordert.

Name?

Hendrika Berg.

Alter?

Einundvierzig.

Höchster Schulabschluss?

Abitur.

Beruf?

Humanitäre Helferin.

Die Frau hinter dem Schreibtisch hob das erste Mal ihren Blick von ihrem Papier und strich sich den Pony aus der Stirn.

Das ist ein Beruf?

Warum auf eine dumme Frage antworten? Hendrika sah aus dem Fenster. Hinter den Lamellenvorhängen versuchten ein paar Arbeiter eine Lichterkette in einer Blautanne aufzuhängen.

Ledig, sehe ich hier?

Ich bin alleinerziehend.

Wie ein nervöses Wildtier blickte sie abwechselnd von dem Papierstapel auf ihren Schoß und notierte etwas.

Und Sie wollen sich arbeitssuchend melden?

Nein, ich will mich arbeitslos melden, ich sage es Ihnen gleich, ich werde unter keinen Umständen wieder arbeiten.

Die Frau mit den fransigen blonden Strähnchen räusperte sich, und noch bevor sie etwas sagen konnte, sagte Hendrika: Ich brauche eine Pause. Sie atmete tief ein. Nicht, dass sich ihre Stimme wieder überschlug. Diese neue piepsige Stimme, die aus ihr kam, passte gar nicht zu ihr.

Was wollte die Frau von ihr? Formgerecht hatte sie sich beim Amt gemeldet. Wie sollte sie es einer Angestellten, die nicht einmal Englisch sprach, erklären? Nein, kein Jobwechsel, Zeit für einen Lebenswechsel, war das so schwer zu kapieren? Und während die blasse Frau hinter dem Schreibtisch weitersprach, starrte Hendrika auf die Kunstdrucke an der Wand, Klatschmohn, Sonnenuntergang, ein kopierter Miró, und rechts im Blickfeld das Gesicht der Beamtin, zur Unkenntlichkeit verschwommen. Hendrika lächelte. Eigentlich war es Achis Taktik: einfach nicht antworten, wenn man nicht wollte. Was die Beamtin sagte, übertönte sie mit ihren eigenen Gedanken. Achi, vielleicht gerade knöcheltief in einem Paprikafeld. Ob er manchmal an sie dachte? Das Hintergrundrauschen endete abrupt.

Danke, sagte Hendrika, obwohl sie nicht wusste, wofür. Was die Frau noch zu ihr sagte, ignorierte sie gekonnt, und auch die Briefe, die in den folgenden Wochen durch ihren Postschlitz flogen und im Flur liegen blieben wie abgestürzte Papierflieger. Sie trat über die ungeöffneten Schreiben hinweg wie über umgekippten Biomüll, als wäre es nur eine Frage der Zeit, bis sich die Essensreste von Unrat in Staub verwandeln würden, bis sie sich selbst regeln würden. Sie wollte nichts mehr regeln. Wahrscheinlich waren die Briefe sowieso nur von der Organisation, die noch auf eine förmliche Kündigung wartete. Aber auch wenn sie ihr Millionen zahlen würden, sie würde nicht mehr in einen Flieger steigen. Niemanden mehr retten. Zwanzig Jahre ihres Lebens reichten, um sich eine emotionale Hornhaut wachsen zu lassen, die sich nun langsam und schmerzvoll löste wie nach einer langen Wanderung. Die Zeit, die Heldin zu spielen, war vorbei. Halleluja. Keine endlosen Schlangen mehr vor Check-ins an Flughäfen. Keine bombensicheren Westen. Arda war das einzige humanitäre Projekt, das noch zählte. Sie war jetzt Mutter, verantwortlich.

Dass sie endlich angekommen war im Leben, in nicht einmal einer Jahreszeit, war ihr ganz persönlicher Erfolg, gut gehütet vor den Bewertungen anderer. Telefonierte sie mit ihrer Mutter, erzählte sie von einem neuen Auslandseinsatz. Geheim. Im Osten. Zu komplex, als dass sie nachfragen würde.

Wann sie wiederkomme, fragte ihre Mutter.

Nie wieder, dachte Hendrika.

Achi blieb fort. Dezember und Januar vergingen ohne eine Nachricht von ihm. Ein Fahrrad zu Weihnachten. Silvester mit Blick über die ganze Stadt, zwei Wunderkerzen in der Hand. Eine dampfende Badewanne. Es waren feierliche Monate der ersten Male. Und das erste Mal ertappte sich Hendrika in der Buchhandlung dabei, wie sie um das Pädagogik-Regal herumpirschte wie früher um Marx und Foucault. Ohne schlechtes Gewissen ließ sie einen Ratgeber für alleinerziehende Mütter in ihrer Jackentasche verschwinden. Kam Arda von der Schule nach Hause, dampfte das Essen schon auf dem Tisch. Plötzlich halfen ihr die Nachbarn, Wasserkästen in den fünften Stock zu tragen, und allmählich freundete sie sich mit der Wohnung an, die ihr immer wie die Kulisse eines gescheiterten Lebens vorgekommen war. Der Blumenladen blieb geschlossen. Nur um zu gießen, gingen sie in den Laden, trugen ein paar übrig gebliebene Rosen in die Wohnung, trockneten sie und hängten sie an die Wände neben Buntstiftgemälde, wie eine Erinnerung an eine Zeit, die längst vergangen war. Ein Überbleibsel wie das Schweigen.

Gut, laut, doof. Mehr sagte Arda nicht, wenn sie ihn fragte, wie es in der Schule war. Irgendwann sah er sie nur noch lange an. Kein Lächeln, keine Traurigkeit, nicht einmal ein Blinzeln. Er sah wie durch sie hindurch. Ohne ein Wort zu sagen, trottete er nach Hause, sie voraus und er im Windschatten hinterher. Seit einer Weile nahm er nicht mehr ihre Hand. Wenn sie sich an der Kreuzung mit suchendem Blick umdrehte, sah er aber doch auf, dann wusste Hendrika, dass alles in Ordnung war, dass sie schon alles richtig gemacht hatte. Er tauchte einfach immer mal wieder ab, sagte sie sich, wie eben auch Achi abgetaucht war und wie auch sie endlich abtauchen durfte. Das Abtauchen, das sollte ein Menschenrecht sein. Und es war ihr Recht, dass endlich mal wirklich alles in Ordnung war. Bis Arda eines Mittags einen zerknitterten Brief aus seinem Schulranzen zog. Die Stimme der Lehrerin habe ihm wehgetan, sagte er und reichte ihr die Einladung zum Elternabend.

Noch so eine Sache in ihrem neuen Leben. Na gut, dachte Hendrika und nahm sich vor, mal wieder zu duschen. Zwängte sich in die Strumpfhose. Arda saß vor dem Fernseher, der ihnen seit Kurzem das Reden abnahm, balancierte ein Käsebrot auf seinen Knien, während sie die Kleidungsstücke erst auf dem Boden verteilte und dann wieder in den Schrank stopfte. Lange nicht mehr in den Spiegel geschaut. Was war aus ihr geworden? Früher so grazil, jetzt wie ein Kaltblüter. Die Schwerkraft hatte sich an ihr vergriffen. Ihr ganzer Arsch, eine Kraterlandschaft. Ich sollte den Hometrainer mal aus dem Keller holen, dachte Hendrika. Doch für Selbstzweifel war jetzt keine Zeit. Sie rückte den Rock zurecht und schüttelte die Haare aus, wie diese jungen Dinger in der Stadt.

Vor dem Schulgebäude warteten sie schon, die Muttis und Vatis in Zweiergrüppchen, vertraten sich gemeinsam die Füße und tauschten Begrüßungsfloskeln aus. Die Klassenlehrerin lächelte entschuldigend, sperrte die Tür auf, berührte Schultern und Ellenbogen. Da saßen also diese Eltern auf den Erstklässlerstühlchen wie Elefanten auf Melkschemeln. Röcke spannten sich so über die Oberschenkel der Muttis, dass Hendrika ihre Unterwäsche sehen konnte. Rosa, schwarz mit Spitze, rot. Hallo. Henriette, Sybille. Angenehm. Manuel, Emma. Ah, die Ehefrau von Peter, Klara, die neue Freundin. Hallo, Sofia. Schön, dass du da bist, Lotte. Und sowieso. Die Mutter von, der Vater von. Wer die Zuständigkeiten der Menschen in der Welt einordnen will, muss nur auf einen Elternabend gehen, dachte Hendrika und klemmte sich die Hände unter die Oberschenkel. Diese Menschen waren offensichtlich gut eingerichtet in ihren Leben. Hatten sich einen Kopf über die Winterfeier in der Aula oder den Klassenputz gemacht, während sie drei Kriege miterlebt hatte.

Frau Berg?

Ja, sagte sie, aufgerufen wie eine Schülerin, und etwas kitzelte in ihrem Magen.

Ich bin mir nicht ganz sicher, sagte die Lehrerin und fächerte die Papiere in ihrer Hand auf.

Sie sind die neue Partnerin von Ardas Vater?

Hendrika lachte, vielleicht zu laut: Nein, aber ich kümmere mich um Arda.

Also die Pflegemutter?

Wie kam sie denn auf so etwas?

Hendrika schüttelte den Kopf.

Sie sind die Sorgeberechtigte?

Himmel. Nein, einen Führerschein hab ich dafür nicht gemacht, dachte Hendrika, nickte aber. Gelogen war das nicht. Sie sorgte sich. Darf nicht jeder in dieser Welt einfach berechtigt sein, sich zu sorgen?

Hendrika flüchtete aus der Schule. Ihre Stiefel klackten auf dem Gehweg, aber nicht nur ihre eigenen Schritte. Bevor sie abbiegen konnte, hatte die Frau sie eingeholt, die sich in der Runde als »einfach nur Elke« vorgestellt hatte.

Diese Menschen haben Schachteln im Kopf, sagte sie und hakte sich ungefragt bei Hendrika ein. Wollen wir eine Runde gehen? Mehr Aufforderung als Frage.

Sie sagte, Du schläfst also mit dem Daddy? Elke schüttelte ihre Haare aus und redete einfach weiter: Voll okay. Hab denen schon im Kindergarten immer andere Lover zu den Elternabenden geschickt. Die kennen das halt nicht. Sie kam mit ihrem Gesicht so nah, dass Hendrika ihr Parfüm riechen konnte. Sie wusste nicht, ob es nicht klüger wäre, dieser Frau, die ihr so frontal in die Augen schaute, auszuweichen. Diese Frau hatte es geschafft, sie ins Stolpern zu bringen.

Elke sagte, Elternabende sind beim ersten Mal immer verstörend, keine Sorge, Liebes.

Liebes, wann war sie das letzte Mal so genannt worden? Als sie bei Elkes Wohnblock ankamen, schrieb die ihre Nummer mit Lippenstift auf eine Serviette.

Wer hätte gedacht, dass das Leben ihr eine wie Elke zuspielen würde. Auch Elke wartete den ganzen Tag darauf, dass ihr Sohn nach Hause kam. Auch sie versuchte es mit Basteln, dann mit Stricken, dann mit anspruchsvoller Literatur. Auch sie erkundete jeden Sonntag einen neuen Park, testete mit ihrem Sohn Rutschen in allen Formen und Farben. Warum das nicht zusammen machen? Aber vor allem schien sie eines zu verbinden: die Sehnsucht, sich irgendeinem fremden Wesen an den Hals zu schmeißen und sich festzubeißen. Sich festbeißen, sagte Elke und grinste. Nicos leiblicher Vater war nur noch eine Nummer auf ihrem Handy, die sie wählte, um die Übergabe zu planen. Sie erinnere sich kaum noch an den Abend, nur daran, dass er einen krummen Schwanz hatte, sagte sie einmal bei einem ihrer Spaziergänge, und dass sie nie daran dachte, dass daraus ein Kind kommen könnte. Wenn sie lachte, wippten ihre Dauerwellen-Locken.

Dass Hendrika plötzlich lauter sprach, schneller und ausufernder, das lag wohl an Elke. Sie hatte genau jene Portion an Energie, die Hendrika fehlte, und so entschied sie, sich öfter in ihrer Nähe aufzuhalten, als könnte etwas von Elke auf sie abfärben. Sie trafen sich abends, wenn Arda schlief. Im Bademantel öffnete Elke die Tür, auf der Wachstischdecke auf dem Esstisch stand schon ein rosafarbenes Getränk. Um den ganzen *trouble* zu vergessen, sagte Elke, und ihr Glas klirrte an Hendrikas. Als alleinerziehende Mutter hat man's eben nicht leicht.

Nein, man hat es nicht leicht.

Hendrika hüllte Arda in seine Deckenlandschaft, knipste das Licht aus. Als wäre es etwas Verbotenes, schlich sie über das Parkett. Das Taxi wartete schon unten, darin: Elke in einem Kunstfellmantel. Die Augen eingerahmt in Schwarz. Alles an ihr war übertrieben, aber na gut, das gehörte eben zu ihr, zur Kunstfigur Elke, wie sie selbst einmal sagte: Wäre Nico nicht gewesen und dieser Scheißkerl, der in ihrem Handy unter 023 gespeichert war, hätte sie Kunst studiert.

Schick, Ika, sagte Elke und strich ihr über das Kleid. Hendrika hatte immer gedacht, Menschen wie sie bekämen nie Spitznamen. Nur die mit zu vielen Freunden, die sonst durcheinanderkommen. Ohne zu fragen, wie er eigentlich hieß, nannte sie den Taxifahrer Carlos. Und Carlos, dem das natürlich schmeichelte, drückte aufs Gas, manövrierte das Auto über die dreispurige Straße, schlängelte sich rechts und links an Lieferwägen vorbei und zog die Straßenlichter hinter sich her. Vor ihnen türmten sich die Hochhäuser der großen Stadt auf. Tausende kleine Fenster, mehr unbeleuchtet als beleuchtet. Es war einer der Abende, die den Frühling schon in sich trugen. Ein Abend, an dem die Menschen die Straße wiederentdecken, nicht schnell von A nach B kommen wollen, sondern flanieren.

Carlos ließ sie in einer Straße raus, in der Hendrika noch nie war. In der sich mexikanische Restaurants, Clubs und Bars mit ihren Leuchtreklamen offenbar übertreffen wollten. Ein Gin Tonic hier, ein Himbeerschnaps da. Wann hatte sie so was das letzte Mal gemacht? Sie torkelten in ihren Stiefeln über die weiten Straßen, eingehakt wie Freundinnen. So eine Nacht, die darf nie enden. Und wie schön Elke war, in diesem Licht. Immer wieder hielt sie sich an einer ihrer Locken fest. Hendrika konnte nicht anders, sie musste ihr in diese Haare fassen. Arda würde leicht schnarchend schlafen. Sie dachte keine Sekunde an den ganzen *trouble*.

Dampfig empfing sie die Kneipe. In den Ritzen das Bier, der Rauch und der Schweiß längst vergangener Tage. Knirschendes Parkett, wohl keiner will wissen, was alles darunter, darauf viel zu viele Beine. Hendrika stützte sich an der Wand ab. Aus allen vier Ecken schallte Musik. Salsa, wann hatte sie das letzte Mal Salsa gehört? Ach ja, damals an der Strandbar in Sansibar. Die Erinnerung an den Besitzer der Bar verscheuchte sie, hielt sich an dem Gefühl fest, das trotzdem blieb: wie sie damals dachte, der ist alt. Die Haut neben ihr im Bett, ledrig und verbraucht. In der Morgendämmerung war sie aus der Bambushütte gestiegen und hatte gedacht: Ich habe noch mein ganzes Leben vor mir. Sie hatte lange nicht mehr daran geglaubt.

Ein paar Männer von der ähnlichen Sorte und Alter hingen an den Geländern und waren damit beschäftigt, Weizengläser von einer Hand in die andere zu schieben, und vor allem damit, zu glotzen. Und ihre Blicke hefteten sich auf sie und Elke. Vor allem auf Elke, wie sie durch den Raum tanzte, mit ihren Armen den Raum markierte, ihn einnahm, laut und erbarmungslos. Dann packte Elke Hendrika an den Hüften, zog sie auf die Tanzfläche. Ein endloses Kichern. Ein Fallen. An Tanzen war nicht mehr zu denken. Sie bewegten sich über die Tanzfläche wie Hunde auf rutschigem Parkett. Als sie merkten, dass sie zu besoffen waren, um diesen Blicken gerecht zu werden, genau in diesem Moment des Finales, verhakten sich ihre Arme, und sie sackten gemeinsam zu Boden, inmitten all der Beine, des Rhythmus und der Stimmen.

So also muss sich das normale Leben anfühlen, dachte Hendrika. Übelkeit, Schwindel oder Glück. Lachend und kreischend lagen sie da auf dem Parkett, zusammengefaltet, die Arme umeinandergeschlungen, ihre Nase in Elkes Nacken. Süßlich roch sie, nach Alkohol, ein bisschen nach diesen Nelkenzigaretten, die sie noch aus Indonesien hatte. Hendrikas Stirn rutschte an Elkes schweißnasse Schläfe, als sie sich einfach traute, das Leben hatte sie schließlich dazu aufgefordert. Sie nahm Elkes Gesicht zwischen beide Hände, blickte kurz frontal in diese Augen und küsste sie.

Ob Elkes Zunge mitgemacht hatte, wie sie wieder aus ihrer Verknotung kamen, wer sie in das Taxi gesetzt hatte, daran konnte sich Hendrika leider nicht erinnern. Nur an das weiße quietschende Lederimitat auf dem Rücksitz auf dem Weg nach Hause, irgendwo Elke, eine Ahnung von Sonnenaufgang, als sie die Tür aufsperrte. Ardas Blick, nach einer Erklärung für die zerrissene Strumpfhose und das Erbrochene an ihrem Ärmel suchend.

Mir geht es gut, Arda. So gut wie lange nicht mehr, dachte sie, schaffte es noch, ihn auf die zerzausten Haare zu küssen. Sie torkelte auf die Couch und konnte ihrem eigenen Schnarchen zuhören. Sie war Elke unendlich dankbar.

Hättest du auch gern eins? Elke häufte Preiselbeeren auf ihren Pfannkuchen. Im Glas säuselte der Sekt eine mürrische Melodie.

Durch den Türspalt im Wohnzimmer konnte Hendrika Nico sehen, über seinen Gameboy gebeugt, und daneben Ardas Hinterkopf vor der Fensterfront, natürlich schweigend.

Ich meine, ein eigenes Kind.

Manchmal überraschte Elke sie. Sie tat zwar so, als wäre sie frei von allen Konventionen. Und dann sprach sie doch so: von eigenen Kindern und adoptierten, verschwägerten oder gepatchworkten. Sie hatte ganz schön viel Kategorien für eine, die sagte: Nico und ich sind eine Familie. Basta.

Elke sagte, eine künstliche Befruchtung ist ja auch ein feministischer Akt. Ganz anonym gehe das. Auch mit zweiundvierzig. Und nur du triffst die Entscheidung, wer der Vater ist. Du kannst von vornherein bestimmen, dass seine Rolle aufs Spermaabdrücken reduziert ist.

Manchmal, wenn Elke so loslegte, sagte Hendrika nur aha, interessant, und schweifte mit den Gedanken ab. Was für ein Gesicht würde ihre Mutter machen, wenn sie ihr das erzählen würde? Ein Kind mit einem genetischen Material zu einer Hälfte ausgesucht aus einem Katalog. Was würde Gott dazu sagen? Es wäre auch reizvoll, eine Weile Gott zu spielen. Aber darum ging es Hendrika nicht.

Die Hormonbehandlung ist nicht teuer, fuhr Elke ungefragt fort. Du bist doch eh gerade arbeitslos, du gehst in die Einrichtung wie in einen Urlaub und zack, kannst du dein eigenes Kind haben. Ich kann dir Geld leihen.

Hendrika dachte an Achi, wie er seine Hand auf Ardas Kopf sinken ließ.

Macht es einen großen Unterschied, ob es das eigene Kind ist?

Wie soll ich sagen? Elke blickte durch die offene Balkontür auf die Kinder und rührte mit dem Finger in ihrem Sektglas. Ich meine, dein eigenes mit deinem Charakter. Ein normales Kind.

Hatte sie das gerade wirklich gesagt?

Elke sagte, Ich meine, wer weiß, was Arda schon erlebt hat, er kann ja nichts dafür.

Was meinst du? Er ist eben schweigsam.

Hendrika, die anderen Kinder in der Klasse haben Angst vor Arda. Dieses … Elke lachte, formte mit den Händen einen Hohlraum und blies hinein. Dieses *schschsch*.

Ach, das meinst du. Das hat eine ganz einfache Erklärung. Seit Wochen versucht Arda, seinen Vater zu erreichen, aber wenn er die Nummer wählt, kommt nur ein Störsignal: *chhhh*. Ist das nicht kreativ? Lachte sie jetzt vor Erleichterung oder aus Verzweiflung?

Elke setzte diesen Lehrerinnenblick auf, den Hendrika bei ihr noch nie gesehen hatte: Hendrika, mach dir nichts vor. Das, von dem ich spreche, ist nicht kreativ.

Sondern?

Eine Störung. Sie sei mal Sozialarbeiterin gewesen, sie wisse Bescheid.

Die Wut war schon lange da, strömte unbeachtet und gefährlich wie Gas in Hendrikas Lunge. Mit Elkes letztem Satz dehnte sie sich aus. Hendrikas Kollegin hatte ihr mal gesagt, in ihr wohne ein Vulkan. Sie explodiere nicht einfach so, man könne ihr dabei zuschauen, wie sie langsam in die Luft gehe. Hendrika konnte sich selbst dabei zusehen. Sie blickte auf Ardas stillen Hinterkopf, auf den in Piepen und Tasten versunkenen Nico, in Elkes frontale Wimpernschläge, wie sie sagte, Ach Hendrika, du musst es sehen, wie es ist, blickte auf ihre schwitzigen Hände und auf den Teller mit Preiselbeer-Pfannkuchen vor ihr. Ein Knall, ein Fleck auf der weißen Tischdecke, Kinderhände am Türrahmen. Was genau passiert, wenn der Vulkan ausbricht, weiß später nie jemand so genau. Aber der Pfannkuchentag veränderte alles. Elke rief nicht mehr an, sie ging auch nicht mehr ans Telefon. Plötzlich war Ardas Schweigen auch für sie bedrohlich, und das nur weil er für andere Kinder bedrohlich war. Und die Unterwassergeräusche waren unerträglich, und das nur, weil Elke mit dem Finger darauf gezeigt hatte.

Wie erklärt man einem Siebenjährigen die Spielregeln? Hendrika kniete sich vor Arda und strich ihm die viel zu langen Haare aus dem Gesicht.

Hör mal, du musst damit aufhören, mit diesen komischen Geräuschen.

Arda schloss den Mund, als hätte er ihre Worte heruntergeschluckt. Kein Nicken, keine Antwort, konnte dieses Kind nicht einfach mal Okay sagen?

Hendrika sagte, Hey, du musst ein bisschen mehr sprechen.

Es würde ihm selbst auch besser gehen, wenn er mit anderen spielen könnte. Sie sah, wie Arda mal auf ihr rechtes, mal auf ihr linkes Auge starrte.

Arda, pass auf. Es gibt Regeln, die wir lernen müssen,

damit wir akzeptiert werden, so funktioniert das Spiel, wir einigen uns auf ein paar einfache Verhaltensweisen, damit wir vielen Menschen auf dem Planeten gut miteinander klarkommen. Dann wird alles einfacher, hauchte sie.

Also: Ich bin Arda.

Aber du bist doch Hendrika.

Sprich mir nach.

Ich bin Arda, und ich bin sieben Jahre alt. Ich wohne in der Ringslebenstraße.

Gut, und wenn die anderen Kinder wieder fiese Dinge über deinen Vater sagen?

Dann sage ich: Das stimmt nicht. Mein Vater ist Gärtner, und er ist sehr fleißig, er nimmt kein Geld vom Staat.

Aber du musst höflich bleiben. Also, nicht immer. Hendrika überlegte.

Vielleicht sagst du nicht immer gleich, dass du in der Ringslebenstraße wohnst. Hör gut zu. Wenn dich ein Fremder fragt, und du hast ein komisches Bauchgefühl, wo du wohnst und ob er dich nach Hause fahren kann.

Dann drehe ich mich weg.

Und was sagst du dann?

Dann sage ich Nein. Arda pausierte. Ich kann das allein, ich kann allein nach Hause gehen.

Hendrika klatschte in die Hände.

Bitte, danke, gern geschehen. Sie lernten gemeinsam Höflichkeitsfloskeln wie Vokabeln. Mit den Worten kam die Veränderung in sichtbaren Etappen: Arda brauchte eine ordentliche Jacke. Sie schnitt ihm mit der Küchenschere die Haare, die sonst über den Ohren abstanden. Nein, sagte sie, wenn Arda komische Geräusche machte, und manchmal sprach er auch mehr als vierzehn aneinandergereihte Wörter, aber nicht genug, um seiner Klassenlehrerin sagen zu können, wie es ihm ging. Deshalb war es so.

Sie hätte es nicht ahnen können, sie hätte es nicht verhindern können. Deshalb war Arda an einem Februar-Nachmittag einfach weg. Es war ein Tag, an dem Schneeregen die leeren Straßen eingenommen hatte. Das einzig Bunte waren die Regenschirme vor der Schulhofmauer. Graue Silhouetten, die schnell zum Auto hasteten. Die Lehrerin kam auf Hendrika zu, als alle Kinder schon die Autotüren zugeschlagen hatten. Arda ist längst weg, sagte sie und klimperte mit den Schlüsseln in ihrer Hand.

Hendrika sagte, Ach ja? Dann wäre er aber nach Hause gelaufen, er kennt den Weg ja. Wissen Sie, ob er nach Hause gelaufen ist? Die Lehrerin verneinte und sprang über die Pfützen hinweg zu ihrem Auto. Ob ihn jemand einfach eingesammelt hatte, durchnässt von der Straße? Ob Arda irgendwo stand, in einer Nische? Hendrika suchte den ganzen Heimweg nach ihm ab.

Fröstelnd saß Hendrika auf der Couch, die Hände in den Haaren, und starrte auf jede einzelne Holzfaser des Parkettbodens, um nicht an die Wanduhr schauen zu müssen. Eine Stunde, eine Stunde und vierzig, zwei Stunden und fünfzehn. Zu einer schwarzen Kruste verbrannte der Reis auf dem Herd. Es würde nichts helfen, ihn zu suchen. Na klar. Er war beleidigt. Wegen dieser

Regel. Regel Nummer 24 in dem Heft, das sie für ihn angelegt hatte. Man darf nicht klauen.

Stift für Stift hatte sie aus Ardas Rucksack gezogen. Eigentlich schlau, keiner seiner Mitschüler hätte den braven Jungen als Dieb verdächtigt, auch die Lehrerin nicht. Aber natürlich war sie sauer gewesen.

Du musst die Stifte zurückgeben, hatte sie gesagt, und Arda hatte an die Wand gestarrt, als würde er sich rein technisch fragen, was das brachte, weil die Stifte doch ausgetrocknet waren und die anderen Kinder von ihren Eltern längst neue bekommen hatten. Weil er mal wieder nichts zu sagen hatte, hatte Hendrika etwas lauter als sonst die Tür geschlossen und nicht gute Nacht gesagt. Aber mehr doch nicht?

Sie ließ den verbrannten Topf ins Spülbecken fallen, wo er wummernd liegen blieb. Vielleicht war es ihr erster Streit. Aber sie hatte doch alles richtig gemacht? Jeder Mensch braucht Regeln. Zum zehnten Mal wählte sie Elkes Nummer, aber niemand ging ran.

Das Gebäude erinnerte sie an das Amt. Menschen, eingehüllt in Jogginghosen und den Geruch von kaltem Rauch, die sich nicht genieren, ihren Trotz in eindeutigen Gebärden auszudrücken, angelehnt an Wände, die lange nicht gestrichen worden waren, Kratzer und Schmutzflecken von undefinierten Nahkämpfen und Gerangel im Gang. Polizeistationen waren ihr noch nie gut gesinnt gewesen. Hendrika stapfte über ein paar Kauernde hinweg und zog eine Wartenummer, zerbröselte sie in der rechten Hand. Sie klopfte an die Sicherheitsglasscheibe der

Beamtin und schrie: Mein Sohn ist verschwunden, hören Sie. Ihr Atem hinterließ einen weiteren Fleck auf dem Gesicht der Beamtin. War das ein Augenrollen? Ich meine es ernst, es könnte ihm was zugestoßen sein. Ich glaube, er wurde entführt. Entführt, das war ihr Stichwort, um vor dem Empfang in die Knie zu sacken. Das Schluchzen half. Die Beamtin fasste sie am Ellenbogen und brachte sie in einen Raum. Ein-, zweimal blinzeln, und der Schleier, der sich gerade noch vor ihr aufgetan hatte, lichtete sich.

Ein Mann mit den Augen eines Dackels saß hinter seinem Schreibtisch und puzzelte.

Naumann, mein Name, sagte er. Na, erzählen Sie mal. Seine Haare hatten die Farbe von vertrocknetem Präriegras, die Finger dick. Kein Ehering daran.

Hendrika erzählte, dass es fast zehn Stunden her war, dass sie Arda in der Schule abgesetzt hatte.

Wie war sein Name?

A wie Anton, R wie Riesen, D wie Depp und A wie Arschloch, buchstabierte Hendrika. Danke schön. Ardas haben wir einige. Er tippte etwas in seinen Rechner, der Rechner brummte, Naumann verzog die Augenbrauen: Irgendwelche Anzeichen, komisches Verhalten, Mundgeruch?

Herrgott, der Junge ist sieben!

Der Naumann hielt die Hand offen auf dem Tisch, als würde er etwas wiegen.

Na ja, dann ist er ja schon halb in der Pubertät, sagte er.

Herr Naumann, hören Sie. Haben Sie Kinder? Hendrika stand auf und blickte tief in seine Dackelaugen.

Dieser Mann sollte alles Mögliche in der Welt tun, um ihr zu helfen. Wenn man schon mal was von diesem deutschen Staat verlangt.

Ja, auch so einen. Den habe ich alleine groß gekriegt. Ich weiß schon Bescheid. Wenn die einmal weg sind, kann es ja auch sein, dass sie für immer wegbleiben.

Und was wünschen Sie Ihrem Sohn?

Seine hellen Wimpern flatterten.

Hendrika sagte, in diesem Land laufen Tausende Psychopathen und Rassisten herum. Sollten Sie hier nicht endlich mal der Liste an Hassverbrechen nachgehen, die begangen werden, während Sie mit Ihrem fetten Arsch den Schreibtischstuhl wärmen? Sie schluckte in die Stille.

Nur ein Nicken, dann verschwand er in einen Hinterraum, ließ sie allein mit dem Ticken der Uhr im Raum. Ein Ticken wie eine Zeitbombe. Hendrika knabberte an ihren Fingerkuppen. Sie fischte das Telefon aus der Jackentasche. Noch immer kein Anruf von Elke.

Die Akte platzierte er direkt auf sein halb fertiges Puzzle und setzte einen Blick auf, als würde er im nächsten Moment einen Orkan ankündigen.

Wenn wir von demselben Kind sprechen, dann gilt er als vermisst.

Na schön, das heißt, er wird jetzt gesucht?

Nein, Sie verstehen mich nicht richtig: Er gilt seit einem Monat als vermisst.

Hendrika riss das letzte bisschen Haut von der Daumenkuppe und ließ es auf den Boden fallen.

Vielleicht müssen Sie mal in Ruhe mit Ihrem Partner reden, sagte der Naumann.

Lange bevor die Lautsprecherdurchsage »Endhaltestelle« ertönte, stand sie bereit, ließ sich vom Anfahren und Stoppen im Zug hin und her werfen. Natürlich war Arda hier. Sie baute sich vor dem Laden auf, klopfte und trat, als keiner aufmachte, mit schüttelndem Kopf in den Laden. Hinter dem Tresen nickte Achi. Ohne Bart wirkte er jünger. Seine Haut war sonnengebräunt, er sagte Hallo, Hendrika, es klang mehr wie eine Frage als wie eine Begrüßung. Hendrika suchte nach Worten.

Er sagte, Schon gut, Arda ist ja zurückgekommen. Er hat den Weg nach Hause selbst gefunden. Es geht ihm gut. Das ist die Hauptsache. Im Hintergrund saß Arda auf dem Schemel, baumelte mit den Beinen, als wären die Monate dazwischen nur Einbildung gewesen.

Arda, ein Glück, du bist da. Sie kniete vor ihm nieder, wollte sein Gesicht berühren, er wehrte ihre Hand ab. Er sagte: Nein danke, ich kann alleine nach Hause gehen.

Er habe oft versucht sie anzurufen, sagte Achi.

Ich weiß, mein Telefon muss kaputt sein.

Ich habe mir große Sorgen gemacht.

Das tut mir leid, Arda ging es gut bei mir. Sie sah an Achi vorbei zu Arda, aber Arda nickte nicht. Hey, Arda?

Kommentarlos goss Achi Tee in ein Glas und schob es auf den Tresen. Hendrika lächelte vorsichtig, pustete in den Tee, verbrannte sich beim ersten Schluck die Zunge. Sie konnte es nicht fassen, sollte jetzt einfach alles von vorn losgehen? Das Schweigen war zu einem Dröhnen geworden, es übertönte das ganze Elend nur. So konnte es doch nicht weitergehen? Jetzt, wo sie so viele Worte investiert hatte, um Arda auf den richtigen Weg zu bringen. Sie war hier fehl am Platz, genau wie Arda. Sie setzte das Teeglas ab, drehte sich um und ging, ohne Tschüss zu sagen, lief immer schneller bis zur Station und die Treppen hinauf, um in der S-Bahn keuchend auf den Sitz zu fallen. Die klägliche Landschaft zog an ihr vorbei, und da wusste sie es.

Hendrika drückte auf den grünen, auf den roten, dann wieder auf den grünen Button, räusperte sich. War das noch die richtige Nummer?

Julia! Lange her. Weißt du noch, wir haben zusammen in Gitega gearbeitet? Ich bin es, Hendrika. Könnte ich in deine Praxis kommen, morgen vielleicht sogar? Sie pausierte. Ein Lachen rauschte noch in den Hörer: Wieder so ein kleiner Notfall. Ich brauche deine Hilfe.

Eigentlich war ihr Julia damals schon suspekt gewesen: Die Psychologie-Absolventin mit Einser-Abschluss, platinblonden Haaren, Outdoorhose, die mehr kostete als das Monatsgehalt ihrer Mitarbeiter. Wochenlang teilten sie sich ein Doppelzimmer. Bei vierzig Grad im Schatten, wo sogar der Staub in der Luft zu stehen schien. Tagelang kam kein Wasser aus den Rohren. Zum Glück konnten sie sich gut riechen. Nächtelang tupfte Hendrika ihr den Schweiß von der Stirn, als sie sich nur im Bett krümmte. Das würde auch Julia verstehen: Hendrika hatte etwas gut bei ihr.

Statt in einem Zelt arbeitete Julia jetzt in einer Praxis mit protzigem Klingelschild und Räucherstäbchen im Flur. Julia empfing sie mit Rollkragenpulli und fragendem Blick. Hendrika erzählte ihr alles, was im letzten Jahr passiert war: von der Kündigung, wie sie Arda gefunden hatte, einsam und vernachlässigt in diesem Blumenladen. Wie sie fast über Nacht Mutter geworden war. Sie erzählte auch von Achi. Von der vergessenen Stromrechnung. Von Arda, der jetzt wieder in dieser Höhle feststeckte. Da müsse man etwas tun, muss man doch, oder?

Sie hatten nach der Zeit in der Region der großen Seen oft davon gesprochen, von der Sache mit der Adoption. Julia war etwa im selben Alter.

Hendrika sagte, Ich bin mir so sicher wie noch nie in meinem Leben. Kannst du mir das Gutachten ausstellen?

Julia begriff es sofort, aber irgendetwas an ihr war älter geworden. Sie schluckte.

Hendrika, sagte sie. Wie geht es dir denn?

Hendrika verstand die Frage nicht. Gut, sehr gut geht es mir. So gut wie noch nie.

Das Licht des Displays schien in Hendrikas Gesicht. Kein verpasster Anruf auf dem Handy. Keine Nachricht auf ihrem Anrufbeantworter. Auch kein Schnarchen mehr aus Ardas Zimmer, die Tür stand offen, als wollte sie Hendrika an den Verlust erinnern. Irgendwo im Haus das Knallen einer Wohnungstür. Hendrika biss sich auf die Lippen, bis es süßlich schmeckte, dann drückte sie auf den grünen Hörer.

Naumann. Es knisterte in der Leitung. Natürlich erinnerte er sich. Selbstverständlich würde er gern die ganze Geschichte hören. Vielleicht können Sie mir weiterhelfen mit dieser widersprüchlichen Aktenlage, in diesem interessanten Fall. Im Hintergrund klickte sein Kugelschreiber.

Ich nehme das Taxi, ich bin gleich bei Ihnen, sagte Hendrika. Dem Fahrer drückte sie einen Schein in die Hand und sagte, Schnell, es handelt sich um einen Notfall. Wie oft hatte sie diesen Satz schon gesagt? Das Leben, eine endlose Aneinanderreihung von Notfällen.

Hannajo

Johannas Lachen hallte wie ein Echo in der Kloschüssel. Sie würgte und lachte und würgte und wünschte sich gleichzeitig, dass der Schwindel aufhören und niemals weggehen würde. Ein Klopfen im Viervierteltakt. Offensichtlich war die Person hinter der Toilettentür Bronco.

Wartet nicht auf mich, rief Johanna aus der Kloschüssel. Probt schon mal weiter. Vorsichtshalber hielt sie weiter die Klinke fest. Nicht, dass er sie so sah, mit schweißverzwirbelten Haaren. Weil sie heimlich doch das war: ein Vogel, der zu hoch geflogen war, an der Stromleitung abgeprallt und jetzt am Boden zuckte. Endlich entfernten sich die Schritte. Johanna wischte sich den Mund ab. Die Momente, in denen sie dachte, Arda, wenn du mich so sehen könntest, waren selten geworden.

Ihm hätte das gefallen. Mit ausufernden Gesten, die sie gelernt hatte, hätte sie ihm das erzählt. Ich bin süchtig nach diesem Gefühl. Dem Gefühl, immer an den Klippenrand der absoluten Überforderung zu gehen, hinunterzublicken, zu taumeln. Und nirgendwo sonst kam sie dem Fallen und Sich-wieder-Fangen so nah wie in der alten Fabriketage, diesem Exil, wie die Künstler dazu sagten, in der großen Stadt.

Aber jetzt war keine Zeit für einen Schwächeanfall. Nur noch ein Tag bis zur Aufführung. Schweiß lag auf dem dunklen Tanzboden wie Morgentau.

Sorry. Ich bin wieder da. Bin am Start. Legen wir los?

Lilia und Mo warteten im Schneidersitz und trugen ihre schönen, genervten Blicke ganz ohne Scham.

Die Musik wummerte, und etwas in ihren Knien wurde wieder weich. Nur Verliebtsein musste sich so anfühlen. Beweg den Arm dorthin, schmeiß die Hüfte dahin, strecke den Rücken, achte auf deine Haltung, hebe den Kopf, wachse ein bisschen, hier ein Schritt, dort lang, der Blick bestimmt, und dann falle. Wenn die Anweisungen, wohin es gehen soll, doch immer so klar wären.

Weil sie keine Ahnung hatte, was sie sonst tun sollte, hatte sie sich vor drei Jahren für Soziale Arbeit eingeschrieben. Das lag nah. Auch der Weg zur Uni war nur eine Regionalbahn-Fahrt entfernt. In der großen Stadt waren die Leute verzottelt, die Toiletten mit Gedichten vollgeschmiert, die Diskussionen wütend. Johanna lernte, dass man in Vorlesungen ausgiebig tagträumen konnte, weil es egal und viel interessanter war, die Professoren in der Bibliothek zu belauschen. Sie wippte mit, als die Studierenden mit Lautsprechern über den Campus marschierten. Dinge. Dinge, die man eben tat, wenn man studierte, hatte sie sich angeeignet wie das kleine Einmaleins: dass es dazugehörte, sich in der Fachschaft über die Farbe des Kaffees zu mokieren und in jedem Gespräch einmal den Begriff Narrativ zu verwenden und ein halbes Bier in einem Zug zu trinken und rumzuhängen auf jahrhundertealten Steinböden und vor schwarzen Brettern zu staunen. Auf einem dieser Bretter hing dann der Zettel. Broncos verschnörkelte Handschrift. Theater der Unterdrückten, stand da nur. Johanna hatte sich die Nummer mit wasserfestem Edding auf den Unterarm geschrieben. Ein paar Tage später stand sie wirklich im Türrahmen, blickte in den Tanzsaal, wie andere in den Himmel schauen und über die Milchstraße staunen. Sie hatte sie vorher schon gesehen, eine Gruppe Menschen, die immer unter sich waren, die nicht gingen, sondern auf eine sonderbare Art marschierten. Und ihre Mäntel umspielten dramatisch ihre Knöchel.

Als sie mit dem Tanzen anfing, war sich Johanna sicher, sie hatte endlich annähernd das gefunden, wonach sie so lange gesucht hatte. Was genau es war, dafür hatte sie keine Worte, aber es war groß und diffus und unglaublich laut.

Die Menschen, die jeden Donnerstag diesen Tanzsaal füllten, wollten Schauspieler werden. Sie hatten sich mit Vorsprechen abgekämpft, waren gescheitert, aber waren wütend gescheitert und mit der Frage, ob es nicht noch mehr gab, als Theater so zu spielen, wie es ein Gremium von weißen, alten Männern haben wollte. Diese Menschen brauchten keine Bühne. Verschwörerisch saßen und lagen sie in einem Kreis und strickten ihren Stoff aus dem, was sie auf der Straße vorfanden. Johanna saß dabei, hörte zu, schwieg, adaptierte ihre Art zu sprechen, mit vorgehaltenen Handkanten für jede Argumentation. Sie schrieben ihre Rollen selbst, auf leeren Blättern, die auf dem Parkettboden hin und her schlitterten. Sie waren kaum älter als Johanna, aber manchmal beneidete sie Marie und Bronco und Mo und Lilia und Jules. Zornig erzählten sie von dieser und jener Erfahrung, *heavy shit*, und schrieben schneller, als Johanna denken konnte. Sie starrte oft lange auf ihr weißes Blatt und sagte kein Wort. Sie alle kämpften sich ab, ein Loch voller Defizite zu füllen, aber was tun, wenn das Loch mit so viel gefüllt ist, dass man droht zu ersticken? Unmöglich, das aufzuschreiben.

Sie fand ihre Rolle auf dem Weg zur Uni. Die Bahn ratterte durch die neblige Stadt. Die Köpfe der Passagiere wippten friedlich im Takt, versunken in sich selbst, sonst wäre es ihr nicht aufgefallen. Nur eine Frau, die war hellwach. Vermutlich war sie so alt wie sie. Breitbeinig saß sie in der Bahn, sie brauchte zwei Stühle und hatte einen Blick, unter dem man verbrennen könnte. Ihr Mund spöttisch und so rot, wie Kinder Rosen malen. Eine wie die macht nur tagsüber einen sinnlosen Job. Bestimmt war sie Tänzerin, keine in einer diesen anerkannten Schulen, das war klar. Man konnte es schon an ihrer Körperhaltung erkennen, an der Art, wie sie ihren Kopf hielt. Und diese voluminöse Brust. Bestimmt sang sie oder grölte in einer Band. Natürlich traute sich Johanna nicht, sie anzusprechen. Zu spät, die Frau stieg aus und blickte nicht zurück. Frauen wie die blickten nie zurück. Innerlich führte sie tausend Gespräche mit ihr:

Was macht dich wütend?, fragte sie die Frau. Johanna taufte sie Reyna. Rey für das Königliche. Und -na, von

Vesna, der schönen Frau hinter dem Supermarkt aus ihrer Schulzeit.

Und Reyna sagte: Dass man in diesem Scheißland nur auffällt, wenn man anders ist.

Und was macht dich glücklich?

Meinen Mittelfinger in noch warmen Schokoladenpudding zu stecken.

Und wenn du deine Stimme nicht hättest, was würdest du tun?

Ich würde zugrunde gehen.

Warum?

Weil ich keine Resonanz mehr hätte, über die ich selbst die Kontrolle habe.

Aus den vorgestellten Dialogen schnitzte sich Johanna ihre Rolle. Tagsüber war Reyna Bibliothekarin. Nachts zog sie von Spelunke zu Spelunke. Eine wie die schlief nicht, sie rauchte ihre letzte Kippe, putzte sich die Zähne und fuhr frühmorgens wieder mit diesem Blick, der die Mitfahrenden herausforderte, zur Arbeit. Johanna lief durch die Straßen und stellte sich vor, sie hätte diese breiten Schultern, das Doppelte ihrer eigenen Körperfülle. Und es fühlte sich groß an und mächtig. Und sie bildete sich ein, die Blicke, die an ihr hafteten, wären anders als sonst.

Im Theatersaal lernte sie, Reynas Sprache zu sprechen.

Jetzt bitte ein bisschen weniger gepresst, dirigierte Bronco. Und lauter. Sprich doch endlich mal ein bisschen lauter. Irgendwann war es ihr egal, wenn andere sie dabei beobachteten, wie sie auf der Uni-Toilette angestrengt Reynas Schnute übte. Auf einer Party stellte sie sich als Reyna vor, nur um zu testen, ob es funktionieren würde, kurz mal jemand anderes zu sein. Und keiner fragte weiter. So einfach schien das mit der Rolle. In diesem Tanzsaal wurden sie Stellvertreter für Menschen, die man sonst nicht auf Bühnen sah: sehr hässliche Menschen, sehr böse Menschen, sehr zweifelnde Menschen, sehr kranke Menschen, sehr junge und sehr alte Menschen. Menschen, Menschen, zu denen das Adverb *sehr* gehörte und wie ein Kompliment klang. Jetzt mussten sie das Stück nur auf die Bühne bringen.

Der Straßenbahnfahrer lächelte, als sie an die Außenseite klopfte. Mal wieder klopfte. Es pisste in Strömen, und sie durfte die Tram nicht verpassen, es war spät geworden. Johanna rannte zwei, drei Schritte nebenher, dann öffnete der freundliche Fahrer doch die Tür. Ein Sprung ins dampfige Innere. Ein dankbares Nicken. Die Tram wackelte durch die große Stadt. Sie hatte es von Anfang an gut mit ihr gemeint. Zu Hause kämpfte sich Johanna die Stufen nach oben. Und wie immer stand der alte Henry auf seiner Fußabstreifer-Insel und paffte Trübsal und Zigarettenrauch ins Treppenhaus.

Er hatte da schon gestanden, als ihr Vater, ihre Mutter und Jenny Ikea-Möbel in den zweiten Stock schleppten. Mit verschränkten Armen waren die Eltern noch lange im Türrahmen stehen geblieben. Johanna konnte es nicht erwarten, das Schloss klicken zu hören. In der Nacht sägte sie die Beine des alten Stockbetts ab. Sie fielen in den Innenhof und zerbrachen, und keiner räumte sie jemals weg.

Für Jenny würde das Leben woanders weitergehen. Für Johanna begann alles in diesem Haus. Bevölkert von jungen Leuten, die auch noch den faden Beigeschmack ihrer Kindheit im Mund hatten. Die Backsteinfassade vollgekritzelt. In den eigenen vier Wänden versuchte man, angestrengt die eigene Identität zu projizieren: mit Stickern, Postern, Flaggen, Rotweinflecken an den Wänden. Alle wollten besonders sein, und alle waren gleich. Das war nicht schwer zu erahnen. Fünf waren sie in der Wohnung, manchmal zu sechst, wer wusste das schon so genau. Lover und Mitbewohner wechselten wie die selbst gebastelte Uhr auf dem Putzplan. Es schien eine wichtige Mode zu sein, dass man nicht über ein halbes Jahr hinausdachte. Nur der kauzige Henry war immer da, wenn sie nach Hause kam, als bräuchte es ihn als Erinnerung, dass es irgendwann mal auch anders sein würde.

Irgendwann klappte er seine Kippenschachtel auf und lud Johanna auf seine Insel ein. Dann standen sie gemeinsam auf seinem Fußabtreter, rauchten und sprachen über die Beschaffenheit der Treppenstufe, die geopolitische Stabilität der Welt und darüber, dass es ein Menschenrecht sei, in Ruhe gelassen zu werden.

Anfangs war Johanna fast jedes Wochenende nach Hause gefahren. Fünfundvierzig Minuten in der Regionalbahn, um die Flecken mit Spucke vom Pulli zu reiben und die Sätze im Kopf zu ordnen. Während die Landschaft von Hochhäusern in Kiefernwälder übergegangen war, starrte sie nach draußen und überlegte, was sie erzählen könnte, damit Vater am Abendbrottisch nicken würde: Empfehlungen, Essays, Aufgeschnapptes aus Außenpolitik und dem Wirtschaftsteil. Hätte sie vom Theater gesprochen, wäre es ein anderes Nicken gewesen, ein fragendes. Irgendwann hatte sie am Takt des Nickens den Wechsel von Zustimmung und Skepsis erkennen können und wie ihre Eltern über sie sprechen würden, wenn sie ihr am Bahnhof hinterhergewinkt hatten. Irgendwann mochte sie beide Arten des Nickens, das anerkennende und das empörte. Ob das der Anfang war?

In der Nacht vor der Aufführung lag Johanna wach. Die Bäume vor dem Fenster pinselten Schatten an die Decke. Johanna stellte sich vor, wie sie, wie Reyna, auf der Bühne stünde und sprechen wollte, aber da war keine Stimme, keine Bewegung, ihre Rolle verweigerte sich ihr. Durfte eine wie sie überhaupt für eine Reyna sprechen? Eine Weiße mit Lebensversicherung und Dauerauftrag der Eltern auf ihrem Konto.

Johanna zog mit ihrem Teebeutel Wellen durch die Tasse, atmete den Dampf ein und sah, wie sich der Himmel langsam für den Tag zurechtmachte. Sie horchte, wie immer häufiger die Bahn einfuhr und abfuhr, wie die Haustür im untersten Stock aufging und zufiel. Bis der Wecker sie irgendwann erlöste. Na gut, sagte sie in den stillen Raum.

Die Fassade des stillgelegten Bahnhofsgebäudes war blau gestrichen. Eine Frau mit Bauchtasche und schwingenden Hosenbeinen öffnete die Tür. Schwer zu erkennen, ob sie in ihr Handy sprach oder zu Johanna. Sie führte sie in den Proberaum. Keiner fragte Johanna, warum sie so müde war, warum sie so scheiße aussah. Lilia und Juliana starrten in den Spiegel, rissen ihre dramatischen Augen auf und bürsteten Tusche in ihre Wimpern. Vielleicht waren sie auch deshalb nicht nervös: Sie waren viel zu sehr mit sich selbst beschäftigt.

Vor den Fenstern, auf den Boxen, um die Bar, überall türmten sich die Menschen. Scheinwerferlicht fiel auf den mit Kreppband gezogenen Kreis, eine Bühne ohne Podest und Abgrenzung. Johanna schob sich durch die Menge und setzte sich in den Lichtkegel. Das Getuschel verstummte. Da war sie wieder: 360°-Rundum-Erwartung, der vertraute Brechreiz, ein angemessener Taumel. Innerlich zählte Johanna die Sekunden bis zu ihrem Einsatz.

18, 19, 20. Die Silhouetten der anderen. Flackerndes Scheinwerferlicht.

21, 22, 23. Bronco am Rand. Die Zigarette für nach der Show schon hinter dem Ohr.

24, 25, 26. Konnte er sie nicht kurz anschauen, nur kurz herblinzeln, damit sie wusste, dass alles okay war?

27, 28, 29. Julianas kräftiger Rücken.

30, 31, 32. Augenpaare im Publikum, die sich aussuchen müssen, wem auf der Bühne sie folgen.

33, 34, 35. Unmöglich zu ergründen, nach welchen Kriterien die Menschen ihre Aufmerksamkeit einteilen. Wer am besten tanzt oder spielt? Bestimmt nicht.

Nur ein Kopf im Publikum, der bewegte sich gar nicht. Der Mensch saß auf dem Fensterbrett und schaute aus dem Fenster, ein Bein angezogen, wie jemand, der nur zufällig hier gelandet war, um sich unter den zusammengerückten Menschen aufzuwärmen. Den das Stück gar nicht interessierte. Johanna hielt die Luft an. Sie schloss die Augen, öffnete sie wieder. Der Raum drehte sich. Kein Vorhang, keine Stange, nichts zum Festkrallen.

Bei Sekunde dreiundvierzig angekommen, war sie sicher: Der Mann, der da saß, das war Arda.

Beruhig dich. Atme. Dein Verstand treibt mal wieder sein Unwesen. Es war ja nicht das erste Mal, dass sie Arda sah. Einmal hatte er plötzlich in der Fußgängerzone gestanden, zwischen gestressten Passanten, so deutlich, dass sie hinter ihm hergerannt war. Im Slalom den schwarzen Haaren hinterher. An der nächsten Straßenbiegung war er weg gewesen. An einem anderen Tag hatte sie geglaubt, Ardas Grinsen auf einer Zeitung zu sehen, die auf der Straße lag. Aber dort, wo sein Gesicht gewesen war, war nur ein vom Regen aufgeweichter grauer Fleck. Und auf der Erstsemesterparty war sie wirklich sicher gewesen: Das war Ardas Hinterkopf in der Menge der viel zu lauten Studierenden. Neugierig und abwartend, dass irgendjemand ihn ansprach. Als sie ihn an der Schulter berührte, drehte sich ein Mann mit blauen Augen und Schnurrbart um und fragte:

Alles gut?

Johanna hatte genickt, aber wenn sie ehrlich gewesen wäre, nein, nichts war gut. Es sei schwer und es werde noch eine ganze Weile schwer sein, hatte Frau Sonntag damals in der Aula gesagt und den Blick gesenkt, wie sich das wohl gehörte für eine Schulsozialarbeiterin.

Die Sache mit Arda. Und wie ein falscher Heiligenschein hatte ihr grauer Haaransatz im Deckenlicht geleuchtet. Sie hatte gesagt, Sie dürfen sich jederzeit Hilfe holen. Sie werde in Raum E13 warten, für den Fall, dass jemand mit ihr reden wollte. Auch nach dem Abi. Jederzeit.

In Wirklichkeit hatte Frau Sonntag nicht gesprochen, nur genickt, und wenn überhaupt, Johanna die gleichen Fragen wie allen anderen gestellt: Wie sie zu Arda stand, was sie über ihn wusste, wer er war. Immerhin war Frau Sonntag die Einzige, der sie von ihrer Freundschaft erzählt hatte.

Die Schulsozialarbeiterin hatte ihre Hand auf Johannas Schulter gelegt, mit einer mechanischen Behutsamkeit, die zeigte, dass sie wenig Ahnung von Berührungen hatte.

Sie fragte, Haben Sie es geahnt?

Was geahnt? Dass niemand Arda verstehen würde, wenn er nicht einmal einen Abschiedsbrief hinterließ?

Hören Sie mir zu, Frau Sonntag, hören Sie mir gut zu. Arda ist nicht tot.

Die Frau mit dem grauen Haaransatz sagte, es sei normal, dass sie sich Arda einbilde. Man denke sich die Welt zurecht, wie man sie gewohnt war. Man imaginiere sich eben manche Dinge. Man rekonstruiere die Erinnerung nach Wunschdenken, das sei eine Art innerer Widerstand. Ein Trauma, aufgrund eines Verlusts. Trauma aufgrund eines unvorstellbaren Unfalls. Posttraumatische Belastungsstörung. Und so weiter.

Johanna hatte wortlos den Raum verlassen und die Tür ins Scharnier krachen lassen.

Zwei Wochen lang hatte die ganze Kleinstadt Arda in allen Himmelsrichtungen gesucht. Freiwillige mit Taschenlampen und Gummistiefeln, die am Flussufer entlangwateten und sich an die Brust fassten, wenn sie Müll vorbeitreiben sahen. Ein paar Mütter hatten einen Helferkreis gegründet. Als die Polizei noch davon ausging, dass Arda irgendwo an Land gespült worden und vielleicht verletzt war, flogen sie mit dem Helikopter über die Gegend. In der Nacht konnte Johanna die Scheinwerfer, die über die Felder strahlten, durch das Dachfenster sehen. Aber nichts. Nicht mal ein Kleidungsstück. Keine Haarsträhne. Keine Wasserleiche.

Spätestens da hätten sie skeptisch werden müssen. Menschen sind zu groß, um einfach zu verschwinden. In der dritten Woche ging sie erst wieder in die Schule. Im Supermarkt fing ein Journalist sie ab. Konnte sie ihm erklären, was in der Nacht passiert war? Gab es noch andere Zeugen? Hatte sie etwas Besonderes gehört, etwas Besonderes gesehen? Irgendetwas, das komisch war? Er sah sie an wie ein Hungernder. Beim Gottesdienst in der Stadtkirche flackerte ein ganzes Meer an Teelichtern. Schüler, die Arda nicht einmal gekannt hatten, hatten Tränen in den Augen. Der Schulleiter atmete immer wieder laut ein, sah auf den Boden oder an den versammelten Schülern vorbei, er faltete die Hände wie zum Gebet, das Mikrofon fiepte. Und mittendrin saß Johanna und hielt sich die Ohren zu. Sie wollte abtauchen in diesen Fluss, in dem Arda verschwunden sein sollte, und am Grund des Flusses würde Arda sitzen und neugierig fragen: Und, was spielt sich da oben ab? Und sie würde lachen, dass es blubberte, und all der Lärm da oben wäre nur ein Rumoren. Arda konnte nicht tot sein. Aber keiner glaubte ihr.

Heimlich kultivierte sie die Erinnerung an ihn. Sie las all die Bücher, die sie aus seiner Wohnung geräumt hatten. Als sie das erste Mal in die Uni ging, stellte sie sich vor, sie würden gemeinsam anfangen, er neben ihr, mit einer altmodischen Ledertasche und seinem neugierigen Blick. Sie schrieb ihm Briefe und adressierte sie an *Adresse Unbekannt*, klebte eine Briefmarke auf das Kuvert und verstaute die Briefe in ihrem Sekretär. Als würde es nur eine Weile dauern, bis sie seine Adresse herausfinden würde.

Aber die Schulsozialarbeiterin hatte recht gehabt. Irgendwann begann die Erinnerung an Arda zu bröckeln. Die Konturen seines Gesichts verschwanden allmählich. Immer seltener bildete sie sich ein, ihn gesehen zu haben. Bis ausgerechnet zu diesem Abend.

Der Scheinwerferstrahl blendete. Johanna stand auf und starrte über die Köpfe hinweg wie eine Suchende auf hoher See. Aber was diese Menschen von ihr wollten, das wusste sie nicht mehr. Hinter den Gesichtern sah sie Bronco und seinen Mund, der etwas zu sagen schien. Eine Aufforderung. Beweg dich. Fang an. Was ist los? Aber sie konnte den Blick nicht von dem Fenster lösen. Räuspern, Stühlerücken, dann Kichern.

Ach so, sagte jemand in der ersten Reihe. Ach so, sagten noch ein paar im Chor.

Eine Frau erhob sich, stolzierte mit ihren Lederstiefeln

zum Rand der Kreppbandbühne und klopfte an eine imaginäre Wand, hey du, was ist los?

Warum stehst du da wie festgewurzelt, fragte ein Mann im Publikum, da hatten sich alle anderen schon umgedreht. Sie folgten Johannas Blick Richtung Fenster und weiter, durch das Fenster hindurch, auf die Straße. Und auf dem von Straßenlaternen erleuchteten Asphalt lagen die Blicke der Zuschauer, geduldig und gespannt. Johanna wagte kaum zu atmen, als ein Mann vor dem Fenster vorbeihumpelte. Das Gesicht im Mantelkragen verborgen. Er stoppte, als hätte ihn jemand gepackt, und sah durch das Fenster herein, er bemerkte die Blicke auf ihn, winkte und lächelte. Das Publikum war außer sich. Das Scheinwerferlicht zog einen Bogen durch den Raum, fiel auf Mo, der die Bewegung des Mannes imitierte, aufnahm, rettete Johanna und hinterließ sie im Dunkeln. Sie taumelte durch den Hinterausgang hinaus, in den Innenhof, nur noch dumpf hörte sie den Applaus. Kalt war die Wand an ihrem Rücken.

Irre, was hast du denn da angestellt?, fragte Bronco, er packte sie von der Seite, hob sie hoch, ihre Haare regneten in sein Gesicht.

Krass. So ’ne Impro hätte ich dir gar nicht zugetraut, brüllte er viel zu nah an ihrem Ohr, du hast die Leute so was von herausgefordert, sie haben sich darauf eingelassen, klasse. Johanna schälte sich aus seiner Umarmung.

Sie musste ganz schön fertig ausgesehen haben, so bleich. Was sollte sie ihm erzählen, er würde ihr eh nicht glauben.

Bronco, kannst du mir einen Gefallen tun? Nur das sagte sie irgendwann. Er kannte jeden in der Stadt. Und er war es, der die Leute zur Premiere eingeladen hatte.

Hinten rechts, sagst du?

Dafür mochte sie ihn so gern: dass er nicht weiterfragte.

Er sagte, Das sind Leute vom Projekt »Bastion«.

Alle lebten in dieser Zeit in irgendwelchen Projekten. Aber die Bastion sei ein ganz besonderes Projekt.

Es dauerte zwei Wochen, bis Johanna die Nummer wählte. Sie hatte sich alles bereitgelegt, die Uni-Papiere, den Stift, den Vorwand.

Kein Hallo, kein Name. Hä, sagte jemand am anderen Ende der Leitung. Rauschen, das Telefon wurde weitergereicht, ein Klicken, dann Stille.

Hallo. Ist da wer? Bin ich hier richtig bei der Bastion?

Kommt drauf an, was du möchtest. Das war eine Männerstimme. Hall im Hintergrund, der verriet, dass jemand auf laut gestellt hatte.

Ein Praktikum. Ich wollte fragen, ob Sie Praktikumsplätze vergeben. Ich wollte mich nur erkundigen, ob das geht bei Ihnen? Also ein Praktikum zu machen.

Irgendwas raschelte in der Stille. Komm doch vorbei, sagte eine dritte Stimme, harsch und überaus reizvoll.

Johanna kannte die alte Villa. Die Bahn fuhr daran vorbei, wenn man stadteinwärts wollte. Wenn man mit dem Gesicht am Fenster klebte, die Bäume langsam den Industriebauten Platz machten, platzte irgendwann eine von oben bis unten vollgesprayte Backsteinmauer aus dem Grün. Dicke Wände, gut getarnt, mit Moos überwachsen. Auf der Seite zur Bahn waren die Fenster zugenagelt. Sie hätte nicht gedacht, dass das Gebäude bewohnt war.

Johanna ging die Steintreppe hinauf. Eine goldene Glocke baumelte über der Tür. Der Mann, der die Tür öffnete, sagte: Johanna. Mehr Feststellung als Begrüßung. Jimi, sagte er, als wäre es die logische Konsequenz der Feststellung. Er bemühte sich nicht zu lächeln und ging voran. Aus seinem schwarzen T-Shirt-Kragen ragte eine Kralle. Seine dünnen Arme wippten beim Gehen neben dem Körper. Er drehte sich um, sagte: Bitte die Schuhe ausziehen, und ging in eine Art Büro. Erst später verstand sie, dass das ein Witz gewesen war.

Du bist Studentin, oder was?

Johanna nickte, setzte sich auf einen wackeligen Stuhl. Dieser Jimi schien in dem Büro zu wohnen. Seine Schreibtischplatte stand auf zwei Stapeln Bücher. Furchen verrückter Stühle zogen sich über den Dielenboden.

Johanna erzählte, dass sie sich als Freiwillige schon um Menschen ohne festen Wohnsitz gekümmert hatte. Sie versuchte es Jimi gleichzutun und wenig zu lächeln. Es handele sich um ein Pflichtpraktikum. Soziale Arbeit. Von dem Haus habe sie schon viel gehört, sagte sie und klemmte die Hände unter die Oberschenkel.

Sie schluckte. Aber dieser Jimi schien nicht auf eine Antwort zu warten. Unbeeindruckt malte er Kringel auf einen Block: Hast du Psychiatrie-Erfahrung?

Ob ich schon mal in einer Psychiatrie war?

Wie auch immer du das nennst.

Nein, sagte sie, als müsste sie sich dafür entschuldigen.

Er ließ sein Gesicht in die aufgestützte Hand fallen, dann sah er sie eine Weile an: Weißt du, warum wir so dicke Mauern um die Villa haben?

Damit die Leute von außen nicht reinschauen können?

Nein. Damit wir die da draußen nicht sehen müssen.

Johanna sagte, sie wisse Bescheid, klar, dass es eine besondere Einrichtung sei. Es gibt keine Hierarchie, keine Medikamente, keinen Zwang. Alle Leute sind Patienten und Sozialarbeiter gleichzeitig. Ist es nicht so? Ich finde das spannend. So etwas will ich in Zukunft machen.

Sie einigten sich auf einen Deal: Drei Monate keine Bezahlung, keine pädagogischen Ideologien, keinen Praktikumsbericht, kein Wort nach draußen, keine Sorgen. Es kam ihr so vor, als hätte sie den Code für eine Party bekommen, mit der sie sogar die anderen beeindrucken könnte. Egal, ob sie Arda fand oder nicht, er hatte sie an diesen Ort gebracht.

Die Patienten, die hier keine waren, sondern Bewohner, durften das Haus verlassen, wann sie wollten. Manche waren seit über zehn Jahren in der Villa, andere blieben nur ein paar Nächte zu Besuch. Immer wieder quietschte die Tür, wenn jemand mit einem regendurchnässten Rucksack davorstand. Sie fielen sich in die Arme, wie alte Freunde. Manche verschwanden direkt ins Bad, und das fließende Wasser übertönte das Schluchzen. Zufrieden zogen sie die weißen, frisch gewaschenen Socken an, die es in einem alten Bauernschrank gab. Und irgendwann schulterten sie ihren Rucksack wieder und gingen in den Regen zurück, in den Regen, der sie verschluckte, aber sie gingen irgendwie aufrechter, als sie gekommen waren. Und ob Auf Wiedersehen ein gut gemeinter Wunsch war oder das Gegenteil davon, konnte Johanna bis zum Schluss nicht sagen. Der Schlüssel steckte von außen, als wäre er nur ein Symbol. Sie ging drei Monate durch diese Tür ein und aus.

Die Menschen, die dahinter lebten oder arbeiteten oder was auch immer taten, glaubten, dass diese Tür wie eine Schleuse war. Wer man draußen war, zählte drinnen nicht. Psychopathen, Investmentbanker, Spießer. Wie eine Jacke streiften sie in dem Gang, in dem nur eine kaputte Glühbirne von der Decke hing, ihre alte Identität ab. Die Erklärungen derjenigen da draußen, warum etwas in ihrem Kopf nicht so funktionierte, zählten in der Stube, in der immer ein Feuer im Kamin flackerte, nicht mehr. Johanna lernte, dass sich die Namen der Bewohner mit jedem Aufenthalt ändern konnten. Beatrice, die beim nächsten Mal Bee war und rückwärts durch das Haus lief. Was auch immer sie in ihrem Leben beruflich gemacht hatte, klar war, mit Zahlen konnte sie umgehen. Nur das Vorwärtsgehen, das fiel ihr schwer. Und so wurde sie immer wieder auf der Straße aufgesammelt und in die Psychiatrie eingewiesen, weil Passanten Angst vor ihr hatten, sagte sie zu Johanna und wärmte ihre stelzendünnen Beine am Feuer. Kannst du dir das vorstellen? Angst vor einer, die einfach nur rückwärtsläuft?

Und dann gab es Toto, einfach nur Toto, der Johanna kein Wort davon erzählte, wer er vorher gewesen war. Nur seine hängenden Backen waren ein Indiz dafür, dass er Ahnung vom Resignieren hatte. Zu jeder Tageszeit stand Toto, das Geschirrtuch über der rechten Schulter, in der Küche, umgeben von Menschen, die auf ihn einredeten und ihre Finger ab und zu in die dampfenden Töpfe steckten. Niemand sonst durfte jemals das Essen zubereiten. Seine Sätze hatten nie mehr als sieben Wörter. Es war mit dem Reden wie mit dem Kochen: Für beides brauchte er Zeit. Sonst käme der Stress in den Magen, und sie bekämen Krebs, war er sich sicher. Nachts hörten sie Toto Karotten in so kleine Stücke würfeln, dass sie durch Jimis Zahnlücke gepasst hätten. Er hatte einiges zu verdauen, sagte er.

Nur Fritz hieß bestimmt in seinem früheren Leben schon Fritz. Als Johanna ihm zur Begrüßung die Hand reichte, jaulte er, so laut, dass sie erschrak und sich umsah, aber keiner reagierte. An diesem Tag regnete es in der Küche Teetassen an die Wand. Und mit jedem Knall der zerberstenden Porzellantassen lachte er. Ein gutes Zeichen, sagte Jimi. Was seine Rolle war, ob er krank war oder nicht, das fand Johanna nie heraus. Irgendwann stellte sie fest, dass sie besonders lange noch den Flur fegte, dass sie vorgab, die Bahn verpasst zu haben, dass sie an seinem Büro vorbeischlich und eigentlich nur darauf wartete, dass er aufhörte zu pfeifen und sie zu sich rief.

Hey, Johanna, rief er aus seinem Zimmer, die Tür nur angelehnt. Wie schreibt man Augenlider?

Sie buchstabierte das Wort.

Lieder, wiederholte er und lachte, eigentlich viel schöner. Er kritzelte weiter, auf einen Block. Seine Füße wippten. Warum schrieb er über Augenlider?

Jimi.

Johanna atmete tief ein und trat über die Türschwelle.

Kennst du einen Arda? Also kommt hier manchmal ein junger Mann her, so in meinem Alter, der Arda heißt?

Er sah sie an, er sah zur schwachen Deckenlampe und sah wieder auf sein Notizblockblatt.

Nein, sagte er. Einen Arda gibt es hier nicht.

Etwas durcheinander saß Johanna an diesem Abend in der Bahn, horchte dem Surren auf den Nachbargleisen nach und hielt ihr Handy in der Hand. Sie tippte Jennys Nummer ein. Die Nummer auf dem Display starrte sie an, Johanna starrte nach draußen. Dann steckte sie es weg.

Es war eine Weile her, dass sie gesprochen hatten. Aber warum sollten sie auch sprechen. Jenny wohnte jetzt eben in einer Stadt, und wenn sie überhaupt ans Handy ging, war sie gerade zwischen zwei Vorlesungen, oder sie musste gerade Paella für ihre neuen Freundinnen vorbereiten, und wenn sie gar nicht abnahm, war sie wohl mal wieder mit einem Billigflieger unterwegs auf eine dieser immer gleichen Inseln, die sich in ihrem Facebook-Profil nicht voneinander unterschieden. Das war jetzt also Jennys Leben, den Bildern zufolge, ganz glücklich. Das, was es zwischen ihnen an Schnittmenge noch gab, war das Damals. Darüber konnte sie Jenny noch erwischen: Wer sich getrennt hatte, jetzt schon Kinder, *OMG*, wer wo angefangen hatte zu arbeiten. Aber wenn Johanna mit Arda anfing, schon wieder mit Arda anfing, dann lachte Jenny in den Hörer. Das Geräusch schmerzte. Es war ein Lachen, das eigentlich gut gemeint war.

Johanna, sagte sie dann und lachte noch einmal. Johanna!

Ich weiß schon, ich weiß. Ich höre auf damit. So war es. So endeten die Gespräche.

Johanna steckte das Handy in die Hosentasche.

Am nächsten Tag stieg sie nicht aus, sondern fuhr mit der Bahn an der Bastion vorbei, Richtung Kleinstadt. Wie selbstverständlich marschierte sie zu ihrer alten Schule, die ihr winzig erschien. Wie eine unförmige Riesin mit fragwürdiger Daseinsberechtigung stand sie vor Raum E13 und klopfte. Aber hinter der Tür zerfielen nur ein paar Akten in Ordnern zu Staub.

Diese Frau Sonntag hatte sich wohl fortgemacht, vielleicht hatte sie doch recht.

Zu Hause zog sie alle Briefe mit dem leeren Adressfeld aus der Schatulle. Sie las die immer gleichen Zeilen, die immer gleichen Fragen, wie naiv war sie, eigentlich ging es in diesen Briefen nur darum, dass sie jemandem erzählen wollte, wie es ihr ging. Sie steckte die Briefe zurück in die Kuverts, zerknüllte alles, sah aus dem Fenster, schmiss die Papierbälle unters Bett und atmete aus. Vielleicht hatte sie wirklich den Verstand verloren?

Aber sicher, etwas bahnte sich an, etwas anderes noch als Weihnachten. Es schneite auf das Verandadach, unter dem die Bewohner sich an ihre glimmenden Zigaretten klammerten und darauf warteten, dass es losgehen konnte. Das Haus quietschte, es rumorte, dann wurde es stiller und stiller. Rucksäcke wurden geschnürt. Die Bewohner machten sich auf die Suche nach einer Vergangenheit und Familie, die sie in ihrem Wegläuferleben vergessen hatten, hervorgekramt in ihrem schlechten Gewissen.

Johanna wollte um alles in der Welt nicht nach Hause. Sie wollte hierbleiben, von einem Schneesturm eingesperrt hinter diesen schallsicheren Wänden, die einladende Geborgenheit ausstrahlten, mehr als die Couch im Wohnzimmer ihrer Eltern. Wenn Stille eingekehrt war, wenn alle durch die Tür sonst wohin gegangen waren, wollte sie lieber jede Matschspur in diesem Haus beseitigen, nur bitte keine Serviettenringe, nicht dieses Schweigen und Messerknirschen. Johanna wrang den Wischlappen über dem dampfenden Eimer aus, als es gegen die Tür hämmerte. Kein Glockeklingeln wie sonst. Toto blickte auf, und eine Karotte kullerte vom Küchentresen.

Ach ja, die Herrschaften. Jimi schritt an Johanna vorbei auf die Tür zu und baute sich davor auf. Kühle Luft strömte an ihm vorbei und herein.

Jimi nickte, spannte die Schulterblätter an, nickte wieder. Johanna verstand kaum ein Wort. Nur, wie er sagte, Hast du mal wieder ein bisschen in der Stadt gespielt? Und die Silhouette, die vor ihm stand, lachte. Da rollte der Polizeiwagen schon über den Schotter und war weg.

Johanna ging zum Kühlschrank, nahm ein paar Tomaten heraus, zerkleinerte sie in Viertel, ohne die Tür aus den Augen zu lassen. Zwei Menschen in einer stummen Umarmung verschlungen, ein Knäuel, vier Arme, vier Beine, zwei Köpfe zueinander gewandt. Als sie sich lösten, starrte die Person an Jimi vorbei in Johannas Richtung. Sie hatte es von Anfang an gewusst.

Arda, platzte es aus ihr heraus.

Joshua, sagte er und legte seine Hand auf die Brust. Willkommen im Team, Johanna. Sein Rucksack landete auf der Couch.

Er ließ sie in ihrer Verblüffung stehen und ergab sich den Umarmungen, verschwand darin, es schien, als wäre seine Ankunft seit langer Zeit erwartet worden. Johanna ließ das Messer in den Saft der Tomaten sinken. Mit ihrem Blick tastete sie dieses Gesicht nach Indizien ab, dass er es wirklich war: die feinen Hände, die andere Hände begrüßten. Die tiefen Wangenknochen, als er erzählte, wie die Polizei ihn in der Innenstadt aufgegabelt hatte. Die Augenbrauen, die sich hoben, als er sagte: Sie haben mir meine Villa weggenommen. Die Villa im Park, die stand ja schließlich leer, ganz offensichtlich leer, sie hätten mich ruhig länger dort pennen lassen können. Irgendjemand hatte eine Asymmetrie durch Ardas Gesicht gekämmt. Vor ihr stand kein neugieriger junger Mann Anfang zwanzig, sondern ein Mann mit silbernen Flecken im Bart, der seine Grübchen kaschierte.

Johanna flüchtete nach draußen. Die Ratten verzogen sich ins Dickicht. Scharfe, eisige Luft auf ihren geschlossenen Augen. Der Wind schwang die Haustür hin und her.

Ein Rascheln im Innenhof, die fröhlichen Stimmen aus dem Haus. Ardas Stimme. Erst sah sie Jimis baumelnde Beine, dann sein Grinsen. Er saß im Schneidersitz auf einer der Mülltonnen, zog an seiner Zigarette und sagte, Tut mir leid, Johanna.

Er sagte, Ich wollte die Geschichte schon länger auflösen. Er war sich nicht sicher, ob sie dafür bereit gewesen wäre.

Wie sollte sie das verstehen: bereit für was?

Arda ist gestorben, verstehst du? Er sagte, dass Arda jetzt Joshua sei. Und dass Joshua das gute Recht habe, alles, was mit Arda zu tun gehabt hatte, abzulegen.

Johanna konnte ihren Gedanken förmlich dabei zuschauen, wie sie sich neu zusammensetzten. Sie schüttelte den Kopf und sah an Jimi vorbei in den Himmel, der neuen Schnee versprach. Weiß und grau und ein großes Chaos darin.

Jimi sagte, So ist das. Und jetzt stell keine Fragen, nimm es einfach an. Wie ein Priester saß er auf der Mülltonne. Am liebsten hätte sie ihn heruntergeworfen.

Sie zog die Schuhe nicht aus, sie trug den Matsch in den ersten, in den zweiten Stock.

Arda, sagte sie und hielt sich links und rechts an der Wand fest.

Er saß auf dem Fensterbrett, die Beine angezogen, und schrieb. Massive Kastanienbäume wogten hinter dem Fenster.

Joshua, sagte sie irgendwann, im Türrahmen stehend. Da sah er sie an und klappte das Notizbuch zu.

Warum, warum, warum. So hätte jede Frage anfangen können, an diesem Nachmittag, an dem er also beschlossen hatte, wiederzukommen. Aber die Fragen wären zwecklos gewesen. Johanna bekam keine Antwort. Immer nur dieser ironische Blick aus dem Fenster. Daran erinnerte sie sich später. Wie sie sich ihm gegenüber auf das Fensterbrett setzte und ihre Zehen sich fast berührten. Wie Joshua sich mit den Fingern aufs Schlüsselbein tippte und sie wieder zurück war, seine Atempause. Und an diesen einen Satz nach einer besonders langen Atempause: Es gibt nur einen Menschen auf der Welt, der Arda kennt, sagte er und sah sie ernst an: dich.

Aber was ist mit den anderen, hätte Johanna ihn gern angeschrien. Was ist mit denen, Arda, äh, Joshua. Was ist mit deinen früheren Mitschülern, für die dein Verschwinden der Albtraum ihres Lebens war, was ist mit deinen Verwandten, wenn du so etwas überhaupt hast, was ist mit dieser Pflegemutter, die du mal erwähnt hast? Mit dem Amt, den Sozialarbeitern, den Lehrern? Mit den Kindern, die über deiner Wohnung gewohnt haben, die von den Erwachsenen gefragt wurden, wo du abgeblieben bist?

Unvorstellbar, wie er Menschen, die ihn vermissten, über drei Jahre im Unklaren lassen konnte. Sie konnte behaupten: Ich, ich habe ihn gefunden. Und auch: Ich hatte recht!

Kannst du dich daran halten?, fragte Arda am Ende des Gesprächs. Es klang wie eine Drohung.

Sie versprach es.

Weihnachten kam, Weihnachten ging, immerhin waren die Tage berechenbar. Das schmerzhafte Schrillen der Türklingel. Die Tante, die mal wieder sagte: Wie reizend deine Haut, und ihre Wange berührte. Die Fragen: Und wie läuft es auf der Universität?

Gut, sagte Johanna. Um ehrlich zu sein, ich gehe da nicht mehr hin, weil ich beschlossen habe, dass ich meine Lebenszeit mit etwas Bedeutsamerem füllen will. Aber sie nickte nur: Sehr gut sogar.

Johanna wird im Sommer ihren Bachelorabschluss absolvieren.

Das ist ja toll. Und dann, wo wirst du einsteigen, Johanna?

Vom Theater zu erzählen, wäre ihr vorgekommen, wie jemandem von der Erdanziehungskraft zu erzählen, der glaubte, die Erde sei eine Scheibe. Könnte man einfach *Schauspielerin* in ein Dokument schreiben, und alle würden einem glauben, wäre es so einfach.

Johanna sagte wahrheitsgemäß und höflich, Ich werde mal sehen, und wandte sich ab, Was für ein Wind.

Ja, wirklich scheußliches Wetter. Wie letztes Jahr. Nur mehr Schnee.

Sie liefen gegen den Wind an. Zusammengezogene Schultern. Sich wiegende, kahle Birken. Ihre Schals flatterten um ihre Hälse. Johanna trottete den anderen hinterher, aber der Abstand wurde kaum größer. Und um nichts zu sehen, starrte sie in den Himmel, bis ihr Nacken schmerzte. Nichts als Weiß-Grau, kein Anzeichen von Sonne.

Ihre Mutter sagte, wie jedes Jahr, Schaut, die Eisfläche ist schon dick genug, dass die Enten darauf laufen können. Sie blickte entzückt in die Runde. Und wie jedes Jahr besprachen sie auf dem Weg nach Hause schon, wer Kaffee kochen würde, für wie viele Personen mit wie viel Löffeln Pulver. Ob Schlagsahne oder Vanillesoße. Hefezopf oder Nusstorte. Der Tisch war schon gedeckt und auf den Serviettenringen standen ihre Namen. Stell dir vor, dort stünde Toto, Bee, Arda, nein, Joshua.

Das Praktikum war vorbei. Morgen fuhr Johanna an die Uni, dichtete einen Bericht zusammen, abends fuhr sie in die Bastion, als wäre es ihr Zuhause, sie gewöhnte sich an das Bild: Arda, seltsam verlebt. Arda beziehungsweise Joshua, wie er auf einem kippeligen Stuhl stand und mit Bleistift die Wände in seinem Zimmer vollschrieb, in einer Sprache, die sie nicht entziffern konnte. Mal winzig klein, mal mit großen Armbewegungen, und wenn sie fragte, sagte er nur, Ich arbeite, als wäre das offensichtlich. Als wollte er eigentlich sagen: Unterbrich mich nicht beim Arbeiten. Wie er auf der Couch saß und sich wiegte, vor und zurück, als wäre er auf hoher See, und wie keiner mehr ein Wort sagte. Wie er berichtete von der Beschaffenheit der Bahnhofsbrücken, dem besonderen Licht der Randbezirkskasernen, von seinen Spaziergängen durch die große Stadt, wie er sie nannte, wo er aber wahrscheinlich nur herumstreunte, bis er wieder aufgegriffen und in der Bastion abgesetzt wurde, wo alle neugierig im Gang versammelt warteten und nach seinen Händen griffen. Joshua, für den es keine Vergangenheitsform mehr gab, kein Plusquamperfekt, nur noch Zukunft. Zumindest glaubte Johanna, dass sie sich auch daran gewöhnen würde.

Es waren wenige Details, die sie doch von ihm erfuhr, wenn sie aufpasste, wenn sie keine Frage stellte, nicht die Stimme hob, wenn sie einfach nur einen Satz begann und abwartete und wegsah, dann erzählte Joshua doch von selbst, einzelne Scherben, aus denen sie sich ein Mosaik seiner letzten Jahre zusammenstellen konnte, unvollständig und für niemanden überprüfbar. So müssen Restaurateure arbeiten. Kluge Theorien anstellen, wenn kein Mosaikstein verfügbar ist.

Johanna erfuhr nie, warum, aber, dass er sein Verschwinden die ganze Schulzeit lang geplant hatte. Keiner würde ihm das zutrauen: dem schüchternen Jungen, der insgeheim Gott spielt. Und was wäre passender für einen wie ihn, als einfach zu ertrinken? Er saß nach der Schule in Internet-Cafés und durchstöberte Foren. Menschen schreiben ganze Anleitungen für so einen Abgang. Dass er gerade siebzehn Jahre alt war, war gutes Timing. Damit hatte er ein Jahr Zeit, versteckt zu bleiben. Er wusste, danach würden sie ihn nicht weitersuchen. Niemand würde ihn länger als dieses eine Jahr wirklich vermissen. Sobald er volljährig war, würde das Jugendamt den Fall ad acta legen. Er galt ja nicht bloß als vermisst, dem Fluss sei Dank. Irgendwo in seiner Akte würde der Zusatz stehen: verunglückt. Er müsste nur noch acht Jahre lang aufpassen, dann würde er offiziell als tot gelten, nicht mehr existent, bis dahin würde man sich in der Kleinstadt schon lange keine Geschichten über Arda mehr erzählen.

Als sie damals am Morgen nach der Mutprobe am Feuer warteten, bis es dämmerte, bis sie doch die Eltern anriefen, berichteten, was geschehen war, wimmerten, flüsterten, bis der heulende Einsatzwagen kam, als das alles passierte, was Johanna noch gut vor Augen hatte, saß Joshua schon lange in einer ICE-Toilette und fuhr mit dreihundert Stundenkilometern in Richtung Frankreich, und in seiner Brust wummerte ein frenetisches Herz. Er hatte Glück. Ein Orden in Frankreich nahm ihn auf. Sie schwiegen über das, was er ihnen nur im Beichtstuhl erzählte. Es sollte die größte, aber auch seine letzte Lüge sein, versprach er, und sie vergaben. Er vergab sich selbst. Er übte sich in gnädiger Bescheidenheit und kümmerte sich um den Klostergarten. Mit Bäumen, Pflanzen und Stecklingen kannte er sich offenbar aus. Einen Sommer lang baute er Holzhütten und installierte Lampen. Zwölf Monate, so viel wusste er, so lange musste er abwarten, bis er wieder nach Deutschland könnte. Dann würde alles vorbei sein. Dann konnte es endlich losgehen. Im elften Monat bekam er es mit der Angst zu tun.

Eines Nachts schmetterte er sich ein flaches Brett mit voller Wucht ins Gesicht. Niemand sprach darüber. Das blutige Brett wurde gewaschen und Teil der Schuppenwand. Die Mönche zahlten die Klinik. Ahnungslose Ärzte flickten sein Gesicht wieder zusammen. Sie meinten es als Scherz, als sie fragten, was für eine Nase es denn sein dürfe? Joshua antwortete: Bitte eine Nase wie die von Menschen aus einem H&M-Katalog. Er wollte nichts mehr als das: außergewöhnlich gewöhnlich aussehen. Er färbte sich die Haare braun. Er aß nur nach Sonnenuntergang, und mit den Kilos, die er verlor, wich das Kind aus seinem Gesicht. Er kletterte auf den Berg, und vermutlich war die Sonne über tausend Meter dafür verantwortlich, dass sein Gesicht zerfurcht wurde mit diesen Falten, die sonst nur Seemänner haben. Joshua sagte dazu: Häuten. In Frankreich sei seine alte Hülle abgebröckelt, er habe die alte Haut beim Arbeiten in den Gärten liegen lassen, vergammeln lassen. Gänzlich wiedergeboren, aber immer noch zitternd, sei er mit dem Zug über die deutsche Grenze gefahren, und die Grenzbeamten beachteten ihn nicht. Endlich beachtete ihn niemand mehr. So war es wohl, so zumindest erzählte er es: wie er zurückkam und ein Niemand war. Es gab ihn theoretisch nicht mehr auf dem Papier. Er hatte keine Identität mehr im Sinne der Bürokratie. Weder Krankenkasse noch Hausschlüssel, keine Anlaufstelle und niemanden, der sich nach seinem Wohlergehen erkundigte. Er sei der glücklichste Mensch auf der Welt gewesen.

Wenn ihn jemand fragte, wie er heiße, was kaum vorkam, sagte er: Joshua. Ein Joshua war einer der Guten. Ein Joshua konnte überall herkommen. Ein Joshua konnte alles sein.

Krass, sagte Johanna, hob die Stimme nicht und hoffte, Joshua würde nicht aufhören zu sprechen.

Mianda

Ein paar fragwürdige Menschen dösen noch auf dem Bahnsteig, da schreitet Damian schon in die Straße, die tatsächlich so aussieht, wie GoogleMaps sie gezeigt hat. Eine Spur aus festgetretenen Kaugummis führt Damian von der S-Bahn über den Vorplatz zu einer Kulisse voll schmutziger Fassaden. Wären die Hochhäuser ein Meer, würden die Satellitenschüsseln wie Schollen auf der Oberfläche treiben. Die Sonne brütet in den Fenstern. Damian wünschte, er könnte sich hinter einer Sonnenbrille verstecken. Eine Frau lehnt an einer Ampel und mustert ihn, die Schultern vorgezogen, das Warten scheint in ihrem Charakter zu liegen.

In den unteren Etagen die üblichen Neonreklamen. Eine Brise aus Janes Nagelstudio. Vor dem Kiosk eine Reihe bärtiger Männer. Ein Anblick, den Damian so gut kennt. Die Arme auf ihren Bäuchen verschränkt, beobachten sie die Passanten und scheinen doch durch sie hindurchzuschauen. Radiomusik säuselt aus einem Lautsprecher. Jemand in diesem Häuserkomplex schreit gen Himmel, dann ist es still, nur das Rauschen des Verkehrs, an das man sich wie an eine Form der Ruhe gewöhnt hat.

Damian blickt sich um, schreibt im Schatten einer Markise hektische Sätze in seinen Block: *Die Erinnerung schmeckt wie Tütensuppe und ist dunkel wie ein Kellerlabyrinth.*

Die Ringslebenstraße scheint zeitlos und endlos. Dass es wirklich noch Orte in dieser Stadt gibt, an denen Tauben gern nisten, wundert sich Damian. Erst dann fällt ihm das Loch am Ende der Häuserfassadenkette auf. Er weiß es sofort. Das ist die Nummer 15, oder nein: Da war mal ein Laden in der Hausnummer 15. Die Fassade so verkohlt schwarz wie der Einband seines Notizbuchs. Nur das weiße Rechteck über der Tür erinnert daran, dass hier mal ein Schild hing. Damian blickt durch Rollladen-Ritzen auf ein Klavier, es steht nackt in einem Raum, der wohl schon seit einer ganzen Weile verfällt. Damian ruckelt an der Türklinke. Was hatte er denn erwartet? Dass er hier klingeln würde. Dass eine Familie nur darauf gewartet hätte, jemand würde ihnen den verloren geglaubten Sohn zurückbringen, wie in der Sendung auf RTL, die manchmal läuft, wenn er nachts auf der Couch aufwacht.

Ist nicht zu kaufen!, schreit jemand. Damian dreht sich um.

Bist nicht der Erste. Eine Frau mit der Stimme einer Bademeisterin steckt ihren Kopf aus einer Dönerbude: Brauchen hier nichts Neues! Was willste denn?

Damian stellt sich auf den Plastikrasenteppich vor ihrem Laden, blickt auf das abgewetzte *Willkommen* darauf. Er stottert, Ich suche die Gärtnerei.

Gibt hier keine Gärtnerei, sagt die Frau und widmet sich wieder ihrem Dönerspieß, der müde Kreise dreht.

Ich meine den Blumenkiosk.

Da kommste ’n bisschen spät. Mit den Fingern fischt sie eine Fleischflocke aus der Schaufel.

Damian legt seinen Presseausweis auf den silberglänzenden Tresen. Sie betastet mit ihren fettigen Fingern die Karte, blickt ihn an, als wäre er nicht bei Trost.

Na endlich, sagt sie. Sie wischt sich die Hände an der Schürze ab, stützt ihre Ellenbogen auf den Tresen und lehnt sich weit hinaus zu Damian.

Junge. Findest du jetzt heraus, was da wirklich passiert ist? Ihre gespreizten Finger zeigen auf den ausgebrannten Laden. Endlich kommt mal jemand, um die Geschichte ordentlich zu erzählen. Darauf hab ich schon lange gewartet, viel zu lange, um genau zu sein.

Die Geschichte?

Dass der Achi sich einfach verpisst hat. Das muss doch einen Grund haben. Dass er gesagt hat, Fickt euch alle, und den Laden, den fackel ich auch noch ab.

Ihr Nicken macht Damian wahnsinnig. Zum Glück stellt sich eine Frau mit rosa Fleecejacke und kleinen, wachen Augen mit an den Tresen. Sie nickt und sagt Hallo, nur um klarzustellen, dass sie auch etwas beizusteuern hat. Sie hat das Gespräch schon seit einer Weile belauert. An ihrer rechten Seite trabt ein Pudel so groß wie ein Kalb, der sich erst einmal an der Hausmauer entleert.

Rose, hast du gehört, der Junge hier will endlich die Geschichte aufdecken, sagt die Imbissfrau, platziert einen Metallteller auf den Tresen und spritzt eine Ladung Ketchup auf einen Berg aus Fleisch.

Wann war das?

Bald sind es zwanzig Jahre, sagt Rose, als hätte sie nur darauf gewartet. Der Besitzer ist abgetaucht, war ja schon klar, als der kam. So einer, der kommt, wie er geht. Spurlos verschwunden. Ob der hier jemals Steuern gezahlt hat, sagt Rose mit einem Ausdruck schwerwiegender Unruhe. Die schieben sich doch die Läden hin und her. Wie sonst hätte der ausgerechnet die Nummer 15 bekommen können?

Weißt du, sagt die Dönerbudenfrau und nickt wieder wie eine Wahnsinnige, der Blumenverkäufer davor hatte 'nen Schlaganfall in seinem Laden. Die haben ihn rausgeholt und alles andere drinnen gelassen. Als der Achi ankam, haben die Samen gerade gekeimt, der hatte Glück.

Rose verzieht das Gesicht und gräbt ihre Finger in den Fleischberg, in Ketchup, das sich wie Lava auf diesem Berg ergießt. Mit gespreizten Fingern balanciert sie einen Streifen Fleisch zum Mund. Sie schmatzt und erzählt, wie sie alle nur gewartet hätten. Jeder wollte den Laden haben, wirklich alle. Nun ja, die Lage, an der Ecke. Diese großen Fenster. Massives Bauwerk. Manche in der Straße sagten so Sachen wie, Für den Laden würde ich töten. Natürlich nur zum Spaß. Aber wer hat den Zuschlag bekommen? Die Imbissfrau fängt mit der rechten Hand eine vorbeisurrende Fliege.

Einer wie der, sagt sie und spreizt Daumen und kleinen Finger voneinander und führt die Hand zum Mund. Damian hätte nicht in Kliniken ein und aus gehen müssen, um diese Geste richtig zu verstehen. Die Dönerfrau sagt, Der war immer nachts unterwegs, kam zurück, saß auf dem Plastikstuhl und starrte einfach geradeaus. Nicht mehr ansprechbar, völlig daneben, der Typ. Von dem kam auch nie ein Hallo oder so.

Rose nickt in den zweiten Stock hinauf. Aber um den Jungen, um den Jungen haben wir uns Sorgen gemacht. Manchmal haben wir ihm eine Dönertasche vorbeigebracht. Ganz faule Zähne hatte der.

Sie stopft sich jeden einzelnen Finger in den Mund, zieht daran, dass es pfeift, sie tut es mit einer Sorgfalt, die ein paar Sekunden Ruhe verlangt. Dann sagt sie, Wenn Sie mich fragen, war das alles absehbar. Sie kippt den Kopf nach hinten und lässt Cola in ihren Rachen rauschen. Irgendwann war hier Bambule, sagt sie. Mitten am Tag. Sie zieht mit der flachen Hand eine Linie durch die Straße. Alle da: Polizei, Jugendamt, Krankenwagen. Die Feuerwehr. Tatütata.

Wegen der Entführung, haben die gesagt.

Entführung würde ich ja nicht gleich sagen, sagt die Dönerbudenfrau.

Na ja, aber eine Geburtsurkunde hatte der auch nicht. Schlimm, wenn man nicht einmal weiß, wer hier zu wem gehört, sagt Rose.

Ohne auf den Block zu schauen, schreibt Damian mit, bis die Kugelschreiberspuren zu einem lang gezogenen Strich werden. Er versteht kein Wort mehr. Entführung?

Rose sagt, Den Jungen haben wir danach nie wiedergesehen. Und den Alten auch nicht. Und damit bloß niemand anderer den Laden bekommt, hat er alles in Brand gesteckt. Nur Schrott hat der zurückgelassen.

Die Imbissverkäuferin stützt ihr Gesicht in eine Hand und sagt, Nur ab und zu kommt so ein dürrer Aristokrat her, klettert über die Mauer in den Hof, steigt durch die Hintertür ein, und dann hört man nur noch dieses Klaviergedüdel. Und am nächsten Morgen ist der wieder weg.

Ein Halbwüchsiger erscheint und klimpert zwei Eurostücke auf den Tresen. Die Imbissfrau dreht sich um und zwirbelt Fleisch vom Spieß. Pardon, fragt Damian und stellt sein Aufnahmegerät auf den Tresen, darf ich? Er geht zwei Schritte weiter und hockt sich auf die Bordsteinkante, wo der Geruch von ranzigem Fett sich verflüchtigt. Die Frauen hören nicht auf zu sprechen. Als wäre das Aufnahmegerät eine Art Telefon zu einer universellen Beschwerdestelle, endlich jemandem erzählen können, was hier los ist, jemandem, der von draußen in ihre Straße kommt. Und wer kommt schon in ihre Straße?

Danke, sagt Rose, als er auf Stopp drückt, ihre Stirn glüht.

Da ist sie ja, die Geschichte. *Entführung*, das Wort zieht Kondensstreifen durch Damians Kopf. Ungeklärte Entführung, das klingt nach einer Schlagzeile. Und nach einer Journalistenpreis-Nummer mit einem großen Titelbild und hochgedrehten Kontrasten.

Zu Hause nimmt er immer wieder sein Handy vom Couchtisch. Immer wieder wählt er die Nummer des Sozialdienstes gegenüber von Nummer 15, und immer nach der Acht ist er wie mit Nervengift betäubt und legt auf. So geht es einen ganzen Vormittag. Wütend starrt er sein

Handy an, schiebt es von einem Kaffeefleck auf den anderen. Das Tuten, die Stille, klingt wie aus einem Horrorfilm. Es hilft nichts.

Die Sonne steht schon steil über der Stadt, als er in die Ringslebenstraße einbiegt. Gehässig grinst ihm das blaue Smiley auf dem Plastikschild des Sozialdienstes entgegen. Noch bevor er klingeln kann, öffnet eine Frau die Tür. Ein entschiedenes Hallo. Ihr schwarzer Pony ist akkurat geschnitten. Es irritiert ihn, wenn er die Augenbrauen von Menschen nicht sehen kann.

Ja bitte, wie kann ich helfen? Ihr roter Lippenstift macht sie noch schneewittchenhafter. Sie sagt, Entschuldigung. Ich hab Sie nicht verstanden.

Damian sagt, Es geht um den Jungen, der damals als vermisst galt. Der aus dem abgebrannten Laden. Ich bin Journalist.

Ich weiß nicht genau, was Sie meinen, sagt die Frau. Was sie nicht sagt, ist, was sie davon hält, dass er seine Sätze von seinem Notizblock abliest. Aber sie lehnt sich in den Türrahmen und scheint tatsächlich zu überlegen.

Es geht um eine Reportage zum Thema Verwahrlosung, sagt Damian. Er hat sich dieses Wort nicht zurechtgelegt, es kommt einfach aus ihm heraus. Viel zu selten wird darüber berichtet: die Situation derjenigen, die eigentlich Schutz bräuchten, der Kinder. Mit welchen Problemen sie später in der Gesellschaft konfrontiert sind. Ich interessiere mich für die Geschichte.

Ihr Schneewittchenmund zuckt. Es sei sehr lange her, sagt sie endlich.

Möchten Sie Schwarztee?

Ein Lamellenvorhang schirmt ihr Büro von der Straße ab. Sie bedeutet ihm, sich zu setzen. Allein die blaue Couch löst in Damian einen Schmerz aus, als würde ihm jemand in die Kniekehlen treten. Sie ist viel bequemer als gedacht, und all die orangen Kissen. Am liebsten möchte er sich hinlegen, aber dann müsste er die Schuhe ausziehen, und das ginge wirklich zu weit.

Dieser Ausdruck in ihrem Gesicht, dass sie schon hundert Begriffe für seine Nervosität im Kopf hat. Er hat nichts gegen sie. Aber sie ist eben Sozialarbeiterin, eine von der Sorte, die entgleiste Personen wieder auf gerade Schienen setzen will und alles besser weiß. Aber nichts wissen die, gar nichts.

Noch bevor sie etwas sagen kann, macht Damian klar: Ich stelle hier die Fragen. Er schiebt sich in die Aufrechte.

Was wissen Sie über den Fall?

Er erzählt ihr, was er am Imbiss mitbekommen hat. Seinen Informationsstand. Er wisse Bescheid. Jetzt gehe es nur noch um eine Einordnung. Ich würde gern die Meinung einer Expertin hören, sagt Damian, seine Stimme klingt überraschend solide.

Sie sagen, das hier ist nur ein Hintergrundgespräch, ja? Sie zögert. Alles, was ich Ihnen sage, ist streng vertraulich, sagt sie und platziert den Ordner auf dem Tisch. Irgendwo zwischen diesen roten und gelben Trennblättern scheint die Geschichte zu stecken, sie sucht danach. Sie fährt sich mit dem Finger immer wieder über die Schlucht zwischen ihrem Kinn und Mund, erzählt, was sie von Kollegen wisse. Ah, sagt sie wie eine Bergsteigerin vor einem Edelweiß. Zehn Blätter, gelocht und getackert. Mehr nicht. Die letzte Seite: eine Vermisstenanzeige, das Zeitungspapier verwelkt. Damian rückt mit seinem Stuhl näher. Ein Junge, vielleicht vier oder fünf, sieht an der Kamera vorbei, irgendwo auf den Boden. Ob traurig oder schüchtern, schwer zu sagen. Das soll der Fremde sein? Sie zieht den Ordner von Damian weg, blättert, murmelt. Sie sagt, Aha und Oh, und später, Das versteh ich nicht. Es scheint hier Missverständnisse zu geben. Sie blickt Damian an, ohne ein einziges Mal zu blinzeln.

Was Sie sagen dürfe, ist, dass es eine Vermisstenanzeige und ein Verfahren vor dem Familiengericht gegeben habe, dass die Geschichte gut ausgegangen sei. Für den Jungen. Er sei vermittelt worden, sagt sie. Was auch immer sie damit meint, sie scheint nicht zu wollen, dass Damian es genauer versteht.

Ist es typisch, dass Kinder aus Familien genommen werden?

Sie sagt, dies sei kein Fall, von dem man auf die Allgemeinheit schließen könne. Das könne man nie.

Was sind die typischen Anzeichen einer Vernachlässigung?

Auch darauf habe sie keine Antwort. Es gibt wahrscheinlich keine.

Wie würden Sie die seelische Belastung eines Kindes einschätzen, das Opfer einer Entführung geworden ist?

Himmel, platzt es aus ihr heraus. Sie sieht schön aus, wie sie kurz die Fassung verliert, sie klappt den Order zu.

Damian fragt, Und der Mann, der sich als Vater ausgegeben hat, der hat den Laden angezündet?

Wieder dieser überhebliche Lehrerinnenblick. Sie sagt, Sie können den Medienberichten aus der Zeit entnehmen, dass es keine Beweise dafür gab. Und dann sagt sie doch ihre Meinung: Ich denke nicht, dass er es war, der den Brand verursacht hat.

Sondern?

Eine angelassene Herdplatte, ein Kabelbrand, die achtlos weggeschnippte Kippe eines Nachbarn, wer weiß, sagt sie. Wo keine richtige Übersetzung, da keine wirkliche Aufklärung.

Wir sprechen von Brandstiftung?

Sie zieht die Schultern hoch, als würden sie gezogen.

Die Hitze flimmert über dem Asphalt. Im nächstbesten Kiosk verschlingt Damian ein Cola-Wassereis. Ohne sich umzusehen, überwindet er eine vierspurige Straße, biegt in einen Park ab. Die Schweißflecken auf seinem Hemd ufern aus. Er verlangsamt erst bei der Gruppe Jugendlicher, die auf einer Banklehne sitzen und zum Glück nicht mit dem zerrupften Journalisten, sondern mit einer Spuckelache vor ihnen beschäftigt sind. Er notiert: *Tapeziere das Elend mit Erinnerungen. Kinder, die in einem Kinderwagen liegen und nicht weinen. Nicht einmal das Wort seelische Belastung zu kennen. Sozialarbeiterinnen, die schweigen.*

Damian weiß, dass in solchen Momenten nur eines gegen die wuchtige Traurigkeit hilft.

Sie öffnet die Holztür nur so weit, bis sie im Türspalt Damians Lederschuhe identifizieren kann, sagt, Ach, dich gibt es auch noch, wirklich? Wie schön es ist, mal wieder ihre Empörung zu hören.

Damian sagt, Tut mir leid. Ich war sehr beschäftigt.

Geld für deinen Milchbrötchenarsch zu verdienen, sagt sie durch die Bretterritzen.

Darf ich reinkommen? Bitte? Bitte! Damian weiß, die Nacht allein in seiner Wohnung würde er nicht überleben. Er hört, wie sie sich durch die Haare fährt. Ein paar Sekunden, dann öffnet sie die Tür, blickt auf die Straße und zieht Damian ins Innere. Ihr Atem ist warm an seinem Hals. Sie trägt den Geruch von Lagerfeuer in ihren bronzenen Haaren. Fast unmöglich, mit ihr Schritt zu halten, vorbei an den Bauwagen, zwischen denen die Stromkabel schwermütig wie Weihnachtsdekoration hängen. Milchiges Licht scheint aus den Fenstern.

Vesna, die Große. Sie ist die Einzige auf dem Platz, die mit ihren Schuhen keine Löcher in den Boden hackt, die Einzige, die von hohen Schuhen überhaupt nichts hält. Haben kein richtiges Profil, findet sie. Und sie ist ein Mensch, der viel Profil braucht. Im Sommer muss sie in ihren Stiefeln schrecklich schwitzen. Die Hunde hecheln neben Vesna her wie ein Schutztrupp. Über den sandigen Boden und durch alle Schlaglöcher schleift ihr Bademantel. Sie dreht sich kein einziges Mal um.

Damian räuspert sich.

Ja, Damian? Was hast du auf dem Herzen?

Die Zeit ist kostbar, er versucht, seinen Atem zu regulieren, zwischen Wäscheleine und Veranda bleibt er stehen.

Dieser Mensch ist zugrunde gegangen und keiner hat dagegen etwas unternommen. Im Gegenteil, man macht solche Menschen mundtot, man sperrt sie ein, sie fallen durch alle Raster.

Aha, sagt Vesna. Die metallene Treppe knackt, sie springt auf ihre Veranda, sie steht dort wie auf dem Bug eines Schiffes, breitbeinig.

Nicht einmal das Internet kennt seinen Namen, sagt Damian. Ist das ein gutes oder ein schlechtes Zeichen? Ihr roter Mund spitzt sich. Sie macht es sich auf der Verandacouch bequem, legt die Füße in den dreckigen Stiefeln auf die Lehne und fischt kandierte Mandelkerne aus einer Waschschüssel. Ihr Blick könnte nicht ausdrucksloser sein. Komm mal runter, Süßer, um wen geht es eigentlich?

Um einen jungen Mann, über den ich schreibe.

Und ist der verreckt?

Nein. Damian marschiert auf und ab, überwindet Kleiderberge, kickt ausgelaufene Flaschen und Zettel zur Seite. Er erzählt Vesna von Arda, seinem Protagonisten, er tut es mit vielen Informationen, die er nicht in seinem Notizbuch stehen hat. Vesnas Augen folgen seinen Füßen auf dem Dielenboden. Sie sieht erst zu ihm auf, als er abrupt stehen bleibt:

Na klar, ich weiß, warum dieser junge Mann aufgehört hat zu sprechen: Er hat einfach die Codes, die Sprache, die in dieser Gesellschaft vorherrscht, nie gelernt. Warum sollte er sprechen, er gehört auch zu denen, die man hier nicht hören will.

Vielleicht spricht er eine Geheimsprache?, sagt Vesna.

Dieser Mann ist ein psychisch Kranker.

Oder ein ghanaischer König. Sie streckt ihre Beine in die Luft, das Kleid rutscht herunter.

An Schule oder Ausbildung war bestimmt nicht zu denken, überlegt Damian.

Vesna kichert, Oder er ist Kopf einer Bande aus inoffiziellen Fahrkartenkontrolleuren, die den Reichen Geld abzocken und es den Armen abgeben.

Damian setzt sich zu ihr auf die Couch: Wie soll man sich in dieser Welt wehren, wie soll man jemand sein, wenn man keine Stimme hat?

Vesna sagt, Oder er ist der erste stumme Rapper auf der Welt?

Oder er will Rache? Damian würde ihn sogar verstehen. Wie soll man sich rächen, wenn die, die es verkackt haben, nicht erreichbar sind?

Nur einmal hat er selbst daran gedacht, an Rache. Ein Wort, grell und blutrünstig, als Kind durfte man es nicht in den Mund nehmen, man könnte sich daran verschlucken. Damals stand er im Schlafanzug zwischen Bergen von Büchern auf dem Boden, in einer Wohnzimmergarnitur, auf die der Typ seiner Mutter eingeschlagen und in die er sie geworfen hat, jetzt war eh alles kaputt. Damian dachte nicht an Rache, sondern an das Brotmesser in der Schublade rechts hinten. Und später erzählte er seiner Mutter, dass er in dem Moment ganz einfach und logisch

Gerechtigkeit herstellen wollte, wie du mir, so ich dir. Er meinte sich zu erinnern, dass der Blick seiner Mutter stolz gewesen war.

Vesna zupft sich ihr Kleid zurecht, robbt zu ihm hinüber und bohrt ihren Kopf in seinen Bauch: Hey, je früher du viel lernst, desto mehr weißt du. Andere müssen dafür Bücher lesen, sagt sie mit einer freundlichen Naivität, die Damian ihr nicht abnimmt, sie sagt es tröstend. Ihre Haare verteilen sich ungefragt über seinen Schoß. Du brauchst mich, glaube ich, sagt sie, und ihr Lachen ist warm an seinem Bauch.

Natürlich braucht er sie. Vesna, die Große, die ihm in Wirklichkeit nicht einmal bis zur Schulter geht. Wenn er sie manchmal früher nur beim Vornamen, nicht Vesna die Große nannte, schubste sie ihn, und er fuhr zusammen wie vor einem Jahr im Kaufhaus. Die Sache war: Er liebte es sogar, Angst vor ihr zu haben, überhaupt etwas zu empfinden. Er hat lange geglaubt, damals in der Brache hätte Vesna ihn attackiert. Eigentlich hat sie ihn gerettet.

Er sollte damals nur einen kleinen Artikel über die Sanierung des Kaufhauses schreiben. Es war in die Jahre gekommen. Ein Star-Architekt arbeitete an den Plänen für eine Shopping-Oase. Tag und Nacht angestrahlt von Scheinwerfern, eine gigantische Baustelle hinter bombensicherer Umzäunung, hinter der man es nur ab und zu knacken hörte, das interessierte die Leser. Schauen Sie mal hinter die Kulissen, sagte der Redaktionsleiter. Damian wusste nicht, dass er meinte, hinter die Zahlen, hinter die Pläne, stattdessen umrundete Damian an einem Abend die Absperrung. Im Windschatten der Kameras kletterte er durch das Dickicht, quetschte sich durch die Bauzäune, schlich vorbei an schlafenden Baggern. Er konnte es nicht glauben: Auf der Baustelle versammelten sich Menschen, die offensichtlich keine Bauarbeiter waren, sie saßen wie selbstverständlich auf Bänken, schnippten Zigaretten in den Schutt, sie trugen bunte Kleidung, Star-Architekten waren sie bestimmt nicht. Die gläsernen Drehtüren waren nicht verschlossen. Unbeachtet lief Damian durch das alte Einkaufszentrum, stolperte über zerbrochenes Glas, aufgescheuchte Tauben flogen durch das Loch in den Himmel. Ein Dach gab es nicht mehr, nur Planen, die im Wind wehten. Damian war erstaunt, dass niemand in dieser Stadt mitbekommen hatte, was hier vor sich ging. Diese vielen Menschen. Allein der Lärm, aus jedem Laden kam andere Musik. Er folgte dem Geruch von Rauch bis zu einem Ofen. Aha, Maiskolben auf dem Grill einer alten Frittenbude. Sekt floss über den Verkaufstresen eines verlassenen Ladens. Ein Violinist spielte auf einem Brunnenrand neben einem verlassenen Eiskaffee, verbeugte sich. Auf den Fliesen lungerten junge Menschen herum, ihr Applaus hallte durch die Gänge. Fenster gab es nicht mehr, auch keine Türen.

Buntes Getümmel, ungestörter Vandalismus, notierte Damian auf seinem Block, als ihm schwarz vor Augen wurde. Jemand hatte ihm von hinten den Arm um den Hals gelegt. Keine Zeit, sich abzustützen. Das Knacken seiner Knie auf dem Marmorboden klang ungesund. Eine nach Rauch riechende Hand vor seinem Mund. Unzählige Arme an seinem Körper. Sie zogen an ihm, seine Füße schleiften über den Boden, blieben immer wieder in undefinierbaren Dingen hängen. Man hatte ihm einen Schal um den Kopf gebunden. Diffuses Licht dahinter. Kichern im Hintergrund, mehrstimmig, eindeutig: weiblich. Dann stürzten sie sich auf ihn. Erst dachte Damian, sie wollten an sein Portemonnaie, er schlug mit den Armen um sich. Dann kreischte er los. Sie kitzelten ihn von Kopf bis Fuß, die Hand um seinen Mund lockerte sich. Lachen, Sichwinden, Grunzen, das dem Weinen voranging. Als ihm der Schal vom Kopf fiel, war sie es, die er als Erstes sah: Vesna, die Große. Ihr Kopftuch. Die Augen weit aufgerissen. Augen, die sagten, dass sie es eigentlich gut mit ihm meinte. An ihrem Geruch erkannte er, dass sie es war, die ihn die ganze Zeit hinter den Ohren gekitzelt hatte. Er schrieb das Gefühl später auf seine Liste der schönsten Gefühle, die er je erlebt hatte. Sie ließen ihn am selben Abend noch frei. Damian lief aus dem Kaufhaus in die Nacht und streckte die Schultern, als hätte jemand ein Brett aus seiner Körpermitte gezogen.

Vesna lauerte ihm dann immer wieder in der Stadt auf. Wenn er an Ampelkreuzungen wartete, deckte sie ihre starken Hände über seine Augen und hauchte Spaß in seinen Nacken. Später, als wirklich eine Shoppingoase gebaut wurde und die Gruppe auf den Wagenplatz im Industriegebiet umzog, besuchte er Vesna immer, wenn er einen Kloß im Hals verspürte. Hinter dem Tor mit der Fahrradkette stand sie mit der Verlässlichkeit von Jahreszeiten. Ihr vertrautes Gesicht, das er nur im Schummerlicht kannte, die markanten Augenbrauen. Wie alt sie war, woher sie kam, wie sie so leben konnte, das alles fragte er nie, sie hätte ihn verstoßen, so war die Abmachung. Nur er erzählte, was ihn beschäftigte. Aber ob er erfolgreich war, was er verdiente, welchen Besitz er angehäuft hatte, in Vesnas Königreich war das endlich mal egal.

Na, komm her. In Vesnas Gesicht zuckt ein Lächeln. Damian legt sich in ihre Umarmung. Er spürt ihre Armmuskeln, schließt die Augen und sinkt an ihren gewaltigen Brustkorb, der sich senkt und hebt, senkt und hebt. Als würde er auf Wellen treiben. Sein Therapeut hatte mal gesagt, er sei wie ein Fisch auf dem Trockenen. Und dass es eine Art Wasser gebe, von dem er in seiner Kindheit nicht genug abbekommen habe, weshalb er es anders einfordern müsse. Auch Ressourcen wie Liebe sind nicht gerecht verteilt. Vesna ist es, die ihn immerhin vor dem Austrocknen rettet. Die Welt ist kurz in Ordnung, wenn sie ihre voluminösen Beine um seinen Körper schlingt.

Das Rauschen der Hauptstraße, die Schritte draußen, die tickende Uhr, alle Geräusche sind verblasst. Könnte die Welt einfach stillstehen. Er weiß aber, dass er kommen wird, der Moment, in dem Vesna ihm die Fingernägel in die Schulter gräbt und ihn aus der Umarmung zieht. Sie stopft sich ein paar Mandelkerne in den Mund und stolziert durch den Wagen, hantiert mit dem Teekocher. Bewegungslos verharrt Damian so, wie sie ihn hingesetzt hat. Er fühlt, wie die Wärme in seiner Brust sich langsam auflöst. Der Wasserkocher pfeift, als er aufsteht, ihr den Schein zusteckt, gefaltet zu einem Quadrat. Meistens verliert Vesna nach einer Stunde und vierzig Minuten kein Wort mehr. Damian hat sich darauf einstellen müssen: das immer gleiche unerträgliche Schweigen, wenn sie ihn zum Holztor bringt.

Vesna schaut auf den Boden, ihre Stiefelspitze zeichnet einen Kreis in den Sand, aber dieses Mal sagt sie doch etwas, sie sagt es mit dieser Stimme, die ihm so imponiert, Warum schreibst du die Geschichte über diesen Jungen so anders? Ich meine, noch krasser? Ist er nicht schon ein krasser Typ?

Vesna, die Große, manchmal ganz klein. Sie kann natürlich nicht wissen, dass das im Journalismus nicht geht, sich die Geschichte so hinzudrehen, wie man will. Man muss schon so abseits von der Gesellschaft leben wie sie, um sich die Welt so zu machen, wie sie einem gefällt.

Rikahend

Die Stränge der Geschichte, sie liefen irgendwann in Hendrikas Handtasche zusammen:

Ein zerfledderter Brief mit dem Geschäftszeichen
Jug BM, i.V.
Eine abgebrochene Bleistiftspitze.
Acht Anrufe in Abwesenheit auf einem Handy, ein kleiner Riss rechts am Bildschirm, der schon die Labilität der Sache erkennen ließ.

Hendrikas Stiefelabsätze hackten durch den Regen, über den Asphalt, zwischen den brummenden Autos hindurch, auf die andere Straßenseite, vorbei an Passanten mit eingezogenen Schultern, die auch alle lieber im Bett geblieben wären. Das Prasseln auf bunten Regenschirmen, überhaupt das einzig Bunte an diesem Tag. Schon lange war Hendrikas Strumpfhose durchnässt. Die Naht entlang kroch die Kälte zu ihrem Bauch hinauf, verkühlte ihr Inneres, wenn das überhaupt noch möglich war. Eigentlich war ihr alles andere egal. Dass der Mantel ihr nass um die Beine flatterte. Dass sie den Regenschirm vergessen hatte. Und noch gleichgültiger die Passanten, die sie auf ihrem Weg rammte, während sie in ihrer

Handtasche wühlte. Wo ist denn dieses verdammte Telefon? Vier vor neun Uhr. Hendrika scherte ihren Schritt weiter aus, so weit, wie es ihr der Rock erlaubte. Noch schneller. Wie war der Straßenname noch einmal? Sie umklammerte den Brief mit der regendurchnässten Druckertinte.

Sehr geehrte Frau Berg. Nach gründlicher Untersuchung und auf Basis der vorliegenden Gutachten (...).

Sie konnte den Brief nicht noch einmal lesen. Es stand dort wie ein Schimpfwort:

Danke für Ihre Courage.

Welche Courage? Darunter nicht einmal ein Name, nur der Stempel des Jugendamts und die Adresse der Anhörung.

Hauptstraße 52. Aufgang B, Raum 101.3. Sie stemmte die Arme in die Hüften und beugte sich vor, aber der Stich in der rechten Körperseite blieb. Etwas in ihrem Atem war durcheinandergekommen. Er wurde erst ruhiger, als sie in die Seitenstraße bog.

Nummer 1, 3, 5, 9. Verflucht, wo ist die 7? Hendrika rieb sich über die Augen, verschmierte ihre Wimperntusche. Sie stand offensichtlich in der falschen Straße.

Fick dich selber, schrie sie einem Fahrradfahrer mit neonleuchtender Regenjacke hinterher, als sie die vierspurige Straße überquerte. Vor der eintrudelnden Tram kam Hendrika zum Stehen. Eine endlose Minute lang stiegen die Menschen ein und aus. Hendrikas Atem dampfte vor ihrem Gesicht. Geht das nicht schneller? Jetzt zählte jede Minute, um zu erklären, was Anrufe, Schriftverkehr und regen- und tränenverschmierte Druckertinte nicht sagen konnten, sie musste Achi dafür in die Augen sehen.

Ich erkläre dir das später, versprochen, hatte sie geschrieben. Keine Antwort, auch nach einem Tag und nach einer Woche nicht. Ob Achi die SMS überhaupt gelesen hatte? Es war die letzte Nachricht im Postausgang. Die letzte Nachricht vor der Nachricht.

Mit einem nervtötenden Piepsen schlossen die Tramtüren. Hendrika stopfte den Brief in die Tasche. Hinter dem Kaufhaus Altbaugiebel, die bestimmt zum Gericht gehörten. Wahrscheinlich war Achi auch zu spät. Der Weg in die Innenstadt war ihm so fremd wie ein Haus voller gebildeter Anzugträger, die über Ardas Zukunft bestimmen sollten, weil es so im Gesetz stand. Hendrika presste die Handtasche unter die Achsel und überquerte die Straße. Courage. Es war ja nun kein besonders heikler Hinweis. Wer bewahrt schon die Geburtsurkunde auf? Regen kroch in ihren Nacken. Von Weitem hörte sie ein Auto hupen. Dann für einen kurzen Moment ein Schleier, diffuse Konturen. Dann das Reifenquietschen, ein Schrei in den tristen Himmel, der Knall.

Viel zu schnell, um es zu kapieren, sahen die Passanten, wie Hendrika durch die Luft flog und ihr Mantel über ihren Beinen auffächerte wie ein Federgespann. Ob sie sich das Genick brechen oder elegant auf den Beinen landen würde, hatte sie überlegen können, als sie für drei lang gezogene Sekunden schwebte, da war nichts, und es fühlte sich gut an. Hendrika roch nur den nassen Asphalt, hörte das verstummte Entsetzen, fühlte die Kälte an ihrer rechten Wange und blickte auf den Flechtzopf, der sich in einer Regenlache eingerollt hatte.

Plötzlich über ihr: braune Augen und zittrige Wimpern. Im Hintergrund weitere Gesichter. Jemand legte ihr die Hand auf die Stirn. Eine Frauenstimme drosch auf sie ein: Ob alles gut sei, alles gut, wie geht's denn, alles gut? Als wäre sie schwachsinnig. Erst als sie versuchte aufzustehen, spürte sie den dumpfen Stich im Nacken.

Hören Sie mich? Verstehen Sie mich? Haben Sie Schmerzen? Sehen Sie mich? Sollen wir den Krankenwagen rufen? Sollen wir Ihre Familie benachrichtigen?

Hendrika schossen Tränen in die Augen, und sie sagte das Einzige, was sie dachte: Ich wollte das nicht, ich schwöre, ich wollte das nicht. Regentropfen fielen von der Stirn dieser fremden Frau, endlich war sie still.

Die Krankenwagentür wurde zugeknallt. Nach vorn in die Fahrerkabine schrie Hendrika: Halt! Ich muss zu einem Termin, ins Familiengericht! Ich bin schon zu spät! Aber keiner dieser pickeligen Jünglinge beachtete sie. Sie hatten Hendrika auf eine Liege verfrachtet, noch immer hielt sie ihre Handtasche umklammert. Das Handy! Sie musste anrufen, und zwar jetzt, bevor es losgehen würde. Bestimmt warteten sie schon. Achis hängende Schultern. Ardas verträumter Blick Richtung Tür. Angestrengt fischte sie ihr Handy aus der Tasche, tippte Achis Nummer, aber keine Ziffer erschien, da war nur ein Glaskrater, der sich über den schwarzen Bildschirm zog. Hendrika ließ das Handy fallen, es knallte auf den Boden, sie sank zurück auf die Liege. Straßenlichter schimmerten durch die milchige Hintertür, Lichtpunkte entfernten sich allmählich ins Unkenntliche, als sie aufgab, und die Übelkeit fühlte sich an wie ein Racheakt.

Nur eine Gehirnerschütterung, sagte der Arzt. Alles nicht so wild. Sie habe noch einmal Glück gehabt. Glück. Er verschrieb ihr möglichst viel Ruhe und eine Woche unter Beobachtung. Ohne sie anzusehen, notierte er etwas auf einem Klemmbrett. Innerlich fluchte Hendrika, aber still lag ihr Kopf auf dem weißen Kissen. Weiß war auch die Decke, und wer weiß, bestimmt auch alles um sie herum, aber Hendrika wagte nicht, den Kopf zu drehen, befürchtete, er könnte zerbrechen wie ihr Handy beim Aufprall. Ob das Jugendamt nun dachte, sie sei tatsächlich zu labil, nicht fähig, ein Kind zu adoptieren? Das taten die immer, die schlugen zu, wenn man am schwächsten war, sie hatte davon gehört. Aber Achi, ob er sie für feige hielt? Und was hatte Arda während der Verhandlung gefühlt, die sein Leben bestimmen sollte? Hatte er vor sich hin geblubbert, hatte er mehr gesagt als Ja oder Nein, hatten sie auch lang genug gewartet, waren sie geduldig gewesen, bis er gesprochen hatte? Er verstand das doch alles gar nicht. Er brauchte sie, um das alles zu verstehen. Er brauchte sie.

Ein Krankenhaus ist eine Folterhöhle der Gedanken. Hendrika hatte die Beine angezogen und die Augen geschlossen. Die Tür ging auf und zu, Tabletts knirschten auf dem Tisch und wurden wieder entfernt. Rauschen auf dem Gang. Eine Frau, die behutsam neben ihr keuchte. Eine stille Kapitulation. Aber in dem Weißraum, in dem Hendrika lag, tobten laute Gedanken.

Hendrika wachte auf, als ihr jemand über die Haare strich. Wann hatte sie das letzte Mal eine warme Hand auf ihrer Stirn gefühlt? Sie hielt die Augen geschlossen, als könnte sie den Moment hinauszögern.

Guten Morgen, Frau Berg. Ich hoffe, Sie haben gut geschlafen? Die Pflegekraft hatte unglaublich weiße Zähne, sie trug das Handtuch schon über den Schultern.

Als ginge es um einen Frühjahrsputz, machte sie sich an ihrem Bett zu schaffen. Frische Luft strömte durchs offene Fenster herein. Sie schüttelte die Decke aus, strich sie wieder glatt. Mit schiefem Kopf blieb sie vor Hendrikas Bett stehen: Na, Ihre Haare hatten auch mal bessere Zeiten. Ich kann Ihnen beim Haarewaschen helfen, wie wär's? Keine Sorge, Sie müssen den Kopf nicht bewegen.

Pflegekraft Egzona, las Hendrika auf dem metallenen Abzeichen auf ihrer Bluse, schwer zu erkennen, ob Vor- oder Nachname. Aber diese Frau brauchte keine Antwort, sie pfiff und stellte einen Stuhl in das kachelweiße Bad. Falls ihr schwindlig wurde. Steif setzte sich Hendrika. Ihr Atem stockte, als warmes Wasser über ihre Haare floss. Sie ließ es zu, dass die Pflegerin es ihr übers Gesicht laufen ließ, über die Augenhöhlen, die Brust, bis zwischen die Fußzehen. Sie saß da wie eine Statue im Regen, wartend und dankbar, dass Egzona nicht aufhörte zu reden. Das konnte sie gut, reden, vom guten Wetter, dem Kantinenessen, den Bauarbeiten im Innenhof, Hendrika registrierte nur das regelmäßige Geräusch, das aus ihrem Mund kam und das sie von ihren Gedanken ablenkte.

Egzona rieb Pfirsichshampoo in Hendrikas Haare,

massierte ihr die Schläfen, ihre Hände waren so kräftig wie die einer Landarbeiterin. Irgendwann fragte Egzona doch, was passiert sei. Sie sei viel zu neugierig. Eigentlich meinte sie den Unfall. Aber dann sagte sie kein Wort mehr, als Hendrika ihr vom Gerichtsprozess erzählte, dass diese Arschlöcher ihr das Kind wegnehmen wollten, wie kann das sein. Hierzulande. Vermutlich darf eine wie Egzona nicht so kritische Dinge über das System sagen. Sie rubbelte Hendrikas Haare trocken und sagte, als sie Hendrika wieder ins Zimmer führte, Brauchst du etwas gegen die Schmerzen, sie sagte es wie eine Komplizin.

Das Schmerzmittel tropfte in Hendrikas Vene und kroch durch ihren Körper bis in den Nacken, während die Sonne über ihr Bett von den Füßen bis zum Kopf wanderte und irgendwann verschwand. Dann stand das Karussell endlich still.

In der Nacht träumte sie von Egzona. Aber sie lächelte nicht, sie setzte sich mit der Strenge eines Offiziers auf ihr Bett. Von den dreckigen Wänden perlte Wasser. Die Vorhänge waren zugezogen, als wollten sie der Sonne jede Angriffsfläche nehmen. Der Ventilator vor der Deckenlampe warf zuckende Schatten durch den Raum. Laute, hektische Stimmen im Gang, Fluchen. In einer fremden Sprache sprach die Frau, die plötzlich gar nicht mehr wie Egzona aussah, auf sie ein. Sie nahm ihre Hand. Hendrika hätte die Schweißperlen auf ihrer Stirn zählen können, aber was sie sagte, verstand sie nicht. Irgendetwas schien die Frau zu sorgen. Sie schüttelte den Kopf, rieb ihren Daumen über den Punkt zwischen den Augenbrauen und starrte zur Decke. Ob sie betete? Mir geht es doch gut, wollte Hendrika ihr sagen, sorge dich nicht, aber die Stimme, die aus ihr kam, klang so abgehackt, als gäbe es keinen Empfang. Als würde sie aus großer Ferne versuchen, jemanden zu erreichen. Wo ist mein verfluchtes Handy? Ich muss jemanden anrufen, der mich abholt. Meine Familie, sagte sie, obwohl sie nicht genau wusste, wen sie damit meinte. Was mach ich überhaupt hier im Krankenhaus?, wollte sie die Frau fragen. In dem Moment, als sie es wieder wusste, wachte sie auf.

Grelles Deckenlicht, wieder das sterile Weiß. Hendrika legte die Arme auf den Bauch, als könnte sie ihn festhalten, fühlte, wie er sich hob und senkte, hob und senkte. Es war nur ein Schreck. Ein Albtraum. Wieder ein Albtraum.

Hendrika stützte sich auf und befreite sich aus den Bettdecken. Sie hangelte sich zur Klingel und hielt sie gedrückt.

Was ist los? Eine Pflegekraft riss die Tür auf, blickte erst auf die ältere Dame neben ihr, die immer wieder verdächtig nach Luft schnappte, dann auf sie.

Ich will mein Telefon!

Frau Berg. Es ist kaputt, das wissen Sie doch. Ihre Säuselstimme machte sie wahnsinnig.

Mir scheißegal. Geben Sie mir doch bitte ein anderes Telefon. Hendrikas Stimme brach ab: Ist das zu viel verlangt, ich muss jemanden anrufen. Es geht um Leben und Tod. Ein Notfall, raffen Sie das nicht?

Sie kniff die Augen zusammen und wankte zur Telefonzelle im Untergeschoss des Krankenhauses. Die Münzen kullerten in das Gerät. Zum Glück, auf diese alten Geräte war noch Verlass. Es läutete und läutete. Den Hörer umgriff sie mit den Händen, als könnte jemand mithören. Dann ertönte ein Piepen.

Achi, hörst du mich? Du kannst ruhig abnehmen. Ich bin's. Hendrika. Ich wollte sagen, ich habe es nicht so gemeint. Ich wusste ja nicht. Sie schluckte. Es tut mir leid. O Gott, es tut mir so leid. Ich kann dir alles erklären.

Als sie drei Tage später ihre Wohnungstür öffnete, warteten die Nachrichten schon auf dem Flurboden: Drei Briefe hatte der Postbote durch den Schlitz geworfen. Sie zerriss die Werbung, zerknüllte die Stromrechnung und schmiss beides in die Papiertonne. Dann hielt sie den Gerichtsbeschluss in der Hand. Eine DIN-A4-Seite, sorgfältig gefaltet. Als müsste sie es sezieren, öffnete sie das Schreiben mit angespannten Fingern.

Es gibt Zweifel an der Herkunft und der Vaterschaft, blablabla, las sie sich laut vor. Der dritte Brief war von Herrn Henkel vom Jugendamt. Er schrieb, er bedauere, dass Hendrika nicht zum Termin erscheinen konnte. Bestimmt hätte sie bei der Aufklärung des Falls behilflich sein können. Er dankte ihr für den Hinweis. Eine gute Nachricht habe er. Tatsächlich stand da: *eine gute Nachricht*. Aber in dieser Welt überraschte sie gar nichts mehr, schon gar nicht das. Sie zerknitterte den Brief, die Sätze versanken in den Papierfalten. Auch der Satz, der einfach nicht in die Realität zu passen schien:

Arda hat der Inobhutnahme zugestimmt.

Conditional

Annajoh

Johanna lief auf die Schiebetür zu, die Schiebetür ging auf, die Schiebetür ging zu, die Heizungsluft verschluckte sie, spuckte sie aus, ins Innere. Als würde sie sich selbst bei der Hand nehmen, lief sie an der Theke vorbei, an den gebratenen Hähnchenschenkeln, den Cappuccini, die auf silbernen Tabletts warteten, den Duftbäumen, die sogar durch die Verpackung hindurch rochen. Sinnloses Zeug, eine kleine Stärkung und wieder raus, die Autotür zufallen lassen und weiter, die Autobahnauffahrt nehmen und weg Richtung Osten, Westen, Norden, Süden oder sonst wohin. Das Gute an Orten wie diesem letzten Autohof, bevor die Stadt endet und die Straßen den Verlauf der Dinge übernehmen: Es interessierte keinen, wohin man ging, woher man kam. Perfekte Orte für Kriminelle und für solche wie Joshua. Sie wusste, dass er sie schon von Weitem gesehen hatte. Johanna lief auf das Bistro zu und bohrte sich die Fingernägel in die Handballen, um ihn nicht umarmen zu müssen.

Auf den Tischen türmten sich vergessene Tabletts, Plastikbecher und Zeitungen. Und an einem verschanzt: Joshua, wie immer, auf dem Platz in der Ecke, die aufgeschlagene Zeitung verdeckte sein Gesicht. Der Plastikstuhl quietschte, als sie ihn zu sich zog und sich kommentarlos setzte, als wäre sie nur eben auf der Toilette gewesen. Wie es Joshua schaffte, nicht einmal aufzuschauen, als sie ungefragt an seinem Tee nippte, der keiner war, sondern nur lauwarmes Leitungswasser, in dem eine Fruchtfliege trieb. Unter dem Tisch fischte sie nach seiner Hand. Vertraut warm und ungewöhnlich rau. Sie lächelte, und sie dachte, dass er es hinter der Zeitung auch tat.

Vor einem Jahr hatten sie sich zum ersten Mal an diesem Platz getroffen. Wobei *Treffen* das falsche Wort dafür war. Die Raststätte, die zu einem Autohof gehörte, war der Ort, an dem Johanna auf Joshua wartete, hoffte, dass er vielleicht doch mal wieder in der Gegend war. Oft fuhr sie vergeblich nach der Uni mit dem Fahrrad bis dorthin, berührte mit ihren Fingern die kalte Scheibe, starrte ins Innere. Wieder kein Joshua. Natürlich nicht. Sie war okay damit, sie war sich bewusst, sie verbrachte viel Zeit mit einem Phantom. So ging das wochenlang. Genügsam setzte sie sich dann auf den Bordstein, wartete noch ein paar Minuten und beobachtete die Menschen, die sich auf dem Parkplatz zwischen Leuchtreklamen und Verkehrsinseln Energydrinks in den Mund kippten wie Benzin. Horchte auf das Raunen der LKWs. Sie hätte nur irgendwo einsteigen müssen, am nächsten Tag wäre sie ganz woanders gewesen. Von Flutlichtern ausgeleuchtet, schien der Rasthof wie eine verheißungsvolle Schleuse zwischen Alltag und Reise. Später würde sie sich fragen, ob Joshua sie absichtlich hierhergelockt hatte.

Es hätte so einfach sein können, sich zu verabreden:

Montagabend, 19 Uhr, gleich nach der letzten Vorlesung. Keine Umwege und sinnlosen Fahrradschleifen. Aber Joshua hielt nichts von Uhrzeiten, Wochentagen, nichts von Versprechen. Er liebte die Umwege.

Mal erzählte er, wo er sich gerade herumtrieb, manchmal konnte sie nicht einmal seinem Gesicht ablesen, wie es ihm ging. Sie akzeptierte es, wenn er schwieg, und hörte stundenlang zu, wenn er doch erzählte, und dabei hielt sie ihr Versprechen: keine Fragen zu stellen, kein Präteritum, kein Plusquamperfekt. Von Jimmy hatte sie erfahren, dass Joshua irgendwann sein Zimmer weiß gestrichen hatte, durch die Klingeltür fortgegangen war und nie wiedergekommen war. Dass er Joshua mehr vermisste und mochte, als Johanna vielleicht gedacht hätte, dass er ihn gerade deshalb gehen lassen musste. Nach seiner Zeit in der Bastion hatte Joshua die Idee eines festen Wohnsitzes aufgegeben. Vier Wände seien ihm nicht genug, sagte er. Lieber lebe er überall in der Stadt. Zweifellos besaß Joshua nicht viel mehr als das, was er bei sich hatte. Er sagte, so müsse er sich nicht fürchten, nachts ausgeraubt zu werden. Obdachlos wäre das falsche Wort, um zu beschreiben, wie Joshua lebte, weil er anscheinend überall Obdach fand. Und er sagte, es gehe ihm gut. Es gehe ihm sehr, sehr gut. Er las geschenkte Bücher in Hinterhöfen und schlief nach der Abendvorstellung in Kinosälen. Er aß die Teller leer, die hektische Büroangestellte in ihrer Mittagspause zurückgelassen hatten. Er wusch sich in öffentlichen Toiletten und spazierte die ganze Nacht durch die Stadt, und war er am nächsten Tag müde, machte er ein Nickerchen in Parks wie jemand, der sich eine Pause verdient hatte. Einer mit weißen Socken und Hemd, der störte keinen, der fiel im Treiben der großen Stadt nicht auf. Und vor allem nicht in einer Raststätte.

Joshua sagte, Du hast lange gebraucht. Er nahm die Zeitung herunter, entblößte sein Gesicht. Doch kein Lächeln.

Er sagte, Es bahnt sich eine neue Schlechtwetterfront an. Eine Art Tornado. Etwas Hagel. Vielleicht sogar Schnee. Schnee im März. Verstehst du das?

Sie nickte.

Verstehst du das wirklich? Die Meteorologen prophezeien den heftigsten Sommer seit Jahrzehnten. Ach was, seit Jahrhunderten.

Ich habe nichts gegen einen heftigen Sommer, sagte Johanna, als wäre es eine andere Art, Hallo zu sagen.

Joshua erzählte, er habe eine Weile auf einer Hühnerfarm in Polen gearbeitet, während sie sich durch die Catering-Passage schoben. Sie luden zwei Donuts auf einen Teller, wie ein jahrhundertealtes Ritual, sie stellten sich in die Schlange zwischen die Menschen, die vor lauter Ungeduld von einem Bein aufs andere pendelten.

Hühnerscheiße und Federn überall, sagte Joshua und blickte in seine Hände, als könnte Johanna es auch sehen. Immerhin, der Verdienst war vierstellig. Joshua schob sein Tablett auf die Kasse zu und stockte. Er würde niemals auf die Idee kommen zu quatschen, während er an dieser Kasse stand.

Die Kassiererin hieß Ruth. Ruth Schneider, so sagte das metallene Schild auf ihrer Brust. Diese Ruth schien Joshua jedes Mal zu faszinieren. Vielleicht wegen der Art, wie sie die hungrigen Menschen abfertigte. Das Kassenband war ihr Fließband, und nur sie gab Takt und Geschwindigkeit vor. Wenn die Leute an ihrem Fließband ihr Tablett nicht zügig genug nachschoben, weil sie im Gespräch oder nicht ganz bei der Sache waren, rief sie: Nächster! Begrüßung und Preis, um nicht zu viel kostbare Zeit zu verschwenden, verschmolzen zu: Gutentagdreieurofünfzigbitte. Joshua sagte einmal, er sei neugierig, wo Ruth ihre wertvolle andere Zeit verbrachte. Er folgte ihrem fieberhaften Blick auf die Schüsselchen, auf nervöse Hände an Geldbeuteln, Teller, auf die Münzen, die auf den Boden kullerten. Ob sie ihre Arbeit nur machte, um die Unsicherheit der Reisenden zu begutachten? Johanna stellte sich vor, wie Ruth über das Kassenband kletterte und die Audifahrer an ihren Kragen packte und schüttelte, und keiner könnte sie jemals kündigen, weil sie schon viel zu lange in diesem Autobahnraststättenwahnsinn arbeitete.

Ruth Schneider streckte die Hand aus, eine offensichtliche Forderung, und Joshua ließ einen der Toiletten-Bons in ihre Hand sinken. Sie sah nicht noch einmal auf den gefälschten Gutschein. Sie steckte den Gutschein elegant in eine Hülle und rief, Nächster! Auch Ruth Schneider war eine Komplizin in ihrem gut gemeinten Seitenhieb auf den Straßenbau und die Hegemonie von Tankstellenketten. Joshua war kein Dieb, er war ein Umverteiler, er wusste so gut wie ein Wirtschaftsanalytiker, wohin sein Geld floss und wo er Lücken hineinreißen würde. Immer wieder fragte er, wie viel Geld Johannas Eltern hatten, das Erbe, die Praxis. Johanna zuckte mit den Schultern. Auch wenn sie es gewusst hätte, die monatlichen Zahlungen auf ihr Konto wären ihr peinlich gewesen. Eine Transferleistung für Anerkennung in eine vorgegebene Richtung. Zweifellos beneidete er sie nicht darum.

Joshua hatte kein Konto. In seinem Geldbeutel sammelte er nur abgewetzte Zuckertütchen. Etwas wie eine Krankenkassenkarte besaß er nicht. Natürlich nicht. Über die Runden kam er, weil er auf Jahrmarktbaustellen arbeitete, als Autowäscher und Security im Zoo, eingestellt von Menschen, die einen mit dreister Klarheit ausbeuteten, aber dafür keine Fragen stellten. Bevor er in der polnischen Hühnerfarm angeheuert wurde, hatte Joshua als Statist in Filmen mitgespielt, der perfekte Job. In beheizten Containern, eingepfercht mit tratschenden Studierenden, wartete Joshua auf die Anweisungen eines Regisseurs und musste nichts tun, nur Körper und Hülle zur Verfügung stellen. Der Hochmut der angehenden Schauspieler schützte Joshua: Keiner interessierte sich für ihn. Nach zwanzig Minuten, wenn sein Einsatz vorbei war, saß er abseits des Scheinwerferlichts und notierte akribisch Gesprächsfetzen, die er aufgeschnappt hatte. Aber auch das bekam niemand mit. Es war so faszinierend wie einfach: Nur in der Aufmerksamkeit konnte Joshua unsichtbar werden. Und es war die gleiche Anonymität wie an der letzten Tischinsel, im einzigen toten

Winkel der Überwachungskameras der Raststätte, in der Joshua sich geborgen fühlte. Noch so ein Tick, man hätte ihn auch falsch verstehen können: Es war nicht so, dass Joshua andere Menschen nicht mochte. Er mochte sie gern, aber eben nur von Weitem.

Nachdem Joshua die Bastion verlassen hatte, musste Johanna sich darauf verlassen, ihn zufällig zu treffen: in den Straßen, in Cafés, in Parks. Manchmal schien es, als würde er ihr auflauern, wenn er in der Fußgängerzone inmitten vorbeiströmender Menschen ihre Hand griff, sie zu sich zerrte und in seinen weiten Wintermantel und Kichern hüllte. Es war schwer, ihn in großen Menschenmengen zu erkennen. Er trug keine zerfetzte Jacke und schweren Stiefel mehr, sondern polierte Schuhe von der Sorte, die alle trugen. Seine Haare waren kurz. Er hatte einen entspannten Gesichtsausdruck, kein Lächeln und kein Frust zu sehen, und zu seiner kompletten Tarnung, wie er sagte, kleidete er sich nur noch blau, blaues T-Shirt, blaue Hose, sogar der Gürtel war blau, blau, blau, wie das Meer, das nicht blau ist, sondern das Blau nur demjenigen vorgaukelt, der verträumt darauf schaut. Was der Romancier nicht wahrhaben will, sagte Joshua auf einer Parkbank, als sie sich das erste Mal trafen, und geriet ins Schwafeln: dass es nur blau sei, weil sich der Himmel auf dem Wasser spiegele, und nicht mal der sei blau. Für Joshua war die Farbe Blau die unauffälligste, weil sie einfach nur spiegele, was vor einem sei. Von Aerosolen, Lichtwellen und Feinstaub wollte Joshua, der nie daran dachte zu studieren, nichts wissen. Er fragte kein einziges Mal nach Johannas Studium, das sie ohne große Beachtung zum Ende ihres Abschlusses schleppte. Bildungsbürgertum sprach er aus wie ein Schimpfwort. Obwohl er nicht vom einen oder anderen Milieu angezogen war. Er verachtete nur die, die sich über beides stellten. Die ganze Stadt war sein Versuchsobjekt, die Gossen und auch die Villenviertel. So einfach. Und so einfach glaubte Johanna ihm alles, was er sagte, zog an ihrer Zigarette, nickte, und wenn sie es für angebracht hielt, lachte sie.

Einmal kam Joshua mit einem blauen Auge in die Raststätte. Er sagte, er habe in der Nacht versucht, eine Person auf einer Parkbank zuzudecken. Als er über zwei Tage in einem Aufzug schlief, wurde er in Gewahrsam genommen. Als er nach seinen Papieren gefragt wurde, reichte er ihnen ein abgewetztes Zuckerpäckchen aus seinem Geldbeutel. Wer er war, fanden die Redakteure der Lokalzeitung nicht heraus, als sie über ihn schrieben. Deshalb nannten sie ihn einen Bekloppten, der während seines Jobs als Zoo-Security den Affen einen Ausflug gönnte. Manchmal, wenn er erzählte, kam es Johanna so vor, als würde er nur testen, ob sie ihm glaubte. Aber sie glaubte ihm bedingungslos, alles, weil sie es wollte. Albern fand sie Joshua und bewunderte ihn seit einem Jahr maßlos.

Joshua drehte den Donut vor seinem Gesicht, biss hinein, er sagte: Ich will dich entführen. Es klang, als hätte er den Satz die ganze Zeit schon im Kopf gehabt, um ihn in dieser Raststätte endlich zu sagen.

Johanna stützte ihren Kopf in die Hand und sagte,

Keine Chance. Die Uni. Hausarbeiten. Wenn ich nicht diese Verpflichtungen hätte.

Johanna, sagte Joshua. Johanna, er sagte es wie einer, der ein schlafendes Kind weckt, und blickte durch die Scheibe nach draußen. Wir kommen hier nicht weiter. Du kommst hier nicht weiter. Mein Kopf ist wie ein zerknülltes Stück Papier. Wir müssen hier weg, wir müssen raus, wir gehen noch ein. Du gehst hier noch ein, sagte er nicht, meinte es aber wahrscheinlich. Er konnte nicht kapieren, warum ihr Abschluss wichtiger sein sollte als das Leben.

Wir tauchen unter. Wir zwei. Joshua sagte, dass er das Geld in Polen nur dafür gespart habe, auch für sie.

Sie hatte Joshua noch nie *wir* sagen hören. Johanna schälte sich aus ihrer Regenjacke und sagte, Du hast doch nicht einmal einen Pass?

Das ist doch egal. Joshua sah sie lange an und ließ seine Atempause arbeiten. Unwiderstehlich überzeugend, dieser Blick. War da sogar ein bisschen Angst in seinen Augen, eine Nuance Unsicherheit, wollte er sie wirklich dabeihaben? Es war nicht so, dass Joshua das Alleinsein perfektionierte wie ein Straßenhund. Aber sie war schließlich die einzige Person, die ihn kannte, seine Geschichte kannte, zumindest einen Teil davon.

Wohin?

Heißt das Ja?

Die Tür fiel mit ihrem vertrauten Klick zu. Johanna blickte an der Häuserwand hinauf, starrte in die noch unbeleuchteten Fenster. Tausende Dinge gab es da oben, die sie vergessen haben könnte, die sie vielleicht dringend brauchen würde, sie dachte an Joshua und lief los. Frühnebel lungerte in den Straßen. Gegen den Strom der Menschen, die irgendwohin wollten, entgegen dem Berufsverkehr fuhr Johanna hinaus, am Industriegebiet vorbei, wo sie das Dröhnen der Autobahn schon hören konnte. Sie schloss ihr Fahrrad vor der Fensterfront ab. Wie vertraut dieses Bild war. Die Reisenden, die Croissants in Kaffee tunkten. Aufgeschlagene Zeitungen und wippende Beine. Und Joshua, der nicht da war. Natürlich nicht da war. Sie sah sich um. In müden Bahnen fuhren die LKWs herein, hinaus, herein. Er hatte es versprochen. Ungewöhnlich ernst dieses Mal, er hatte gesagt: Dienstag, 15. März, acht Uhr morgens. Und keine Minute später. Wohin sie fahren sollten und wie, dazu hatte er kein Wort gesagt, nur: Vertrau mir. Vertrauen war ein großes Wort für einen, der ihr drei Jahre lang das Gefühl gegeben hatte, eine Halluzinierende zu sein.

Johanna fröstelte, setzte sich auf den Bordstein und schlang die Arme um die Knie. Sie zwirbelte einen Grashalm, legte den Kopf aufs Knie, stellte sich ein auf längeres Warten. Nicht einmal das Hupen hörte sie. Erst als Joshua von der Laderampe eines Lasters sprang, blickte sie auf. Frisch rasiert wirkte er jünger, gesünder, da stand ein Joshua, der ein bisschen aussah wie früher. Sein Nacken roch nach Seife. Wie ein Flüchtender schmiss er ihren Rucksack ins Innere. Los, los. Schwaches Licht schien in den Laderaum. In der Mitte, schon ausgerollt, ein Schlafsack. Links und rechts davon gackernde Hühner. Du gewöhnst dich an den Geruch, sagte Joshua und zog die Wagentür zu.

Das Gackern und das Rattern verschmolzen irgendwann zu einer Hintergrundmusik, verstörend verzerrt und wunderschön. Im Halbdunkel des Lasters vergingen Stunden, in denen sie eh nicht hätten reden können, in denen es keine Worte gab für Aufregung und Angst, nur Joshua, der irgendwann ein winziges Klappschachbrett aus einem Beutel kramte. Er platzierte es auf dem Boden und schaute sie herausfordernd an.

Sie trampten südwärts. Aber welchen Weg genau sie einschlugen, nachdem sie unter den Blicken Tausender Hühneraugen, dieser wahnsinnigen Dinosaurier, aus dem LKW gekrochen und auf der ersten Raststätte abgesetzt worden waren, hätte Johanna nicht sagen können. Ob der Zufall entschied, oder ob Joshua einen Plan hatte. Es schüttete in Sachsen, und es stürmte in Bayern, die Wiesen um die Autobahn dampften eine Kühle aus, die man hätte anfassen können. Um sich zu wärmen, standen sie unter den warmen Gebläsen an den Eingängen der Raststätten, vor der Schiebetür, die rastlos auf- und zuging, und lauerten. Es war immer Joshua, der die Fahrer ansprach. Warum auch nicht, er hatte das bessere Gefühl dafür, wer sie mitnehmen würde und wer nicht. Und wenn er ein gutes Gefühl hatte, wenn ein freundlich wirkender Fahrer auf die Tankstelle zulief, spannte er seine Schultern, richtete sich auf und rieb seine Hände.

Er fragte nie, Nimmst du uns mit? Er fragte, Wohin fährst du? Er stellte Fragen, auf die jede Person eine

Antwort wusste, ohne groß nachzudenken. Ohne es zu merken, verfingen sich die Fahrer in Joshuas Fragen.

Joshua hatte dazu eine Theorie. Empirische Psychologie, sagte er, obwohl er bestimmt keine Ahnung hatte, was Empirie bedeutete. Er war sich sicher, dass Menschen sich zu Menschen hingezogen fühlten, denen sie ähnlich sahen. Deshalb nehmen sie mich mit, sagte Joshua, ich bin wie die, ich spreche wie die, ich sehe so aus, ist einfach so.

Er fixierte einen Fernfahrer, der sorgfältig eine Zeitung zusammenfaltete, nach seinem Geldbeutel tastete.

Joshua sagte, Manchmal werden Menschen, die viel Zeit miteinander verbringen, sich so ähnlich, dass sie die gleichen Gesichtszüge annehmen, gleich sprechen, auf ähnliche Art laufen.

Johanna dachte an Jenny, an früher. Hatten sie immer noch die gleiche Art, *Hey* zu sagen? Irre, sagte sie.

Ja, tatsächlich irre, sagte Joshua, spannte die Schultern und marschierte los, um den Fernfahrer anzusprechen, der sich gerade die Hände an seiner blauen Hose abputzte. Unzählbar, diese Hände, die sie schüttelten: kleine, warme Hände, raue Hände. Haarige Hände. Zierliche, kühle Hände, klobige, gewaltvolle Hände, zärtliche Hände. Und immer wieder stand Johanna vor einem Fernfahrer, einem Klotz voll Melancholie, angeschimmert von dubiosem Raststättenlicht. Sie trugen alle diesen fahrigen Blick und musterten sie. Erst Joshua, was sahen sie wirklich in ihm? Dann Johanna. Was sahen sie wirklich in ihr? Sie lächelte das Lächeln, das sie gelernt hatte, und sie lächelten zurück.

Aus einem Fahrercockpit, groß wie ein Raumschiff, sahen sie, wie sich allmählich die Alpen vor ihnen aufbauten. Wie Gemälde standen sie da, unbezwingbare Grenze Deutschlands, seit Millionen Jahren staunten Menschen über dieses Bild, das alle Farben in sich trug: Saftgrün, Dunkelgrün, Braun, Tiefbraun, Grau, Weiß auf den Spitzen. Sie fuhren darauf zu, als könnten sie irgendwann daran abprallen. Die Berge hatten schon die Sonne verschluckt, sie wartete irgendwo auf der anderen Seite.

Seit Stunden hatte Joshua kein Wort gesagt. Dann plötzlich sagte er: Lass uns raus, lass uns sofort raus, an der nächsten Raststätte.

Der Fahrer verstand nicht, er rieb sich den Bauch, er blickte Joshua an, als wäre der nicht ganz bei Trost.

Joshua winkte ab: Bitte setz uns ab, das passt, von dort aus sehen wir weiter. Erst jetzt fiel Johanna auf, wie Joshua sich an den Sitz geklammert hatte. Er saß in der Fahrerkabine wie in einer Achterbahn. Wie konnte er nur? Keiner würde sie mehr mitnehmen. Es war finster in den Bergen, die LKWs schliefen, die Fernfahrer wärmten ihre Hände über den Gaskochern. Johanna rieb sich die Augen, schulterte den Rucksack und trottete zur Raststätte, zum Gebläse über der Schiebetür, die immerhin ein bisschen Wärme versprach. Wie immer, aus Gewohnheit, aber Joshua war stehen geblieben und kramte in seinem Rucksack.

Er sagte, Von hier aus laufen wir, und zog eine Taschenlampe heraus.

Was?

Aber Joshua schien es ernst zu meinen. Sie stapften durch das Dickicht. Die Lichter der Raststätte wurden blasser. Johanna folgte dem Punkt seiner Taschenlampe über einen Schotterweg. Sie war zu müde, um zu widersprechen. Sie hatte keine Übung darin, Joshua zu widersprechen. Es wäre sowieso zwecklos.

Joshua blickte stoisch vor sich auf den Weg. Es war vollkommen still, nur das Scharren der Schritte, Kies unter ihren Schuhen, ein Geräusch wie Zähneknirschen. Das Licht der Taschenlampe drehte nach rechts ab. Sie liefen durch kniehohe Gräser in den Wald hinein, die Dunkelheit verschluckte sie. Flackern an Bäumen, ein Kauz, der im Schlaf gestört wurde und aufbrach, knackendes Unterholz. Wenn Joshua einen Plan hatte, sie verstand ihn nicht. Sie bewegten sich im Zickzack, wie verwirrte Motten, vollkommen wahllos lief sie dem Licht hinterher. Es gab keine Anhaltspunkte mehr. Wo waren sie? Eigentlich, dachte Johanna, müsste sie längst in Panik verfallen. Und noch etwas, das sie überraschte: Als sie aufblickte, sah sie, wie Joshua seine Hände hielt, als wollte die eine die andere vom Zittern abhalten.

Was ist los, hätte sie gern gefragt, sein Gesicht deuten können, aber es war jetzt ausgeschlossen, so viel wusste sie: Er marschierte voran und sie hinterher. So waren die Regeln. Als die Buchen immer lichter wurden, als sie von moosigem Waldboden auf eine asphaltierte Straße abbogen, sah Johanna, dass sich die Straßenschilder geändert hatten. Sie waren in Österreich.

Joshua schmiss seinen Rucksack in eine Wiese. Hier, sagte er, ließ sich auf den Rücken fallen, in das feuchte Gras, und schloss die Augen: Hier schlagen wir unser Lager auf. Joshua stocherte in der Glut, obwohl das Feuer schon lange brannte. Er sagte es langsam, in Brocken, er räusperte sich immer wieder, damit die Brocken herauskommen konnten, dass es gefährlich sein könnte: ohne Papiere an einer Straßengrenze. Er sagte es wie eine einfache Tatsache.

Johanna konnte sich damit nicht zufriedengeben, aber unterdrückte die Frage. Sie wärmten ihre Füße am Feuer. Er musste ihren Blick gespürt haben. Irgendwann sagte er, Weißt du, es gibt Orte, die immer wieder nachts auftauchen. Sie sind grell und laut und konfus. Du malst sie in deinen Erinnerungen nach, und sie werden immer greller, immer lauter, immer konfuser. Dann stehst du in Wirklichkeit an diesen Orten und merkst, die Vögel zwitschern. Ist halt so. Er sagte es, als hätte Johanna keine Ahnung davon.

Joshua legte ein Scheit Holz nach, beobachtete es.

Was sind das für Orte? Aus deiner Kindheit? Meinst du das, oder den Moment, als du zu uns an die Schule kamst?

Als Arda zu euch an die Schule kam!, sagte Joshua.

Das war's. Für einen winzigen Moment hatte Joshua sie in sein Leben blicken lassen, dann schlug er das Fenster in seine Vergangenheit zu, ihre Finger waren darin eingeklemmt, aber das kümmerte ihn nicht.

Es war ihm auch egal, wie sehr sie zitterte. Das Zittern

ließ Johanna nicht schlafen. Er hatte sich von ihr abgewendet, das Gesicht zur Zeltwand gedreht und in seinen Schlafsack vergraben. Verkrampft starrte Johanna auf Joshuas Rücken, von dem eine sichere Wärme ausstrahlte, eine Wärme, von der sie etwas abhaben wollte. Sie rückte so nahe, dass ihre Nase seine Haare berührte. Könnte er sie nicht kurz in den Arm nehmen, seine Wärme teilen, nur kurz? Aber Joshuas Rücken blieb bewegungslos. Etwas Unsichtbares stand jetzt also zwischen ihnen, füllte den Zwischenraum zwischen ihrem Körper und Joshua, das Schweigen und die Fragen. Unmöglich, ihm näherzukommen.

Die Sonne wärmte allmählich das Zeltdach. Fröstelnd stiegen sie aus den Schlafsäcken, packten zusammen, sie schwiegen dabei. An der ersten Raststätte wusch sich Johanna das Gesicht an einem Zapfhahn. Zweifellos, sie stank. Sie umrundete das Gebäude, bemüht, sich nicht in der Fensterscheibe anzusehen. Sie fühlte sich wie eine zerrupfte Straßenkatze. Als sie zurückkam, winkte Joshua schon von Weitem mit den Armen und rief: Wir haben einen Fahrer, hier lang, wir können weiter. So schnell konnte seine Stimmung also wechseln.

Der Fahrer hieß Manuel. Als wartete er auf hohen Besuch, stand er vor dem roten Laster. Er fragte, Wollt ihr nicht in meinem Büro sitzen? Er klopfte die Ledersitze ab und bat sie in die Fahrerkabine. Keine Sorge, er fahre sowieso lieber Landstraße als Autobahn, sagte er. Er hatte es offensichtlich nicht eilig, sein Ziel zu erreichen. Er brachte irgendeine Fracht von Spanien nach Rumänien, von einem Bordcomputer gesteuert und überwacht. Er konnte das Denken den anderen überlassen, er investiere lieber in seine eigenen Gedanken, sagte er.

Manuel war einer der Menschen, die nur darauf warteten, gefragt zu werden, und Joshua wartete nur darauf, ihn zu fragen: Was er denke, wenn er stundenlang über die Landstraßen fahre, was ihn wach halte, wie das sei, immer nur von A nach B und zurück?

Das Wegsein sei eine Weiterbildung, sagte Manuel und blickte an Johanna vorbei zu Joshua. Joshua nickte artig wie ein Schulkind.

Manuel sagte, er könne anhand der Geschwindigkeit die Entfernung der Strommasten errechnen. Er müsse gar nicht auf den Tacho schauen, er wisse immer, wie schnell er fahre. Als Kind habe er gedacht, das sei ein Tick, das mit den Zahlen, das mit dem In-Verbindung-Setzen, die endlosen Gleichungen. Jetzt wisse er, es sei ein guter Tick. Dumm sind die, die sich langweilen, habe sein Opa schon gesagt. Wenn er aus dem Fenster schaue, rechne er, er könne gar nicht anders. Eben Weiterbildung, sagte er.

Er zählte alles. Fahrten, nämlich noch siebenundsiebzig. Das Geld, das er dann beisammen hätte, genug, um zu studieren. Credit Points, die seine Kinder auch schon zählten, weil sie was anderes werden wollten als bloß LKW-Fahrer. Er wolle vor ihnen fertig sein mit dem Bachelor. Er wolle es ihnen zeigen. Man möchte ja als gutes Vorbild voranschreiten, sagte er. Der LKW fuhr Schlangenlinien, als er sich zu Joshua drehte.

Auf den Passbildern, die vor dem Fenster pendelten, sahen seine Kinder nicht besonders klug aus: gekämmte Haare, die Hände vor sich gefaltet.

Fleißig wie die Mutter, sagte Manuel.

Fehlen sie dir? Joshua schnappte nach einem der pendelnden Bilder.

Sehr, sagte Manuel. Eine andere Antwort hätte Johanna von einem Vater auch überrascht.

Und du ihnen?, fragte Joshua.

Dann war es still. Manuel fuhr sich mit der Hand über den Bart.

Bestimmt. Manchmal sei das Weg-Sein ja auch eine Förderung des Da-Seins. Es gäbe da eine Kausalität. Minus Abwesenheit und minus Abwesenheit gibt Anwesenheit.

Joshua nickte. Dann schwiegen sie wie Kapitäne auf stiller See.

Sie passierten Männer, die kniehoch in Feldern standen. Ihre Hüte wie dunkle Punkte in einem Meer aus Weizen. Oft war die karge Landschaft menschenleer, nur ein vereinzeltes Reh. Vor Sonnenuntergang stoppten sie an einer Raststätte. Im Windschatten seines Wagens machte Manuel Liegestütze. Fünfzig!, sagte er laut, sprang auf und klopfte sich die Hände ab. Als er auf die Toilette verschwand, sagte Joshua, Checkst du das?

Was?

Wie er fast zusammenfällt?

Sie hatte nichts davon gemerkt.

Er hat seit Tagen nicht geschlafen, sagte Joshua, ich werde ihn wach halten. Sie fuhren durch die Nacht, durch endlos aneinandergereihte Dörfer. Johanna lehnte ihren Kopf gegen die beschlagene Scheibe. Wachsein und Schlaf vermischten sich, mischten sich mit den Gesprächsfetzen von Joshua und Manuel, die nie schwiegen. Das Abstrahieren. Das Beheimaten. Das Gott-Spielen. Und manchmal, wenn sie aufwachte, wenn sie über ein Schlagloch holperten, beobachtete sie Joshua, wie er sprach, in zerhackten Worten, die alles zusammenzurrten, mit klaren Gesten zu jedem dieser Begriffe. Hätte Manuel eine andere Sprache gesprochen, dann hätte Joshua sie sich in wenigen Stunden angeeignet. Warum auch immer er das tat, es hielt Manuel wach. Keine Sorge, sie konnte in tiefen Schlaf fallen. Es dämmerte, als Manuel sie an einer Raststätte am Autobahnkreuz absetzte. Der Himmel färbte sich pastellfarben. Vögel kreischten über ihnen. Links ging es Richtung Rumänien. Rechts weiter in Richtung Süden. Manuel rührte drei Löffel Zucker in seinen Kaffee. Schweigend gab er Joshua die Hand und hielt sie lange.

Sie sprachen immer wieder über Manuel, an Tankstellen, auf Parkbänken und Autobahnauffahrten, wenn sie warteten und in den Himmel starrten. Man könnte ein gutes Stück über ihn schreiben, meinte Joshua. Für ihn war Manuels Rastlosigkeit wie eine rätselhafte Volkskrankheit. Manuel schien der Prototyp eines Menschen zu sein, der alles macht, was man von ihm will, der durchdreht wie eine abgenutzte Schraube, der sich über das definiert, was er noch alles sein könnte. Johanna war sicher, dass Joshua über Manuel schrieb, wenn er sich in den Fahrerkabinen über sein Notizbuch beugte, so weit, dass seine Haare das Papier streiften. Eine Haarsträhne wie ein Vorhang. Zu gern hätte Johanna gelesen, was er da notierte.

Joshuas Notizbuch war schlicht, schwarz, der Einband glänzte, ein paar Kratzer darin. Es war unheimlich verlockend. Meistens trug Joshua es zwischen Arm und Achsel geklemmt. Manchmal lag es unbeachtet auf dem Sitz zwischen ihnen. Wie ein ständiger Begleiter ruhte es auf dem Bistro-Tisch, als sie an einem Abend in ein Dorf ohne Ortsschild, Anfang und Ende kamen. Sie stoppten an einer endlosen Durchfahrtsstraße, auf der sie irgendwann die Grenze erreichen würden. Hunde heulten, sonst war es so still, als wäre hier ein Massaker passiert und alle außer den Tieren geflohen. Es war fast Mitternacht, als sie doch noch einen Gasthof fanden. Zweifellos waren sie die einzigen Gäste. Nur die Bedienung starrte sie von der Theke aus an, als hätten sie die arme Frau mitten aus dem Schlaf geweckt. Müde schob sie ein Omelett mit Pommes auf die Plastiktischdecke. Joshua nickte ihr lethargisch zu, aber unter dem Tisch fuhren seine Füße hektische Kreise. Er hatte seit Stunden nicht gesprochen. Nicht mehr als Nein, Ja, Schulterzucken. Wortkarg entschieden sie, dass sie zu müde waren, um weiter den Daumen zu spreizen und Fremde anzusprechen. Lieber ruhen, in einem fensterlosen Zimmer frieren, aber sie würden schlafen wie seit Tagen nicht mehr. Und trotzdem hatte Johanna plötzlich Angst vor diesem Zimmer über dem Speisesaal. Es war zu klein für Joshuas Schweigsamkeit.

Sein Messer quietschte auf dem Teller. Der Salzstreuer schleifte auf dem Tisch und zermalmte verloren gegangene Körner. Die Haare fielen ihm ins Gesicht, und er blickte auf sein Essen wie einer, der lange gefastet hatte.

Sie sagte, Lecker, oder?

Joshua lächelte und sagte, ja, das sei sehr köstlich, wirklich lecker, ausgesprochen nahrhaft. Das war neu, dass er vor jedem Satz lächelte, er sah sie dabei nicht an. Ob er nervös war? Joshua, dem egal war, was andere von ihm dachten? Ob es an ihr lag? Johanna konnte nicht begreifen, warum er morgens noch so wach war, als er mit Manuel sprach. Warum er im Auto zuvor einem fremden Mann die Hand massiert hatte, warum er einer älteren Frau in Blümchenkleid so sehr schmeichelte, dass sie vor Lachen grunzte. Und warum er jetzt in sich zusammenfiel und grübelte. Wie schnell Joshua zwischen verschiedenen Stimmungen wechselte, machte ihr Kopfschmerzen.

Sie lagen nebeneinander in einem Bett ohne Bettwäsche, Federn bohrten sich in ihre Rücken. Und dann sprach Johanna es einfach aus, so wie es war, wie sie es dachte: Joshua, ich weiß, du willst nicht darüber reden, aber du musst über deine Vergangenheit sprechen. Du kannst nicht davor weglaufen. Sie atmete aus, starrte an die Zimmerdecke, eine weiße Mondlandschaft voller Krater und Berge. Joshua schien, als würde er nicht einmal atmen. Gibt es denn jemanden, der dich vermisst? Der sich fragt, wo du bist?, fragte sie vorsichtig.

Joshua richtete sich auf. Er starrte die Wand an, dann

stand er auf und nahm wortlos seine Jacke. Die Tür klickte. Kalte Luft strömte hinein, dann war Joshua weg. Johanna blieb in ihrer Kuhle liegen, eine Stunde, zwei, drei, aber Joshua kam nicht zurück, auch nicht, als die Sonne die Gardinen mit trübem Licht färbte.

Johanna kauerte an ihrem Platz am Frühstückstisch, rührte Zucker in ihre Teetasse und musterte eine Gruppe Fernfahrer am Tisch gegenüber. Viel zu laut diskutierten sie in einer fremden Sprache. Bitte sprecht mich bloß nicht an.

Er würde sie ja wohl nicht hier allein zurücklassen, in einem Grenzort mit heulenden Straßenhunden. Oder würde er doch? Und was, wenn sie ab jetzt auf sich allein gestellt wäre? Wenn sie darauf angewiesen wäre, dass diese Männer, die ihren Bauch stolz über die Gürtel hängen ließen, sie mitnehmen würden. Johanna hielt die Speisekarte vor sich, bestellte eine heiße Schokolade, und dann noch eine, bis ihr schlecht wurde. Sie starrte an die kaputte Neonlampe, die an der Decke surrte.

Die Bedienung wischte schon den Tresen ab, als Joshua zurückkam. Sein Blick galt nur ihr.

Es tut mir leid, Joshua, ich wollte doch nicht … Sie hob die Arme für eine Umarmung, ließ sie wieder fallen. Ich meine es doch gut mit dir.

Er zog den Stuhl zu sich, setzte sich, lehnte sich zurück, offensichtlich musste er sich erst mal sammeln.

Du meinst es gut mit dir, du tust das nur für dich, Johanna. Fragen sind grundsätzlich egoistisch. Gestellt werden sie, um für sich Orientierung zu schaffen, ein

Raster, um Menschen darin einzuordnen, um Menschen aufzuräumen. Ich will weder das eine noch das andere.

Das weiß ich.

Aber verstehst du es auch?

Joshua erzählte, er habe gezählt, wie oft ihm die Frage, woher er käme, gestellt worden sei. Er kam auf neunundsiebzig Mal, bis er fünfzehn Jahre alt war. Neunundsiebzig Striche hatte er in sein Bett geritzt, in dieser Einrichtung. Über die Frage, wer seine Eltern seien, habe er nicht einmal mehr Buch geführt. Es hätte keinen Sinn gemacht.

Die Akte, die den Namen Arda trug, sei dicker als der Schädel seines Sachbearbeiters. Was steht darin über mich? Dass ich schon mit zehn Jahren mehr über die Mendel'schen Regeln wusste als eine Biologiestudentin? Dass ich vier Sprachen spreche, nur von zwei wussten die Menschen um mich herum? Dass ich am Klang eines Räusperns erkennen kann, ob eine Person traurig ist oder nicht?

Endlich, da war wieder ein bekannter, ein trotziger Joshua.

Johanna nickte, obwohl sie das, was Joshua sagte, ziemlich naiv fand. Natürlich wollten die Menschen wissen, woher er kam. Auch wenn er keinen Kontakt zu seiner Familie haben wollte, sollte er doch zumindest wissen, wo sie waren, wer sie waren, und wie er aus ihnen hervorgegangen war. Was waren denn das für Zustände? Aber sie sah die Fernfahrer noch immer im Hintergrund. Ohne Joshua wäre sie verloren an diesem verlassenen

Ort. Johanna hielt sich an der Tischkante fest wie ein Kind, das keine Ausrede mehr weiß. Noch bevor er wieder ansetzen konnte, sagte sie: Ich verspreche dir, kein Wort mehr, ich habe es verstanden, wirklich.

Es war vielleicht der Moment, in dem Johanna stutzig wurde. Immer wenn sie das Gefühl hatte, Joshua zu kennen, war er im nächsten Moment wieder ein anderer. Undurchsichtig. Wenn er beobachtete und schrieb und schwieg und plötzlich wie wesensverändert war. Er trug den aufrecht-kühlen Blick eines ehemaligen Soldaten. Zum Abschied schmiss er einer fröhlichen Kassiererin eine Kusshand zu. Auf einer Raststätte brüllte er einen Vater mit geschwollenen Stirnadern an, und Johanna hielt den Atem an. Wie konnte er das tun? Natürlich, einer wie Joshua hatte nichts zu verlieren. Es scherte ihn nicht, was andere von ihm dachten, weil es keinen Menschen gab, außer ihr, den er je wiedersehen würde. Aber das Besondere war: Irgendetwas in den Menschen ihm gegenüber fiel von ihnen ab. Ihre Wut und Empörung. Weil sie es mit jemandem zu tun hatten, der wie sie selbst war. Mit ihrer Spezies. Hatte er das gemeint, als er damals sagte, er wolle alles werden?

Je weiter südlich sie kamen, desto stärker wurden die Kopfschmerzen. Sie trampten weiter, in den einen Laster rein, am nächsten Rasthof raus, stapften immer wieder zu Fuß über eine grüne Grenze, atmeten auf. So herum kontrolliert uns keiner, sagte Joshua.

Sie waren seit etwa drei Wochen unterwegs. Ungezählte Tage, in denen sie die Kühle zurückließen und die saftigen Felder. Allmählich wurden die Wiesen karg, sie hatten die Farbe ihrer Haare angenommen. Es roch nach fremden Pflanzen, deren Namen sie nicht kannten. In Büschen und Wäldern, auf steinigem Boden platzierten sie ihr Zelt, wachten auf mit den Vögeln, die Beine ineinander verhakt. Es gab keinen Tag, auf den sie sich nicht freute. Es gab keinen Tag, an dem sie wussten, wo sie schlafen würden. Sie wuschen sich in eisigen Quellen, aßen fettige Oliven, sodass ihre Finger Spuren an Türgriffen der Laster hinterließen. Und manchmal fanden sie in Dörfern, in denen nicht einmal mehr ein Hahn krähte, verlassene Häuser und bauten ihr Lager in den nackten Zimmern auf. Sie kochten auf verlassenen Terrassen über offenem Feuer, richteten die Räume her für ihr Festmahl und füllten sie mit Fantasien, wer hier zu welcher Zeit wie gelebt hatte. Seit unzählbaren Tagen war ihr Handyakku leer. Schwer zu erahnen, welcher Wochentag war, ob die anderen gerade in der Uni saßen. An einem Tag, der ihr wie ein Dienstag vorkam, stießen sie auf heiße Quellen. Ein dampfendes Loch, umrahmt von Felsen, in dem sich schweigsame Bärtige Salzwasser über den Rücken klatschten. Die Arme und Beine ausgestreckt, trieben sie im Salzwasser, das sie trug, und blickten in den mondlosen Himmel.

Warum hast du mich auf diese Reise mitgenommen? Johanna blickte zu Joshua. Er hatte die Augen geschlossen, sein zierlicher Körper schwebte im Wasser, seine ausgebreiteten Haare formten kleine Wellen im Wasser. Alles an ihm wirkte ganz, vollkommen, auf eine sonderbare

Art schön, eingehüllt in Dampf und in sich. Johanna war sicher, dass Joshua niemanden brauchte, erst recht nicht sie. Wie er das schaffte, niemanden zu brauchen. Wie vertraut das war, das Geräusch seines Atems, es war dasselbe, wie wenn er schlief, nur sie kannte das.

In einer anderen Welt, Joshua, hätten wir ein gutes Team sein können.

Sie fasste ihn an der ausgestreckten Hand, drückte ihn an der Schulter nach unten, ins Ungleichgewicht. Er lachte, packte sie und zog sie unter Wasser. Zum ersten Mal fühlte es sich nicht wie Ertrinken an. Es hätte immer so weitergehen können.

Johanna dachte, das gehöre zum Plan: nicht über Anfang und Ende der Reise zu sprechen, nicht über die Orte, die sie passierten. Sie ließ sich auf Joshuas Führung ein wie eine, die eine Augenbinde trug und seinem Plan vertraute.

Eines Morgens sagte Joshua, Wir gehen auf ein Festival. Eigentlich sei es kein richtiges Festival, es sei eine Zusammenkunft, ein G-A-T-H-E-R-I-N-G. Er sprach noch immer Englisch wie ein Zwölftklässler. Es klang so abwegig wie spannend. Warum nicht. Sie war langsam müde vom ständigen Rumoren überschlagener Reifen, von den kurvigen Landstraßen, den vollgepissten Raststätten. Die letzte Etappe gingen sie zu Fuß über trockene Felsen. Sie konnten das Meer schon riechen, bevor sie es sahen. Es lag anmutig in der Dämmerung, unerkennbar im Dunkel. Das Meer musste so etwas wie das Ende Europas sein.

Joshua sagte, Wir machen ein Experiment. Wir probieren jetzt etwas Neues aus, etwas, das uns herausfordert, okay?

Es war kein Okay, das nach einer Antwort fragte. Joshua hatte etwas für sich beschlossen. Er wolle allein zu dieser Zusammenkunft gehen. Ich als ich und du als du. Ein bisschen freier, jeder für sich. Okay?

Es war der Moment der Reise, in dem Johanna die Augenbinde abnahm und auf ein Rätsel blickte.

Wie meinte er das, freier? Von ihr?

Sie hatten sich so an das Wir gewöhnt, das routinierte Zeltstangen-Zusammenstecken, das keine Worte mehr brauchte, die Selbstverständlichkeit, mit der sie sich gegenseitig Essen auf ihre Teller häuften, Joshuas schwerer Kopf im gleichen Takt auf ihrer Schulter, während sie über die Landstraße ratterten. Sie hatten sich so auf das Wir eingelassen, dass sie nicht wusste, wie sie es jetzt in ein Ich und ein Du spalten sollte.

Geh doch, dachte sie und blickte Joshua hinterher. Hier hast du deinen Vorsprung. Erst als er vollkommen von der Dämmerung verschluckt war, trottete sie ihm nach. Es war nicht so, dass sie nicht gern allein war, sie hatte es nur nie gelernt. Und was sie wütend machte, war, dass Joshua das wusste und sie trotzdem allein ließ.

Das Meer rauschte in regelmäßigen Wogen auf die Bucht zu und wieder fort. Von Weitem hörte Johanna ein Rumoren, viele Stimmen. Die Stimmen gehörten zu Menschen, die ihre Schatten an eine Felsenwand warfen, angeleuchtet von einem Lagerfeuer, größer als jedes Osterfeuer, das Johanna je gesehen hatte.

Frauen, Kinder, Männer, saßen an diesem Lagerfeuer, lagen nebeneinander und voreinander, auch übereinander. Ein Knäuel an Menschen, die Gesichter waren feierlich angestrahlt. Gathering, aha. Ein älterer Mann stand umständlich auf und kam auf Johanna zu.

Welcome home, sagte er und umarmte sie. Sein dünner Körper glühte. Er hinterließ etwas Schweiß auf ihrer Wange. Johanna wollte sich aus seinen Armen winden, dann ergab sie sich einfach seiner Umarmung.

Hallo, flüsterte sie in die Runde.

Die halb nackten Menschen nannten sie ungefragt Schwester, es schmeichelte ihr. Sie deuteten mit den Händen in alle Richtungen: Hier ist der Essensbereich, Technik gibt es nicht, darf man nicht, hast du ein Handy? Schmeiß es ins Meer. Das ist kein Witz. Hier das Feuer, es muss immer brennen. Es gibt hier keine Chefs, *just love*. Wenn du dich entleeren musst, dann hier im Wald, du musst ein fünfzig Zentimeter tiefes Loch graben. Wir waschen uns mit Asche und Zitrone. Mehr nicht. Wir muten ihr kein Plastik zu.

Wem?

Pacha Mama.

Aha.

Diese Menschen saßen mit einer Ernsthaftigkeit um das Feuer, als hätten sie sich lange darauf vorbereitet. Die Lager waren eingerichtet, als würden sie hier Wochen campieren wollen, vielleicht länger. Die Zelte waren mit Geröllbrocken beschwert, gegen Stürme. Es gab einen Kessel, der über dem Feuer pendelte, mit Suppe für Hunderte Menschen. Ein paar nackte Kinder hatten sich aus Schafsfellen und Decken eine Höhle gebaut. Sie lugten mit müden und zugleich wachen Augen aus dieser Höhle auf die Erwachsenen, die mit Trommeln und Rasseln um das Feuer eine Art Musik machten, für die Johanna keine Bezeichnung wusste. Joshua war nirgendwo zu sehen.

Sie fröstelte und setzte sich an die Feuerstelle, in den Schatten einer Person. Sie sah durch ihre gespreizten Hände das Feuer lodern, und eine ganze Weile starrte sie in eine Richtung, bis sie begriff, dass keiner sie fragen würde, wer sie sei und was sie hier mache. Im Schneidersitz saßen sie um das Feuer, in Leder, in Federn und Perlen gekleidet, wie zu einem Fest hergerichtet. Eine Weißhaarige summte ein Lied. Eine Stimme, als würden Steine über den Meeresboden schleifen. Diese Menschen vibrierten auf sonderbare Weise zur Musik. Johanna schloss die Augen, zog die Beine an, vergrub ihr Gesicht zwischen den Knien. War es das, was du wolltest, Joshua? Er hatte dafür ein Wort: Willkürtaten. Etwas tun, das einem komplett fremd ist. Er tat es nicht nur aus Trotz, es belustigte ihn, es zog ihn an. Er streifte durch die Stadt, auf der Suche nach etwas möglichst Abwegigem. Orte, die er sonst nie betreten würde. Er mischte sich unter Menschen, die ihm verdächtig vorkamen, er tat es aus ehrlicher Neugierde, er wollte etwas dazulernen.

Das Summen der Frau wurde melodischer, ein Lied, wie man es Kindern zum Einschlafen vorsingt, es war gar nicht mehr so schrecklich.

Na gut, Joshua.

Sie wartete, bis diese Menschen endlich schlafen gehen würden, bis sie sich auf dem Teppich vor der Feuerstelle einrollen könnte. Die Musik wurde ein Murmeln. Sie hörte wieder das Meer rauschen, das Feuer knisterte nicht mehr, es glomm, aber diese Menschen schienen nicht müde zu werden. Johannas Schultern berührten subtil die Schultern einer Frau. Johanna öffnete die Augen, als die Frau sich reckte. Sie legte ihre flache Hand auf Johannas Rücken. Wo sie schlafe, fragte die freundliche Frau.

Hier, dachte ich, darf ich das, wäre das okay? Unergründlich, wie viel Uhr es war und wie viele Stunden bis zum Sonnenaufgang.

Ungefragt nahm die Frau Johannas Hand und bettete sie in ihre. Komm, ich habe eine Decke für dich. Sie ließ Johannas Hand nicht los, während sie den Pfad zum Strand hinuntergingen. Ihre dichten, dunklen Haare lagen wie ein Fell auf ihrem nackten Rücken. Sie schien überhaupt nicht zu frieren. Es gab keinen guten Grund, ihr nicht zu folgen. Johanna kroch ihr hinterher durch eine Luke in ein Zelt, es lief spitz zu. Durch ein kleines Loch konnte man den Himmel sehen. In der Zeltmitte etwas wie eine runde Tafel, wahrscheinlich Essen darauf. Und im Kreis um die Tafel herum sternförmig angeordnete Deckenhäufchen, regelmäßig atmende Menschen, kleine, vermutlich Kinder, und ein großer Mensch, eingerollt wie ein Embryo.

Johanna wachte auf, als ein Kind ihr mit einem Grashalm über die Nase strich und kicherte.

Sie beobachtete die Menschen wie eine Feldforscherin, die auf eine Parallelwelt gestoßen war. Wie sie sich reckten, aus den Zelten krochen, wie sie die Schalen mit dampfendem Porridge vor sich hielten wie heilige Gaben. Sie stellte sich vor, sie wäre Joshua. Sie notierte ihre Beobachtungen in ihrem Tagebuch. Bald würden sie wieder an einem Feuer vor ihrem Zelt sitzen, und sie würden sich gegenseitig aus ihren Notizbüchern vorlesen. Sie musste nur abwarten.

Joshua, diese Menschen, ich glaube, sie tun das, wonach sich eigentlich alle sehnen. Sie haben eine Art Herde geschaffen, sie kooperieren, sie tun es mit einer besonderen Hingabe. Wenn nicht alle, diese hundert oder mehr Leute, hier zusammenhalten würden, dann würde hier im Nirgendwo niemand satt werden. Sie haben sich dafür auf eine eigene Sprache geeinigt. *Love, Welcome, Peace* und so weiter. Wenn wir als Menschen nicht begriffen hätten, dass wir es allein nicht schaffen, dass wir kooperieren müssen, wären wir wohl schon ausgestorben, und Ratten würden die Welt regieren.

Die Menschen in dem Zelt, in dem Johanna schlief, bildeten offenbar eine Familie. Die drei Kinder, zahnlückig, barfüßig und außergewöhnlich frech, kamen erst abends ins Zelt gekrochen, unerklärlich, wo sie sich tagsüber herumtrieben. Die Frau lief mit einer Tragetasche durch die Dünen. Sie sammelte Rosmarinzweige und mörserte sie akribisch mit einem Stein. Ihr Körper wie der einer Jugendlichen, das Gesicht wie das einer Urgroßmutter. Der Mann, der eingerollt wie ein Kleinkind im Zelt lag, als Johanna das erste Mal dort schlief, war in Wirklichkeit ein Grauhaariger, langgliedrig, mit wuchtigen Händen, von der Schwerkraft nach unten gezogen. Mit melancholischen Augen sah er sie von oben herab an. Er mochte offensichtlich, was er vor sich sah. Er hatte die Gestalt einer grauen Wand, an die sich die Kinder lehnten, wenn ihnen die Augen schon zufielen. An dieser Wand war Platz für alle drei. Er hieß Amadou, und er war immer da, wenn Johanna ins Zelt kroch.

Joshua, kannst du dir überhaupt vorstellen, dass ich in meinem Leben nie allein gewesen bin? Johanna konnte die Tage, an denen sie allein im Haus der Eltern war, nicht mal zählen. Es gibt keine. *Meine Eltern waren immer da. Wenn es klingelte und jemand Fremdes vor der Tür stand, kamen sie die Treppe herunterstolziert und nahmen mir das Sprechen ab. Ich bin nie allein in die Schule gelaufen, meine Schwester war immer bei mir, später Jenny. Und als Jenny einen Boyfriend hatte, fing ich auch damit an, nicht ernsthaft wie sie, eher im Zweimonatstakt, es half mir, mich als eigentlich ganz schön zu begreifen, und ich half den Jungs, sich nicht peinlich zu sein. So scheint es richtig. Wir helfen uns gegenseitig. Wir erleichtern uns das Leben. Wir halten uns den Rücken frei.*

Eine Woche verging, ohne dass Joshua auftauchte. Tage, in denen Johanna sich die Antworten bereitgelegt hatte, was sie studierte, woher sie kam, wer sie war, aber niemand danach verlangte. Sie schnippelte Karotten, rührte in großen Kesseln, sie spazierte durch die Dünen und blickte auf das Meer, das zum ersten Mal schäumend vor ihr lag. Und plötzlich fühlte sich Johanna unendlich allein. Ein starker Wind zog vom Meer aus über das Lager. Sie beschwerten die Zeltleinen mit weiteren Steinen, sie zogen Planen gegen den Wind auf, sie schürten das Feuer, das hektisch loderte. Die Menschen schienen nervös zu sein. Wer weiß, zu was sich dieser Sturm noch auftürmt. Nur Amadou saß im Schneidersitz vor dem Feuer, und wenn sie nicht gesehen hätte, dass seine Brust sich hob und senkte, hätte sie geglaubt, er atme nicht einmal. Er forderte sie auf, wenn auch nicht explizit, aber die Einladung war deutlich. Sie nickte ihm zu, stieg über die herumsitzenden und liegenden Menschen, lehnte sich an ihn, wie die Kinder, und legte ihr Gesicht an seinen warmen Hals. Sie schloss die Augen, sie wollte nicht sehen, was die anderen von ihr dachten, seine Frau, seine Kinder. Er strich ihr mit der Hand über den Kopf, er durchkämmte stundenlang mit seinen Fingern ihre Haare, er schien sich überhaupt nichts zu fragen. Als sie am nächsten Morgen aufwachte, blickte sie schockiert in das Gesicht der Frau. Aber die lächelte ihr urgroßmütterliches Lächeln und sagte, Guten Morgen.

Joshua, wenn du das mitbekommen könntest, ich werde aus dieser Familie nicht schlau. Ich habe in diesen Tagen viel über Mutterliebe nachgedacht. Die bedingungslose Liebe, die nur Mütter aufbringen können. Die Liebe, die keine Forderung stellt. Hier sagen die Hippies, das Meer symbolisiert die Mutter. Gestern, nachdem wir getanzt haben, schwitzend, schwindlig, sind wir nachts ins Meer gesprungen, nackt, kannst du dir das vorstellen? Da stand ich bis zur Hüfte im Meer, wenn man so will, also in der Mutter, und habe gedacht: Ich werde aus meiner Familie nicht schlau.

Gedanklich war Joshua ständig bei ihr. Wenn Amadou sagte, er möge das, wie sie zuhörte, und sie dachte, Ja, das habe ich mir von jemandem abgeschaut. Wenn sie sah, wie die Kinder sich gegenseitig nachahmten. Wenn sie allein durch das Lager lief und sich fragte, Was würde Joshua jetzt tun, und sich neugierig zu einem hitzigen Gespräch stellte.

Er mischte sich in das Geschehen ein, als das Gathering anscheinend zu seinem Höhepunkt kam. Je voller der Mond wurde, desto mehr Menschen kamen über den Trampelpfad gepilgert und standen vor dem Feuer mit vollgepackten Rucksäcken und einem Lächeln, das schon beim Zusehen schmerzte. Und inmitten der vielen Neuen saß irgendwann Joshua auf einem Baumstamm und fischte Kichererbsen aus einem Tongefäß. Wo kam er plötzlich her? Seine Fingernägel waren dreckig, die Haare verstrubbelt, das T-Shirt unter der Achsel etwas eingerissen. Er redete mit niemandem, er machte keinen Anstalten, sich hier wohlfühlen zu wollen, er schien durch alle hindurchzuschauen. Johanna lief durch sein Blickfeld und sah ihn nicht an.

Amadou sagte, Er ist komisch. Die Kinder haben Angst vor ihm. Man kann den nicht einschätzen. Der spricht nicht, auch wenn man freundlich Hallo und Willkommen sagt. Der greift in unsere Energien ein.

Wie das?

Er forciert die Leute.

Mit seinem Blick?

Nein, mit seiner Aura.

Aber wie, er tut doch gar nichts?

Johanna, sagte Amadou wie entschuldigend. Irgendwann wirst du das verstehen.

Sie hatte verstanden, dass dieses Gathering ein Ort war, der Menschen anzog, die im normalen Leben wohl angestarrt werden würden: Menschen, die ständig dieselben Sätze wiederholten, die in Tierlauten sprachen, die furzten und darüber lachten. Die bunt waren, laut, ihre Gesten ausladend, und die in Rätseln sprachen. Die sich in ihrer Eigenartigkeit untereinander versteckten, die überhaupt nicht auffielen, weil sie alle eigenartig bis verrückt waren. Was Johanna nicht verstand: dass einer wie Joshua offenbar allen anderen sofort auffiel.

Amadous mitleidiger Ausdruck machte sie wahnsinnig.

Er sagte, sein Bruder sei auch so einer geworden. Mitten in der Nacht habe er plötzlich in seinem Zimmer gestanden und ihn angestarrt. Nacht und Tag seien bei seinem Bruder so verschoben gewesen wie die innere und äußere Welt. Es sei genau der gleiche Blick, sagte Amadou. Der Blick von einem, der einen so lange am Arm packt, bis er blau wird, und der nicht bemerkt, dass er einem wehtut. Er könne nichts dafür. Es habe etwas mit der Konstellation von Sonne und Mond bei seiner Geburt zu tun. Manchmal spiele einem das Universum absichtlich Konflikte zu. Und dieser Mann in Blau, der sei ein solcher.

Joshua, wenn du das hören könntest. Du würdest dich totlachen.

Sie wartete. Irgendwann würde er ihr ein Zeichen geben, ein Zwinkern, eine Geste der Komplizenhaftigkeit. Sie wartete auf einen Gesichtsausdruck, aber sie bekam nicht einmal seinen Blick. Joshua blieb verschwunden, bis zum nächsten Tag.

Drei Gongschläge ertönten, prallten an die Felsenwand. Sie klangen anders als sonst. Die Menschen hielten ihr dampfendes Porridge in der Hand und sahen auf. Jemand hatte Alarm geschlagen.

Ein kleinerer Mann sprang auf einen Felsen. Er hatte sich Johanna als Key vorgestellt, als der, der die Bucht als Erster gefunden hatte. Er sah über die Köpfe der frühstückenden Menschen hinweg und schrie: Etwas ist passiert. Schweiß glänzte auf seinem nackten Oberkörper, eine massive Edelsteinkette baumelte um seinen Hals. Johanna ließ ihre Schale auf die Erde sinken und trat näher, um zu hören, wie er sagte: Jemand hat in unsere Zelte gekackt. Gekackt, mit Absicht. Nicht einmal die Kinder kicherten.

Key sagte, Und ich weiß, wer es war. Er sprang von seinem Felsen und marschierte auf und ab.

Ich wusste es, sagte eine Frau und schüttelte den Kopf.

Aber warum sollte das jemand tun?

Na, weil er eben krank ist, sagte Key und schlug bei jedem Wort mit der Handkante auf seinen Oberschenkel.

WIR MÜSSEN DEN LOSWERDEN! In seiner Outdoorhose steckte eine Machete. Erst da begriff Johanna, dass er von Joshua sprach. Key rief den Notstand aus. Es schien wie ein eingeübtes Prozedere, für Johanna schwer zu verstehen: Sie sammelten sich am Strand, aus Voyeurismus oder Mitgefühl oder Langeweile oder allem gleichzeitig. Sie bildeten einen Kreis. Johanna wurde von zwei Händen gerissen, links und rechts neben ihr fingen sie an zu singen. Eine Show, ein Verhör, erst einmal eine Aufklärung, sie wusste nicht, warum sie in diesem Kreis stehen sollte. Das Singen verstummte erst, als Key zurückkam. Er trug Joshua auf dem Rücken wie ein erlegtes Reh. Joshua wirkte wie bewusstlos, in Wirklichkeit war er hellwach. Key setzte ihn mitten im Kreis auf dem Boden ab. Joshua setzte sich auf, zog die Knie an sich, hielt den Blick gesenkt und versank darin. Alle starrten auf ihn und warteten.

So, sagte Key, klopfte sich die Hände an seiner Hose ab. Er drehte sich im Kreis und sah die Leute an. Wie verfahren wir mit ihm? Was machen wir?

Wir müssen die Polizei rufen, brüllte ein Mann, die Augen aufgerissen wie ein Kaninchen auf der Flucht: Er sabotiert unsere Gemeinschaft.

Die Polizei? Nicht gerade unser Freund und Helfer.

Aber dies ist ein Notfall.

Ein Notfall also. Johanna hätte Joshua gern in die Augen gesehen. Aber er hatte seine Wange auf ein Knie gelegt und sah abwesend auf den Boden. Was war in dieser Nacht mit ihm passiert?

Entschlossen trat eine drahtige Frau in die Kreismitte. Sie stellte sich hinter Joshua, als verteidigte sie ihn in einem Nahkampf, und brüllte, Nirgendwo geht der hin, der bleibt bei uns. Wir können nicht zulassen, dass Babylon diese Menschen kaputt macht, und dann stoßen wir sie aus.

Babylon, wie, der kann nichts dafür. Der ist vergiftet.

Die Menschen im Kreis streckten die Arme aus, um den Redestab zu bekommen und sprechen zu dürfen. Alle hatten etwas zu sagen.

Man kann doch nicht jeden Verrückten hier aufnehmen. Ein Psychopath, Krimineller. Vielleicht ist er ein Agent. Ein Abgesandter des Universums mit einer bestimmten Botschaft.

Wir müssen den loswerden, sagte die eine Hälfte laut.

Wir müssen den schützen, die andere. Währenddessen schwieg Joshua, schwieg und provozierte. Auch Johanna sagte kein Wort. Was würde sie tun, wenn Joshua wirklich abgeführt würde? Spätestens dann würde sie einschreiten.

Sie musste hilflos zu Amadou gesehen haben. Er setzte schon zum Reden an, noch bevor er den Redestab bekam. Ausgesprochen ruhig sagte er: Hey, Fremder, was willst du denn? Sprich doch mal. Noch keiner war auf die Idee gekommen, Joshua direkt anzusprechen. Erwartungsvoll sahen sie Joshua an.

Ach was. Der kann doch nicht sprechen!

Der Redestab fiel in den Sand, die Menschen im Kreis redeten laut durcheinander. Nur Johanna bemerkte, wie

Joshua den Mund schloss, überlegte, ihn öffnete. Dann hob er den Kopf, sah sie direkt an und sagte: Ich sehe dich.

Alle verstummten.

Uff. Der spricht ja doch!

Hey, Fremder, sag mal, was ist los mit dir?

Wollte Joshua, dass sie mitspielte? Sie wich seinem Blick aus.

Der Kreis löste sich auf, die Leute standen um Joshua herum und attackierten ihn mit Fragen. Eine Frau hielt ihm wortlos mit geschlossenen Augen ihre Handflächen entgegen, als wollte sie ihn heilen. Ein Mann bäumte sich auf wie ein wildes Tier, schubste zwei Frauen beiseite und rief: WAS SOLL DAS! Mit den Händen hämmerte er auf den Sandboden.

Die Sonne knallte auf die Köpfe der Versammelten, nagte an ihren Nerven, manche fächerten sich mit der flachen Hand Luft zu, aber keiner wagte es zu gehen. Das Rumoren, das Gebrüll, wurde leiser, manche verzogen sich in den Schatten der Büsche. Es schien, als gingen den Aufgebrachten die Fragen aus. Joshua beließ es bei dem einen Satz. Er saß aufrecht in der Hitze und trug einen gleichgültigen Ausdruck, schwer, darin etwas Krankhaftes zu entdecken.

Irgendwann überschattete Keys kleine Gestalt sein Gesicht. Key stellte sich vor Joshua und wandte sich an die Runde, die Hände in die Hüfte gestemmt. Na gut, sagte er. Er genoss offensichtlich die Blicke. Er war derjenige, der die Aufregung unter Kontrolle bringen konnte, und er wusste das. Er sagte, Vielleicht, es kann auch sein. Ich habe gerade etwas beobachtet, vielleicht gibt es eine andere Erklärung: Die Hunde, sagte er, vielleicht waren die das. Habt ihr eure Zelte etwa offen stehen lassen?, fragte er. Na dann.

Er legte seine Handflächen aufeinander. Niemand soll verbannt werden, sagte Key. Offenbar hatte er innerhalb der letzten Stunde seine Meinung gewechselt. Er sah auf den Boden, nicht aus Reue, die Sonne blendete ihn. Er sagte, eine Gemeinschaft sei nur so stark wie ihr schwächstes Glied. Und überhaupt sei der Fremde ein Spiegel für das, was die Gesellschaft mit einem mache: Wer funktioniert, darf rein, wer nicht, der wird ausgeschlossen. Babylon. Jemand rechts neben ihr griff Johannas Hand, jemand links griff die andere Hand, sie stimmten wieder das Klagelied an. Die Menschen sangen jetzt anders als zuvor, ausgelassener. Aber noch immer blieb die Angst bei manchen, die Kinder, man wisse ja nicht. Als Key vorschlug, ein Komitee aus fünf Personen solle rund um die Uhr auf den Fremden aufpassen, damit nichts passiere, meldete sich Johanna.

Ein Gong ertönte, er verkündete keinen weiteren Alarm, sondern kalte Gurkensuppe für alle. Mit dem Schlürfen und Besteckklappern schien der Eklat vergessen. Nur Joshua saß noch immer dort, wo ihn Key abgesetzt hatte, die Beine angewinkelt, der Blick starr, auch als Johanna sich neben ihn setzte.

Witzig, dass wir auf dich aufpassen müssen, oder? Sie schob einen Teller neben ihn, obwohl sie wusste, dass er nicht danach greifen würde. Ihren Teller balancierte sie auf den Knien, schlürfte die Suppe und beobachtete die Menschen, die sich vor der Hitze schützten. Die Grillen zirpten ihr verärgertes Lied. Da hörte sie leise und klar, wie Joshua neben ihr sagte: Mal sehen, wer hier auf wen aufpasst.

Am nächsten Morgen war Joshua weg. Wütend warfen sie den Leuten im Komitee vor, ihn nachts aus den Augen verloren zu haben. Was hätte alles passieren können. Die Kinder. Die Frauen. Aber einen Tag später schon waren die Sorgen verschwunden. Stattdessen hörte Johanna, wie die Leute über nichts anderes als über Joshua sprachen. Am Feuer, am Strand, nachts in den Zelten. Endlich hatten sie eine Legende, und je öfter sie über ihn sprachen, desto mehr veränderten sie die Geschichte. Sie waren nicht mehr ängstlich, sie waren stolz darauf, ihn verstanden zu haben. Den Fremden, den Gesandten des Universums, den rastlosen Wanderer. Sie dichteten hinzu, was sie von ihm gewusst zu haben meinten, sie ließen Details weg. Wie in einem Kiosk nahm sich jeder etwas aus der Begegnung mit Joshua.

Der Mond wurde runder, und als er voll war, feierten sie eine Party, reckten die Arme in die Luft, stampften auf erdigem Boden, bis der Mond abzog und von der Sonne abgelöst wurde. Sie fielen mit dem Rücken in den aufgewärmten Sand, und alles drehte sich, alle waren wie besoffen, wie berauscht, vollkommen high. Wie auch immer das möglich war. Dann wurde der Mond immer schlanker, auch die Morgenrunden. Das Gras war mittlerweile verdorrt, die Hitze hatte sich in der Bucht eingenistet. Immer wieder sah Johanna auf den Trampelpfad, über den sie gekommen war. Aber da kam kein Joshua. Die Menschen packten ihre Zelte ein und gingen auf dem Weg fort. Bald würde das Gathering vorbei sein. Und dann? Sie war sicher gewesen, dass Joshua wieder zurückkäme, ihr zumindest ein Zeichen geben würde, dass sich ihre Reise fortsetzen sollte. Zur nächsten Tankstelle, den nächsten Fernfahrer ansprechen und weiter, ein bisschen Fahrtwind um die Ohren, ab und zu seine philosophischen Abhandlungen, und nachts todmüde das Zelt in einem verlassenen Waldstück aufstellen. Ausgeschlossen, dass sie nicht damit weitermachen würden.

Sie half Amadou dabei, das Zelt abzubauen. Er tat es routiniert, ruhig, er schien es schon Hunderte Male abgebaut zu haben. Johanna fragte sich nicht, wo er das eingerollte Zelt lagern würde, ob die Familie zusammen auf einem Vierseithof lebte oder in einer Stadt, ob er das Zelt, wie ihr Vater, in einem Metallregal im Keller lagern würde, ob seine Kinder überhaupt auf eine Schule gingen. Das Danach schien gleichgültig, allein der Gedanke daran machte alles zunichte. Sie zurrte das Band um die Zeltstangen, sie hätte heulen können.

Nie hatte sie Joshua so sehr vermisst wie in dem Moment, als sie die Fähre bestiegen hatte und die winkenden Menschen am Hafen immer kleiner wurden. Die Fähre würde sie in zwanzig Stunden unumkehrbar in Richtung Heimat befördern. Heimat, wo auch immer das war. Etwas in ihr sträubte sich. Johanna spürte die

Vibration der Motoren, hörte die Turbinen, sah, wie der Bug das Meer auf grobe Art teilte. Erst langsam, dann immer schneller entfernte sich die Küste, und Johanna fühlte sich, als wäre sie in etwas Wichtigem gescheitert. Große Hände legten sich von hinten auf ihre Schultern.

Ich habe dich überall gesucht, sagte Amadou.

Sie zog an ihrer Zigarette und blies ihm den Rauch ins Gesicht. Ich war hier, an Deck. Hier lässt es sich gut nachdenken. Ich muss erst einmal nachdenken, sagte sie.

Na gut, sagte er, als spräche er mit seinen Kindern. Mit seinem albernen Hut und den grauen fettigen Strähnen, die ihm auf die Schultern fielen, sah er inmitten der Touristen aus wie ein Hängengebliebener. Er roch nicht mehr nach Erde, er roch nach Schweiß und Dreck. Und hatte er nichts Besseres zu tun, sollte er sich nicht um jemand anderen kümmern? Wer weiß, ob seine Kinder nicht gerade irgendwo im Bauch des Schiffes Schrauben aus den Wänden drehten.

Geh schon mal, ich komme auch gleich rein, sagte Johanna. Endlich ließ er ihre Schulter los, er wartete kurz, dann entfernten sich seine Schritte. Tagelang hatte sie das wiederholt, Warte kurz, lass uns noch etwas hierbleiben. Und er war geblieben, hatte zu seiner Frau und den Kindern gesagt, Wartet noch, wir gehen bald. Es musste ihm schleierhaft gewesen sein, warum sie die Bucht nicht verlassen konnte. Es war eine uralte Kinderregel, die auch Joshua kennen musste. Man trifft sich immer dort, wo man sich verloren hat. Wie lange hatte sie damals am

Flussufer gestanden und gehofft, er würde wieder auftauchen. Hatte er mal wieder dramatisch seinen Abgang inszeniert, um dann zu verschwinden? War sie vielleicht nur die Person gewesen, die auf ihn achten sollte, damit er ungehindert über die Grenzen kam? Für zumindest etwas Unterhaltung auf seinem einsamen Weg sorgen? Oder war ihm wirklich etwas passiert? Irgendwann hatte sie eingesehen, dass sie keine Antwort darauf bekommen würde.

Und, gute Reise gehabt, wo warst du?, fragte der Kellner in Krawatte und Frack an der Bar.

Unmöglich, ihm diese Frage zu beantworten.

Der Whiskey fühlte sich warm in ihrem Hals an. Er fragte nicht weiter, polierte die Gläser, ohne sie aus den Augen zu lassen. Obwohl sie aussah, wie sie aussah. Sie konnte sie nicht mehr ertragen, diese besitzergreifenden Adleraugen. Johanna starrte auf ihre dreckigen Füße in den Sandalen auf dem Parkett dieser viel zu noblen Bar. Sand der Hippie-Welt, der in die Luxus-Welt rieselte, und wo war ihre? Kaum vorstellbar, das frisch bezogene Bett in der rechtwinkligen Mietwohnung, der Blick aus dem Fenster auf geradlinige Häuserfassaden. Jeden Tag, immer gleich.

Sie streunte über das Deck, entdeckte eine gemütliche Treppennische und rollte sich darin ein. Amadou fand sie nicht, auch am nächsten Tag nicht. Sie sagte auch nicht Lebewohl, als sie in Italien einfuhren. Ungeduldig warteten die Gäste mit ihren Rollkoffern an

Deck. Möwen kreischten über der Fähre. Johanna schritt mit einer merkwürdigen Überlegenheit die Treppe hinunter, schlängelte sich zwischen den Pauschaltouristen hindurch. Zielstrebig trat sie auf die Autofahrer zu, sie warteten wie bestellte Taxifahrer. Es fiel ihr nicht mehr schwer, sie anzusprechen.

Routiniert hob sie ihren Rucksack aus einem Kofferraum und wuchtete ihn in einen anderen. Die Straße zog an ihr vorbei wie ein Film, und mit jeder Autobahnraststätte wurde die Luft frischer. Als es anfing zu regnen, wachte sie auf und sah Hochhäuser vorbeiblitzen. Tropfen rannen an der Scheibe entlang, fielen auf den Asphalt und wurden von Reifen aufgewühlt in die Luft gesprüht. Die Autobahn, die Farben der Straßenschilder, die Schornsteine. Die Kulisse der großen Stadt zog an ihr vorbei, und es kam ihr so vor, als wäre sie seit Jahrzehnten nicht mehr da gewesen.

Der letzte Fahrer war ein alter Mann mit Wollpulli. Er ließ sie auf der Raststätte aussteigen, stellte ihren Rucksack auf den Gehweg, der Rucksack fiel um, er musste sich mühsam bücken, um ihn wieder aufzustellen, dabei sah er angeekelt auf den Boden. Ob er sie nicht lieber nach Hause fahren solle, fragte er.

Nein, nein, schon gut, ich muss genau hierher. Er zuckte zusammen, als sie ihn umarmte.

Die Fensterfront offenbarte ein vertrautes Bild: Menschen, die über Tische gebeugt dasaßen, sich unterhielten, dampfende Teetassen umfassten. Und ein Joshua, der natürlich nicht da war, der sowieso in kein Bild passte, der niemandem außer sich selbst gehörte. Er hatte nie etwas anderes behauptet. Hätte sie ihm nur einmal gesagt, wie egoistisch das war. Um sich zu vergewissern, dass er wirklich nicht da war, schlenderte sie durch die Raststätte, aber der Ecktisch war leer. Kein Joshua, der ihr seine absurde Version der Geschichte erzählen würde.

Sie fischte, nicht mit der polierten Zange, sondern mit der Hand, einen pinken Donut aus der Klappe. Vertraut roch es nach Earl Grey, billigem Bratfett und Heizungsluft, und genauso vertraut hörte sie Ruths Stimme am Ende der Schlange: Zweifünfundneunzig. Nächster. Schneller.

Sie sparte sich das Hallo und legte einen der ausgedruckten Gutscheine auf die Metallablage, als Ruth aufblickte. Sie hatte ihr nie direkt in die Augen gesehen, Augen wie ein Waldboden, Grün und Braun ineinanderfließend, im Kontrast zur roten Mütze, fast ein Kunstwerk. Ruth sah überhaupt nicht müde aus.

Wo ist denn der andere?, fragte sie.

Iandam

Damian betritt die Polizeistation, die Hände in den Hosentaschen. Er hat nicht vor, hier irgendetwas von sich preiszugeben. Aber hinter dem Drehkreuz sind keine Überwachungskameras auf ihn gerichtet und keine uniformierten Männer, die sagen: Ach, schaut mal, was aus dem Jungen geworden ist. Das Drehkreuz ächzt, und alle starren kompromisslos auf die verschlossenen Türen. Damian lehnt seinen Rücken gegen die kühle Wand. Diese Recherche wird ihn noch sein Haupthaar kosten. Wenn das alles vorbei ist, wenn es vollbracht und unterschrieben ist, wird er nur noch über Bürgerversammlungen berichten und sich sogar über Limo und Häppchen freuen.

Der Deckenventilator wirft portionsweise abgestandene Luft in sein Gesicht. Wer weiß, wie lange sich diese Menschen hier schon die Füße vertreten und warten, warten in ihren Hüllen aus Mensch, während ihnen der Schweiß über den Rücken fließt. Hier herrscht die Stille der Reumütigen, nur ab und zu quietscht ein Stuhl.

Wusste er damals schon, dass Mutter krank ist? Er erinnert sich nur daran, wie die Beamten wortlos seine Anzeige aufnahmen. Vor ihnen saß kein Dieb, eher ein verprügelter Hund. Ich konnte doch nicht anders, sagte

Damian am Ende seiner Aussage, und die Beamten nickten. Also musste er von ihrem Zustand gewusst haben. Und die Beamten: Hätten die nicht eingreifen müssen, wenn ein Zehnjähriger mit fauligem Atem und rotzverheultem Gesicht vor ihnen sitzt und sagt, Ich musste doch irgendwie überleben? Damian erinnert sich vor allem an das Schraubglas. Über der Mikrowelle stand es, zwischen der vergilbten Küchenrolle und dem Kochbuch, das wie ein schlechter Witz wirkte, weil seine Mutter weder kochte noch sich an Anweisungen hielt. *Zukunft* stand auf dem Schraubglas. Aber die Zukunft war meistens leer, wenn die Gegenwart Scheine verlangte. Wenn die anderen ins Schullandheim fuhren, wenn die Hose Löcher hatte, wenn der Gasherd nicht einmal mehr klickte, wenn die Haustür für Tage schwieg, bis irgendwann der freundliche Herr von der Klinik klingelte. Man muss schauen, wo man bleibt. Damian fing an, sich selbst um die Zukunft zu kümmern. Er setzte die Kappe auf, die mal seinem Vater oder einem anderen Lover gehört haben musste. Er wartete an der Haltestelle. Der Bus kam, stöhnte, neigte sich zu ihm herab, stoppte mit fast minutiöser Genauigkeit an den immer gleichen Warteinseln. Die Menschen strömten hinein mit all ihren Gesprächen, und ihre Mäntel, Kleider, Handtaschen und Hosentaschen umspielten seine Hände. Er musste nicht einmal viel tun, nur die Hand ausstrecken, eine Kurve abwarten, in der sie alle im Bus kurz durchgeschüttelt wurden, abwarten, in der nächsten Kurve die Hände nicht aus der Jackentasche nehmen und besonders unmündig dreinblicken. Ein Junge mit gekämmten blonden Haaren, der nie sprach, von dem nie jemand etwas anderes erwartete, als dass er nett lächelte. Ein Junge mit einem Portemonnaie mit zwei Hunderteuroscheinen und Passbildern von fremden Kindern, Fundstücke, die er in einer Box unter seinem Bett aufbewahrte. Er hatte jetzt eine eigene Zukunft. Als seine Mutter es schon nicht mehr schaffte, staubzusaugen, versteckte er auch das Schraubglas unter seinem Bett. Ihr fiel nicht einmal auf, dass die Zukunft fehlte. Und als das Glas voll war und der Tag hitzefrei und keine kritischen Fragen versprach, ging Damian zu Elektro Wagner und kaufte ein Gerät, das er lange genug im Otto-Katalog begutachtet hatte: Einen neuen Toshiba Satellite 230CX. Drei Kilo schwer, 49 Tasten, ein Bildschirm, auf dem plötzlich das erschien, was er dachte, was er schrieb, was er niemandem sagen konnte. In der ersten Nacht mit seinem Toshiba Satellite öffnete er immer mehr Ordner mit kleinen Papier-Icons. Unbeholfen ließ er seinen Finger auf der Tastatur suchen. Ein Ordner für jeden Gedanken, das, was er zu diesen Gedanken noch gesagt hätte, hätte ihn jemand gefragt.

Es war gar nicht mehr so schlimm, schweigsam auf dem Pausenhof sein Käsebrot zu kauen und den anderen bei ihrem scheiß Herumgerede zuzuhören. Diese Stimmen waren überbewertet. Er hatte seinen Toshiba Satellite. Er hatte die Wörter. Die Wörter gehörten nur ihm.

Als sie ihn im Bus doch erwischt hatten, öffnete er einen Ordner und nannte ihn *Gesammelte Beweise*. Der erste Satz in diesem Dokument: *Warum ihr hättet eingreifen müssen*. Er war sicher, dass eine Spezialeinheit irgendwann mal seinen Toshiba hacken würde.

Wie viele Fälle wandern durch diese Polizeistation, bevor ihr tauben Säcke überhaupt mal von eurem Schreibtisch aufsteht?

Damian blickt auf die lichten Hinterköpfe der Wartenden. Eine Frau, die ein Klemmbrett umarmt, arbeitet sich durch die Menschen. Sie nickt und weist an, manche verlassen die Schlange, setzen sich zügig auf einen der Stühle. Kein Geschrei, keine Wutausbrüche, um Mord und Totschlag scheint es sich hier nicht zu handeln. Warum stehen diese Menschen ihm im Weg herum? Damian starrt auf den Boden, aber sie übersieht ihn nicht. Sie stellt sich neben ihn. Ihr Blick umrundet ihn, begutachtet sein Auftreten:

Wie kann ich Ihnen helfen?

Grrr, macht Damian.

Wie bitte?

Na ja, offensichtlich bin ich nicht hier, um einen banalen Nachbarschaftsstreit zu melden. Ich muss auch arbeiten. Er bringt mit etwas Mühe ein *Hm* heraus und blickt an der Frau vorbei hinter sie auf eine der geschlossenen Türen. Sie dreht sich um, lange genug, damit Damian seinen Presseausweis zücken kann.

Er klopft drei Mal an die Tür und notiert auf seinem Block, Rüdiger Naumann, Revierleitung. Er fängt den Blick des Beamten, nickt und setzt sich auf den erstbesten

Stuhl. Herr Naumann hat blondes, ungewöhnlich dichtes Haar, dabei könnte er schon grauhaarig sein. Manisch schreibt er etwas auf, das Damian nicht erkennen kann. Zwischen ihm und dem Mann eine Mauer aus Stempelkissen, Winkekatzen und selbst getöpferten Bilderrahmen. Mit unerträglicher Langsamkeit senkt der Beamte seinen Finger. Aha, ein Journalist, stellt er fest. Damian räuspert sich, zückt die eingerollte Zeitung unter seinen Achseln hervor, steht auf und legt sie hinter die Mauer aus Ramsch. Naumann leckt seine dicken Finger ab und liest die Titelgeschichte.

Sie sind also wegen ihm hier?

Ich würde gern erfragen, wie der Stand der Ermittlungen ist.

Herr Naumann blickt zur Tür, dann zu Damian und zurück, als müsste er ein schweres Rätsel lösen. Scheint nicht gewohnt zu sein, dass er Fragen aushalten muss. Er zückt eine Zigarette, die hinter seinem Ohr klemmt, und bedeutet Damian, ihm zu folgen. Auf der Dachterrasse fischt er sein Handy aus der Hemdtasche, drückt lange auf den On-Button und lässt es in der Hosentasche versinken, ohne den Blick von Damian abzuwenden.

So, sagt er. Ich sage Ihnen nur eines: Verschwenden Sie nicht ihre Zeit.

Damian hält seinen Notizblock bereit. Wie meinen Sie?

Wir haben es hier mit einem Niemand zu tun.

Rüdiger Naumanns Blick schweift über die Dächer, er sagt, Wir haben es zu tun mit: Belästigung der Allgemeinheit, Identitätsverweigerung, Lagern in der Öffentlichkeit.

Alles Ordnungswidrigkeiten. Aber wir können diesem Mann keine Strafe anhängen. Es gibt kein Indiz, an welche Adresse man den Bußgeldbescheid schicken könnte. Der ist ein Namenloser.

Und Fingerabdrücke?

Der Naumann schnaubt.

Damian nimmt den Block in beide Hände. Die Frage hat er geübt: Und wenn ich Ihnen sage, dass ich weiß, wer der Mann ist?

Der Naumann lacht, sein Bauch hüpft: Ach?

Er wisse, wie der Mann heiße, der hier für Unruhe sorge. Er kenne seine Herkunft.

Da geht das Gesicht des Beamten zu wie ein Vorhang: Wollen Sie mir sagen, dass ich meinen Job nicht gut mache? Ich arbeite seit Jahren zu diesem Fall. Der ist nicht von hier, der ist von woanders. Deshalb kennt den auch keiner. Zwecklos, jegliche Ermittlungen. Der Naumann schnippt die Zigarette aufs Dach. Er hat nicht einmal daran gezogen. Nicht mal mit den Augenlidern musste er zucken. Nur eines nimmt Damian ihm ab: Dass er sich seit Jahren mit dem Fall beschäftigt.

Porträt eines …, tippt Damian in sein Word-Dokument, weiter kommt er nicht. Er denkt an die Worte der Dönerbudenbesitzerin: … eines Fremden. Er schüttelt den Kopf. Der Cursor blinkt, und wenn er ein Geräusch machte, wäre es das eines Metronoms. *Tik-tik-tik.* Na was, würde der Chefredakteur fragen und sich über Damians Rechner beugen. *Tik-tik-tik* … Kruse würde die Finger reiben, wie einer, der an einem Gewürz gerochen hat und nicht darauf kommt, was es ist. Ein Leser aber muss sofort kapieren, was mit einem Titel gemeint ist.

Porträt eines Unterschichtkindes, tippt Damian in die Titelzeile, um den Satz gleich wieder vom Cursor verschlucken zu lassen. Schwachsinn. *Unterschicht* zu schreiben und mal wieder die da oben glauben zu lassen, dass sie die Besseren sind.

Damian schreibt, *Einer, der durch alle Raster gefallen ist,* als er das Kribbeln in seinen Füßen nicht mehr aushält. Der Wind pfeift durch die Feuertreppe. In fünf Zügen raucht Damian seine Zigarette auf. Er schnippt den Zigarettenstummel in die Luft und beobachtet, wie er vom Wind hin und her geweht wird, auf dem nassen Beton landet und zischt. Zurück an seinem Platz löscht er den Satz wieder und schreibt: *Porträt eines Milieus*. Ist es nicht so?, denkt Damian. Er schiebt den Bürostuhl zurück und blickt auf den Bildschirm wie ein Museumsbesucher. Schuld war ja nicht der Junge. Wir haben es hier mit einer Milieustudie zu tun, und sein Protagonist, der ist nur einer der Leidtragenden. Kein Einzelfall, es geht um eine ganze Generation. Als Damian auf *Speichern* klickt, bemerkt er, dass er seit Langem etwas wie Hunger verspürt.

In der Küche ist es still, bis auf das Brummen der Mikrowelle. Die Tütensuppe in der Mikrowelle dreht mühsame Kreise. Plötzlich schlägt Damian mit der flachen Hand auf die Küchenzeile. Warum ist er nicht vorher darauf gekommen! Für so ein Gesellschaftsstück braucht es einen poetischeren Titel. Porträt eines Niemands, spricht er laut in den Raum. Wie gut das klingt. Und der letzte Satz könnte lauten: Niemand sollte ein Niemand sein.

Der Sturm ist schon unterwegs, sagt eine Stimme hinter ihm. Er hat ihn nicht kommen sehen, jetzt ist es zu spät. Bernd lehnt sich gegen die Küchenzeile. Die Arme verschränkt, sieht er nach draußen, seine Miene tut ernst. Da braut sich etwas zusammen, sagt er und scheint zu den Bäumen zu reden, die sich im Wind biegen. Blaugraue Wolken ballen sich über den Häusern, sie schieben die Schwüle vor sich her, sie zurren sie zusammen. Damian ist die Wettererscheinung zu banal, um auf Bernds Starren einzugehen. Warum auch, es ist immer das Gleiche: Regen, Sonne, Regen, Sonne. Wolken. Sturm. Rums – und plötzlich dreht die Redaktion durch, als würden die Twin Towers einstürzen.

Verloren! Damian fährt über die Arbeitsplatte, als hätte er das Wort dort abgelesen.

Im Sturm?

Nein, ein Wortspiel.

Für was? Bernd streicht sich über den Dreitagebart.

Verloren, im gesellschaftlichen Sinn, und verloren, weil sich seine Spuren verlieren. Das ist es!

Zum ersten Mal sieht er Bernd an: Kann man das fassen? Da gibt es eine Person, die offenbar in keinem amtlichen Register existiert. Deren Identität ungeklärt ist. Keiner weiß, wer diese Person ist, kannst du dir das vorstellen? Es gibt keine Fingerabdrücke, keine DNA-Proben, in keinem einzigen Gemeinderegister wird sie erwähnt. Und das in einem Land, in dem jeder Brief per GPS auffindbar ist, rund um die Uhr.

Und warum, ein Datenleck? Bernds Fußballerhirn scheint nicht mitzukommen.

Nein. Weil sich niemand in diesem Scheißland kümmert um die, die eben nicht lautstark nach Beachtung schreien. Verloren, weil die Person vorher schon verloren war. Ich muss mir den Satz merken! Das ist mein Protagonist, verloren.

Ach, der vor dem McDonald's, sagt Bernd zu Damians Rücken. Unbeachtet piept die Mikrowelle.

Damian beugt sich über den Schreibtisch wie ein Chirurg über seinen Patienten. Rechts: die Schale mit Bleistiften von H bis 9B. Links: das Tonbandgerät. Die krächzende Stimme von Ralf, wie auch immer, Reporter oder Psychotiker. Daneben: eine Gesprächsnotiz. Seine Schrift, zittrig, er kann daran ablesen, wie er die schöne Sozialarbeiterin nicht aus den Augen verlieren wollte. Die Vermisstenanzeigen, so leicht aus dem Netz zu fischen wie die Gerichtsakte. Er musste nur den Namen des Polizeibeamten Naumann suchen. Die meisten schwarzen Balken hätte ein Schulkind, das ein paar Internetforen durchliest, entfernen können. In der Akte erwähnt: weder Übersetzung noch Zeugenaussagen. Ein Name, vermutlich der früheren Kollegin, die den entscheidenden Hinweis geliefert hat: Hendrika Berg. Aktenzeichen, Paragrafen, wie auch immer, aus der amtlichen Ankündigung lässt sich schließen, es ging um Kindeswohlgefährdung. Ein Wort für

Entführung scheinen die Juristen nicht zu haben, aber ein anderes entscheidendes Wort steht dort schwarz auf weiß: *Inobhutnahme*.

In seinem Büro, die Temperatur angenehm und das Licht kühl, und Damian hat endlich alles beisammen, was er braucht, um die Geschichte herunterzuschreiben.

Auf seinem Schreibtisch türmen sich die Anhaltspunkte wie zwei Haufen eines angefangenen Puzzlespiels: ein Stapel für die Kindheit eines Jungen namens Arda. Aufgewachsen bei einem Fremden, allen Aussagen nach zu urteilen ein emotional abwesender Alkoholiker, in einem Randbezirk – einem Milieu, wie es im Bilderbuch steht. In diesem Puzzlestückhaufen stecken eine Entführung und ein Brandanschlag, und niemand hat sich die Mühe gemacht, ordentlich zu ermitteln.

Das Resultat dieser Kindheit führt zum zweiten Puzzlehaufen. Er steckt voller Rätsel und Ungereimtheiten. Die gehackte Aufnahme einer Überwachungskamera. Der Schweigende auf dem Vorplatz, die Silhouette eines Mannes, ohne Namen und Identität vor einem McDonald's. Einer, um den sich die lokale Polizeistelle gar nicht erst bemüht. Nur er, Damian, sitzt zwischen diesen beiden Puzzlehaufen und ist der Einzige, der es geschafft hat, den einen mit dem anderen zu verbinden: Arda und den Fremden.

Einer, der offenbar an einer Sprachlosigkeit erkrankt ist, die endemisch geworden ist. Und wenn es Damians Aufgabe sein soll, diese Geschichte zu erzählen, ist er bereit, sein ganzes Haupthaar dafür zu geben.

Wir machen eine Sonderseite, sagt der Dirrmann. Damian merkt erst, dass er neben ihm steht, als sein Schatten auf seinen Bildschirm fällt.

Er sagt, Da treiben Autos durch die Straßen. Keller sind vollgelaufen. Eine ältere Frau ist in den Fluten gestürzt und weggespült worden. Sie liegt auf der Intensivstation. Der Sturm legt die ganze Stadt lahm. Alle sind betroffen. Der Dirrmann wiederholt, als wäre Damian schwer von Begriff: Alle, hörst du? Könntest du nicht einen Beitrag schreiben? Etwas über den Klimawandel. Ein paar Bauern interviewen, die sagen, dass es noch nie so schlimm war, das mit den Stürmen. Geht das, Damian?

Erst als er seinen Namen sagt, sieht Damian auf. Bevor er von hinten in sein Dokument blicken kann, knipst er den Bildschirm aus, packt die losen Papiere in seine Tasche. Nein, er könne nicht, müsse zum Ohrenarzt, schwer, einen Termin zu bekommen, und überhaupt: Eigentlich sei er krankgeschrieben, bis nächste Woche Montag. Ich muss meine Ohren schonen, schönes Wochenende.

Auf den Bildschirmen im Gang blitzen Nachrichtenbilder auf. Bäume in reißenden Flüssen, Männer, die in neonorangen Anzügen durch hüfthohes Wasser waten, Taschenlampenstrahlen im Dunkel. Ob Amazonasbecken oder die große Stadt, schwer zu erkennen. Ohne sich davon ablenken zu lassen, verlässt Damian das Büro über die Feuertreppe. Regentropfen, wuchtig wie Hagelkörner, hämmern auf seine Stirn. Schützend legt er seine Jacke um die Laptoptasche.

Zu Hause öffnet Damian die Tupperbox in seinem Kühlfach. Er zieht die schneeweiße Linie auf dem Schneidebrett zwischen Brotkrümeln und eingetrockneten Tomatenkernen. Wirft den Kopf nach hinten, schließt die Augen und wartet, bis das Brennen nachlässt. Seine Schritte kommen ihm wieder stabil vor. Es sind die Schritte eines Regisseurs, der langsam zum Set schreitet. Das Setting ist klar, jetzt muss er's nur noch zu Papier bringen. Zweiundsiebzig Stunden, bis er die erste Version des Textes abgeben muss. Zweiundsiebzig Stunden braucht ein Journalist statistisch, um einen guten Text zu schreiben. Zweiundsiebzig Stunden für eine preisgekrönte Reportage. Und dann noch ein paar Tage brüten, warten, wissen, dass er mit einem Knall die Gehirne der Leserinnen und Leser ausquetschen wird wie sizilianische Zitronen.

Ardas Kindheit spielt sich in einer Straße ab, die sogar von der Müllabfuhr vergessen wird. Kaugummispuren führen zu einer Wohnsiedlung, in der es nichts gibt außer Geldwäsche in Kiosken, Bandenkriminalität und Drogenopfer. Die Schule ist eine S-Bahn-Station weit entfernt. Nur ein Jahr lang wird Arda die erste Klasse besuchen.

Damian fährt mit dem Cursor über den Stadtplan. Jedes Rechteck ein Name, eine Grundschule, ein Nagelstudio, ein Imbiss. So leicht. Er kann mit dem Googlemännchen die Ringslebenstraße entlangspringen. Zumindest funktioniert dieses Milieu nach den immer gleichen Regeln: Wer nicht genug Geld hat, wird immer dort eingeschult, wo sich die nächste Schule befindet. Unseriös hat ihn die Schulsekretärin genannt, als er nach der

Klassenliste fragte. Wobei er nicht einmal erwartet hatte, dass sie mit ihm kooperieren würde. Es war ihm nur um ihre Reaktion gegangen: Sie stritt nicht ab, den Namen schon einmal gehört zu haben. Er war auf der richtigen Spur. Ein Sechzigerjahre-Bau erscheint in der Bildergalerie. Rostrot das Eingangstor. *Für Erwachsene muss es hüfthoch gewesen sein, für Arda ging das Tor bis über den Kopf,* schreibt Damian. Dann platziert er das Googlemännchen auf den Weg von der Schule zum Laden, in dem Arda gewohnt haben muss. Er beschreibt die Fassaden, *grau bis braun*, den Kindergarten, *vollgesprayt*, und die Mülltonne, *von anderen Jugendlichen angezündet*. So zeigt es die interaktive Karte.

Auch für den benachbarten Sozialdienst, der damals für den Fall zuständig war, wirft die Vaterschaft des Blumenladenbesitzers Fragen auf. Sie weiß auch nicht, ob der Junge aus Einsamkeit oder aus einer Art pietistischer Verwandtschaftshilfe dort festgehalten wurde. Auch Kinderhandel kann sie nicht ausschließen. Es ist unklar, ob Ardas leibliche Mutter noch lebt, schreibt Damian und starrt auf die wehende Gardine. Er löscht den letzten Satz, schreibt: *Die Sozialarbeiterin erinnert sich, wie Arda vom Jugendamt in Obhut genommen wurde. Auch Anwohner bestätigen: Eine Geburtsurkunde habe es nicht gegeben. Der Junge habe verfaulte Zähne gehabt, offensichtlich Hunger*.

Umständlich streift Damian sich unter dem Tisch die Socken von den Füßen. Er schwitzt, obwohl es kalt zu sein scheint, und er weiß nicht mehr, welche Tageszeit gerade ist. Er öffnet das Fenster, und der hereinströmende

Regen versetzt den Raum in einen anderen Aggregatzustand. Kalt, feucht und schwer.

Damian öffnet den Messenger und drückt das Audio-Icon. *Vernachlässigung*, spricht Damian in sein Handy, er lässt sich Zeit, die Worte füllen den Raum: *Act of omission*. Man kann auch sagen: eine überwiegend passive Misshandlungsform. Er ist sich noch unschlüssig, ob er diese Sätze schon in diesem Artikel oder erst später, zu seiner richtigen Zeit, verwenden wird.

Rauschende Autoreifen auf nassem Asphalt bleiben das einzige Geräusch, bis auf das regelmäßige Klacken der Leertaste. Damian hält inne. Hier, nach der szenischen Beschreibung von Ardas Kindheit, müsste der entscheidende Absatz kommen. Der, in dem Arda, der Junge aus dem Vorort, für eine ganze Generation hoffnungsloser, heranwachsender Kinder steht.

Welche Entwicklung ein Mensch nimmt, hängt im Wesentlichen von den Merkmalen der Familie ab.

Und für die kann man nichts, brüllt Damian in den Raum.

Er kopiert den Satz von der Webseite des Instituts für Jugend und Gesellschaft. In einem bunten Kasten daneben steht eine Nummer. Ohne vom Bildschirm wegzusehen, tastet Damian nach seinem Telefon. Aber in seiner Hosentasche ist nichts, nur ein Kaugummipapier. Wie auch immer. Damian kopiert noch einen Satz, in dem er zwei, drei Wörter ändert: *Stark vernachlässigte Kinder, die in jungen Jahren viele Entbehrungen ertragen müssen, leiden auch im frühen Erwachsenenalter noch unter den psychologischen Konsequenzen. Einer Studie zufolge zeigten sie autistische Züge, der soziale Umgang mit anderen fiel ihnen schwer.*

Aber ist das nicht selbstverständlich? Dass einer wie Arda sich verbarrikadiert hat in seiner eigenen Welt, zu der keiner einen Zugang hat? Nicht die Beamten, kein Psychiater, die Leute auf der Straße erst recht nicht.

Es klingelt drei Mal, bevor Damian zur Tür rennt.

Das ging aber schnell.

Cerny oder Corry oder Curry überreicht Damian eine dampfende Pizzaschachtel. Im dämmrigen Flurlicht sieht sein Gesicht noch verpustelter aus.

Calzone, wie immer. Zehnfünfundneunzig. Darf es sonst noch was sein?

Cerny, verstehst du eigentlich, was hier los ist?

Corry.

Corry hat offensichtlich keinen Schimmer, obwohl er vor vielen Wohnungstüren stehen müsste, hinter denen die gleiche stille Bedrohung dröhnt. Damian sagt, Na, was für eine Gewalt in dieser Stadt herrscht? Und ich meine nicht die aktive Gewalt, Missbrauch, Schläge und so weiter, ich meine das Gegenteil davon, die absolute Vernachlässigung. Kannst du es fassen, Cerny, es sterben mehr Kinder an Vernachlässigung als an körperlicher Misshandlung? Es wuchert, es wird immer mehr. In diesem Jahr wurden von Beamten hundertdreiundsiebzigtausend Fälle auf Kindeswohlgefährdung geprüft. Und weißt du, wie oft dabei etwas herauskam?

Corry kratzt sich an den Augenbrauen.

Damian schnaubt. Weil diesen Kindern auch noch die Sprache genommen wurde. Wer nicht schreit, wird nicht gehört.

Noch immer hält Corry oder Cerny die Schachtel in der Hand. Er ist es gewohnt, die Treppe hochzutraben und nach drei Sekunden wieder hinunterzutraben, dass die Turnschuhe im Treppenhaus quietschen. Er schaut nicht so genau hin, niemand schaut genau hin. Viel fehlt nicht, und Damian würde ihn hereinbitten. Intuitiv tritt er einen Schritt zurück in den Wohnungsflur und hofft, dass Corry ihm einfach folgt. Gerade Corry, der mit seinen Pickeln und ungewaschenen Haaren unter der Mütze vor ihm wankt, als müsste er wieder aufgebaut werden. Er muss doch auch etwas zu sagen haben zu der Ungerechtigkeit: dass aus gutem Elternhaus zu kommen eben bedeutet, im Existenzialismus-Monopoly an der Schlossallee zu starten statt in der Badstraße.

Damian stützt sich in den Türrahmen und wimmert.

Und du, wolltest du nicht auch woandershin, als wohlhabenden Arschlöchern Pizza in ihre Luxusetagen zu tragen?

Corry wirkt, als wüsste er nicht so recht, ob er sich dafür schämen soll. Ich wollte Musiker werden, sagt er und blickt auf den Flur.

Und ist was draus geworden?

Corry zögert und sagt, Ich weiß nicht. Ich mache Musik. Also ja, ich schätze schon.

Also, ich habe irgendwann doch dieses Abitur gemacht, sagt Damian und richtet sich wieder auf. Das war, als ich keine Lust mehr hatte, der Verlierer zu sein. In der Hauptschule hatte ich nur Sechsen. Wenn ich gefragt wurde, habe ich kein Wort herausgebracht. War auch egal. Meine Mutter hielt die Schule eh für einen psychomasochistischen Mastbetrieb. Das intellektuelle Gerede war für sie ein Verrat an der Arbeiterklasse, die in Fabriken und auf den Feldern im Akkord schwitzt und ihre Rücken opfert, damit andere gerade Gurken bekommen.

Er blickt Corry an, und weil er nicht von selbst die Frage stellt, tut er dem Pizzalieferanten den Gefallen: Na ja, und dann ist sie, sagt Damian, er dreht das Wort im Mund um, meine Mutter ist eine Gefallene.

Corry schaut verlegen zu Boden.

Damian erinnert sich wieder: Ausgerechnet bei der Abiturprüfung hatte er wieder zu sprechen begonnen. Drei Prüfer saßen vor ihm wie bei einem Casting. Eigentlich kein Problem, er kannte das Biologiebuch besser als die Lehrer. Jede Frage hätte er ihnen beantworten können, aber seine Fingernägel bohrten sich in die Kreide. Aus seinem Mund kam kein Wort, wie immer kein Geräusch. Wortlos zeichnete er Kreise und kryptische Figuren an die Tafel. Was er damit meine, fragte die Prüferin. Er räusperte sich. Die Kreide quietschte. Die Wanduhr tickte. Die Prüfer schoben verlegen Papiere auf dem Tisch umher. Wie sollte er es erklären: Seine eigene Stimme war ihm so fremd wie ein implantiertes Herz. Er wusste nicht, wie er sie allein steuern konnte. Aber dann passierte etwas. Als er an die Tafel schrieb, spürte er plötzlich eine flache Hand auf seinem Rücken. Damian, sagt die Prüferin neben ihm. Damian, kannst du mir das in Ruhe erklären, was zeichnest du da gerade, das sieht spannend aus? Zeit spiele keine Rolle. Etwas zündete, etwas schaltete, vielleicht Synapsen, über Jahre verworren wie tausend Kabel, führten wieder zueinander, sie transportierten die Signale wieder durch seinen Körper, die Sprache sprudelte aus ihm heraus. Als er das Abiturzeugnis in der Hand hielt, war es, als wäre ihm die Erlaubnis verliehen worden, zu sprechen. Er glaubt nicht immer an dieses Versprechen, aber es ist da, abgeheftet in seinem Regal.

Weiß du, Corry. Endlich war klar, dass ich nicht dumm bin, wie sie gedacht hatten.

Corry tritt von einem Bein aufs andere, als müsste er pinkeln.

Schon gut, alter Kumpel, du musst weiter. Damian drückt ihm einen Zwanzig-Euro-Schein in die Hand und überlegt kurz, ihn zu umarmen, aber er würde es nicht verkraften, wenn er zurückweichen würde. Er hält die Türklinke in der Hand und hört, wie Corry die Treppe hinuntertrabt.

Corry, warte! In Socken rennt Damian die Treppe hinunter, reißt die Eingangstür auf, blickt links und rechts die Straße entlang und sieht nur seinen neongrünen Rucksack vorbeifahren. Er hätte gern einen Zeugen gehabt, einen Zeugen dafür, dass er tatsächlich eine halbe Stunde gesprochen hat. Damian blickt auf seine Sockenspitzen, die sich von Weiß zu Grau färben. Er nimmt zwei Stufen auf einmal, seine nassen Socken hinterlassen Spuren auf den Treppenstufen.

Er lehnt sich zurück, der Schreibtischstuhl spreizt sich, ächzt. Nichts mehr als drei Absätze, noch drei weiße Seiten, ein Tetrisspiel an Deutungsmöglichkeiten. Nichts passt zusammen. Wenn er den Namen Hendrika Berg in das Suchfeld eingibt, spuckt ihm das Netz ein Rätsel aus, auf das er an diesem Tag keine Lust hat. Er findet sein Handy in der Bettritze, wählt eine der Nummern und zählt bis zehn, dann legt er auf. Auch sie wird ihm nicht verraten können, wie Ardas Leben nach der Inobhutnahme verlief. Die Wissenschaft hätte klare Antworten auf die Frage, was eine Inobhutnahme mit Heranwachsenden macht, und es wäre keine schöne Antwort. Damian reibt sich die Augen, bis es schmerzt, und als er sie wieder öffnet, dreht sich der Computer. Noch zweiundvierzig Stunden, und er ist noch nicht einmal bei der Jugend seines Protagonisten angekommen. Was hat den Fremden zum Verstummen gebracht?

In der Jugend ist das Schweigen häufig eingebettet in Depressionen, schreibt er von Wikipedia ab. *Selektiver Mutismus* spricht er in sein Handy. Schweigen, um nichts Falsches zu sagen. Darum geht es eigentlich, sagt er mehr zu seinem ausgeleuchteten Kühlschrank als zu sich und kramt nach der Tupperbox: dass man sich in den Codes, die eine Gesellschaft verwendet, nicht auskennt. Eine andere Programmiersprache. Error. Error. Error. Es macht ihn ratlos, in welchem Absatz er diesen Gedanken einbauen kann. Er zieht eine bescheidene Linie und öffnet das Fenster.

Erst als der Regen in disziplinierten Geraden fällt, hat

Damian das Gefühl, wieder wach zu sein. Nicht einmal Graunuancen am Himmel. Der Sturm weht ein Absperrband durch die Straße, sonst ist sie menschenleer.

Seine Mutter hat das R gerollt, wenn sie Rafa rief. Ihre Stimme hatte die Farbe Rot. Er versucht, sich an den Klang zu erinnern, aber er kommt nur auf ein Gefühl: dass er anders atmete, als er diesen Klang nicht mehr hörte. Tiefer. Manchmal glaubte er, seine Stimmbänder seien abgesperrt gewesen, weiß-rot, wie das Absperrband. Vielleicht lag das mit dem Sprechen gar nicht an ihr, sondern daran, dass er falsch atmete.

Seine Tante hielt die ganze Beerdigung lang seine Hand umklammert. Es war ihm schrecklich peinlich. Sie ließ nicht einmal los, als die wenigen Blumen und seine Mutter unter der Erde lagen. Sie sagte, Du weißt Bescheid, und er sagte, Ja, obwohl er nicht genau wusste, was sie meinte.

Deine Mutter hatte große Gefühle für dich. Sie hat diesen Teil nur verschlossen, und die Kiste für immer versenkt, und das aus einem guten Grund. Das in der Kiste ist nicht für Kinderohren bestimmt, sagte sie, obwohl er schon dreizehn war, und er nickte, weil er nicht einmal mehr ein Ja oder Nein herausbrachte. Ein Nicken ist weder Ja noch Nein. Ein Nicken bedeutet, was auch immer, was ich sage, spielt eh keine Rolle. Er war ein Jugendlicher, der an der kalten Hand seiner einzigen Angehörigen hing und dachte, dass sein Leben nun aufhören würde. Er wusste nicht, dass sein Leben ab diesem Zeitpunkt in

Wirklichkeit erst losgehen würde. Dass er all das doch werden würde, Abiturient, Uni-Abgänger, preisgekrönter Journalist, das sagte ihm zu diesem Zeitpunkt keiner.

Als es wieder hell wird, schwingt sich Damian vom Sofa auf. Fahrräder klingeln in den Straßen. Er hört den Postboten, der sich im Erdgeschoss an den Briefkästen zu schaffen macht. Warum fiel ihm das nicht schon vorher ein? Er zieht seinen Laptop auf den Schoß, löscht *Porträts eines Niemands* und schreibt: *Das ist ja unerhört*. So wird es neben dem Bild des Stillstehenden heißen. Unerhört im doppelten Sinn, das wird Kruse begeistern.

Rikahend

Der Erzieher sagte etwas wie, Du darfst hier nicht sein, und senkte den Kopf. Er sagte es nicht einmal streng. Ausgesprochen freundlich bat er Hendrika, nicht wieder über den Zaun zu klettern, was sie nicht verwundert hätte, hätte er sie letztes Mal nicht angezeigt. Sie hatten das Verfahren wegen Beleidigung eingestellt.

Ich bin zufällig auf dem Weg zur Arbeit hier vorbeigekommen. Ich wollte Arda kurz Hallo sagen. Ob sie ihm zuwinken dürfe?

Nein. Es schien ihm ums Prinzip zu gehen.

Könnten Sie ihm Grüße ausrichten?

Auch das nicht.

Der Mann war massiv und groß wie ein Garderobenschrank. Seine Schultern versperrten Hendrikas Sicht auf die spielenden Kinder. Es sah überhaupt nicht aus wie ein Heim, eher wie ein Mehrfamilienhaus in einem besseren Vorort: ostereigelb die Wände, die Fenster doppelt isoliert, rechteckige Rasenfelder, ein bisschen Unkraut zwischen gepflasterten Wegen, die zu einer verglasten Eingangstür führten. Aus dem Schornstein stieg Rauch auf. Drinnen musste es Arda warm haben. Hendrika ging um das Gelände herum, aber der Mann mit seinem Garderobenschrankrücken ließ sie nicht aus den Augen. Der

Zaun war so kalt, als könnte sie daran festfrieren. Man dürfe doch wohl hier stehen, sagte sie, als er noch einmal zu ihr getrottet kam: Nein, keine Ausnahme. Sie dürfen Arda nicht besuchen. Tut mir leid, sagte er längst nicht mehr.

Erst als der gelbe Fiat der Heimleitung über den Schotter knirschte, ging Hendrika, den Blick abwechselnd auf den Gehweg und auf das Haus gerichtet, als könnte Arda auftauchen, hinter dem großen Fenster, auf dem Rasen, auf dem Weg in den Unterricht. Aber da war kein Arda, vielleicht war er krank, oder ihm war zu kalt. Natürlich war ihm zu kalt, er war einfach drinnen geblieben, dachte Hendrika. Sie beschleunigte ihre Schritte.

Ich bin dankbar, dass Arda einen Ort hat, an dem die Leute ihn beschützen, schrieb Hendrika in das orange kleine Heftchen, das ihr Julia in einer Sitzung gegeben hatte. Achtzig Seiten hatte es. Es gab viel, wofür man dankbar sein konnte. Aber eine Sache am Tag, das war keine leichte Aufgabe.

Die Fensterscheiben des Cafés waren beschlagen. Nur Silhouetten Kaffee trinkender Gäste, ihre wippenden Beine, die aufgeschlagenen Bücher. Die Türglocke bimmelte. Susanna wischte den Tresen und reichte Hendrika wortlos die Schürze. Hendrika sagte zu ihrer Chefin, Es tut mir leid. Ich musste meinen Sohn noch in die Schule bringen. Zum Glück sagte Susanna auch dieses Mal nichts. Hendrikas Arme waren zu schwer, um die Haare hochzubinden. Sie stopfte sie ins T-Shirt und machte sich einen dreifachen Espresso. Nur ein kurzer Blick von Arda, und ihr Tag hätte eine andere Wendung genommen. Die Liebe, für die es sich zu leben lohnte.

Seit sie im Café angefangen hatte, gab es gute und schlechte Tage. Die guten Tage waren die, an denen die Gäste Danke sagten und sie dabei auch ansahen. Wenn niemand im Weg stand. Keine Dates und Pärchen, die ihren Cappuccino in suppenschalengroßen Tassen kalt werden ließen. Es waren auch gute Momente, wenn die Sonne schien und die Leute Besseres zu tun hatten, als sich an Tassen festzuhalten. Dann lebten sie ihre schönen Leben in schönen Parks, dann ließen sie Hendrika zumindest in Ruhe. An den schlechten Tagen, die nicht mehr schlechte Tage heißen durften, wartete zu Hause die Bettdecke, warm wie eine Umarmung. Das orange Heftchen lag auf dem Nachttisch. Es war gut zu wissen, dass sie einen Tag geschafft hatte. Und auch mit dem Wecker freundete sich Hendrika allmählich an. An wirklich schlechten Tagen wie heute ging sie gleich nach der Arbeit zu Julia.

Schon zur Begrüßung sagte sie: Ich hatte einen furchtbaren Traum diese Nacht. Küsschen links und Küsschen rechts. Ich bin ganz durch den Wind. Sie vergaß sogar, die Jacke auszuziehen.

Julia goss wortlos Grüntee in eine Tasse, wie immer zwei Scheiben Ingwer darin. Zumindest darauf konnte man sich verlassen.

Manchmal erinnerte Julia sie an Achi. An das erhobene Kinn, das bedeutete: Erzähl mir mehr. Die zusammengekniffenen Augen: Ich kann es nicht glauben. Aber vor allem an das Schweigen. Sie meinte beobachten zu können, wie Julia von ihrem einen auf das andere Auge fokussierte und wartete, bis sie endlich erzählen würde, wartete, mit diesem Blick, der sie an den Ausdruck von Pferden erinnerte. Wann Julia aufgehört hatte, über sich zu erzählen, daran erinnerte sich Hendrika nicht mehr. Manchmal wusste sie nicht, ob Julia überhaupt noch eine Freundin war. Na gut, eine, die sie für Gespräche bezahlte, wenn die Rechnungen mit ihrer Praxisadresse ankamen. Dabei hatten sie doch die gleiche Geschichte erlebt.

Erinnerst du dich an John?, sagte Hendrika.

Den Arzt? Da war sie also doch: die gleiche Erinnerungslandschaft, in der sie sich trafen.

Hendrika sagte, Er war da, heute früh. Tatsächlich war es so, als würde er direkt neben meinem Bett stehen. Wie damals, als das Fieber nachließ, weißt du noch? Damals habe sie nach seiner Hand greifen wollen, aber er habe da nur gestanden, fahl, grau, irgendwie leblos, wie man sich als Kind Geister vorstelle. Er habe auch nichts gesagt, als sie sich aufrichtete, nur gestarrt. Sie erinnerte sich besonders an seine Unterlippe, die hatte gebebt.

Hendrika sagte, Ich weiß nicht, warum, aber diese Erinnerung kommt immer wieder.

Hmm, machte Julia. Sie legte ihre Unterarme auf die Oberschenkel und lehnte sich nach vorn. Das konnte sie so gut, dass Hendrika dann doch erzählte. Obwohl sie die Geschichte eigentlich in ihr Erinnerungsarchiv verbannt hatte.

Du bist auf einem guten Weg, sagte Julia zum Abschied. Sie sagte immer Dinge wie: Da bricht ein Damm, ohne dass Hendrika wusste, ob das ein gutes oder schlechtes Zeichen war. Eine Sturzflut würde sie nicht überleben. Ob sie nicht noch ein bisschen bleiben dürfe, um zu tratschen. Sie könnten Bier trinken gehen, wie alte Freundinnen, nicht immer nur Tee, fragte sie. Aber der Nächste saß immer schon im Vorzimmer.

Ich bin dankbar, an Weihnachten meine Ruhe zu haben, schrieb Hendrika an dem Morgen, als sie schon frei hatte, in das orange Büchlein. Ruhe klang nach Selbstbestimmung. Kein Streit am Küchentisch. Keine aufgesetzte Höflichkeit und keine weißen Tischdecken. Hendrika drehte sich auf den Bauch und starrte aus dem Fenster. Sie wollte Julia ihren Dankbarkeits-Satz sofort vorlesen, nicht erst nach dem Urlaub. War Julia zum Skiurlaub nach Tirol oder nach Frankreich gefahren? Sie erinnerte sich nicht. Dieses Mal zögerte Hendrika nicht, ihre Nummer zu wählen.

Ich bin zurzeit nicht erreichbar, melde mich aber gern nach der Winterpause. In Notfällen hinterlassen Sie mir eine Nachricht nach dem freundlichen Piep.

Piep, sagte eine Kinderstimme.

Ich bin es, Hendrika. Ich möchte dich gern zum Essen einladen, Kartoffeln und Filet, wie damals, weißt du noch? Aber jetzt ist mir eingefallen, ich kann leider erst nach den Feiertagen. Ich genieße es nämlich gerade sehr, mit mir allein zu sein. Die Ruhe, weißt du. Die Selbstbestimmung. Dafür bin ich dankbar.

Das erste Mal in ihrem Leben kaufte Hendrika einen Weihnachtsbaum. Er war groß und dürr und hinterließ Nadeln im Treppenhaus. Damit er ins Wohnzimmer passte, schnitt sie mit der Küchenschere seine Spitze ab. Weil sie keine Dekoration hatte, trennte sie ihren Drahtschwamm auf und wickelte die Drähte um die krummen Äste. Andächtig stand sie vor ihrem Werk. Sie wusste, dass keiner außer ihr jemals auf diesen Baum schauen würde. Er war schön, nur für sie.

Ich bin dankbar, dass ich wieder Weihnachten feiern kann.

Immer, wenn das Telefon klingelte, drehte sie die Musik lauter. Klassik-Radio. Früher war sie bei Geigenmusik melancholisch geworden. In diesem Winter hörte sie sich an wie Noize. Herrlich schmerzhaft, diese Höhen. Dass die Nachbarn sich nicht beschwerten, die sonst immer mit dem Besen gegen ihre Decke klopften, lag wohl daran, dass niemand zu Hause war. Ihr Wohnblock war ausgestorben wie nach einer nuklearen Verseuchung, und die, die noch auf der Straße waren, schienen auf der Flucht zu sein oder horteten Einkäufe. Es war ein friedliches Endzeitszenario.

Am Weihnachtstag riss Hendrika das Fenster in Ardas Zimmer auf. Sie schüttelte die Decke aus und faltete sie auf dem Bett. Sie hatte alles abgestaubt und einen Stapel Bücher auf den Nachttisch gelegt, für den Fall, dass Arda doch zu Besuch kommen würde. Wann war das letzte Mal gewesen, dass sie ihn umarmt hatte?

Wahrscheinlich in dem Sommer, nachdem es passiert

war. Da war Arda noch ein Kind. Er war in Begleitung einer Frau mit quietschenden Lederschuhen. Sie waren wohl viel zu früh am Treffpunkt. Arda lehnte über einem Geländer, bröckelte ein Stück Brezel in den Kanal und sprach mit den Fischen. Abgelenkt, wie er war, sagte er nur flüchtig Hallo, als wäre nichts gewesen. Er war in keinster Weise böse auf sie, aber sie sah auch keine Traurigkeit, keine Freude. Könnte er nicht einfach auch mal heulen?, dachte Hendrika, während sie seinen Kopf an ihren Bauch drückte und das fremde Waschmittel roch. Ihre Tränen halfen. Hendrika konnte die Frau überzeugen, sich am anderen Ende des Industrieparks einen Kaffee zu besorgen. Seit er in der Obhut des Jugendamts war, hatte Arda nicht viel gesprochen, meinte sie. Kein Wunder. In ihrer Gegenwart sprach er ohne Probleme.

Sie fragte, ob es ihm jetzt gut gehe, und er sagte, Ja.

Ob er froh sei, dass er fort sei vom kalten Laden, und er sagte, Ja.

Und Achi?

Achi habe gesagt, wenn sie ihm doofe Fragen stellten, solle er auf dem Boden nach Fußspuren suchen und ihm später erzählen, wie viele er gefunden hatte. Arda zögerte. Achi habe auch gesagt, dass sie sich bald in der Heimat treffen würden. Es gibt da ein Haus, so groß wie seine alte Schule, aber viel schöner. Achi hatte lange gespart, um es noch schöner und noch größer zu machen. Und Arda würde bald zu ihm ziehen, weg aus der lauten Stadt. Arda sagte es in noch unbeschmutzten Kinderworten: Er müsse nur noch etwas Geduld haben, noch mehr lernen, dann wolle er zu Achi fahren. Schwer zu erahnen, wer ihm diese Geschichte eingetrichtert hatte.

Ob Arda »Vater« meinte, wenn er »Achi« sagte, fragte Hendrika nicht. Wozu auch?

Er war weg.

Als sie die Frau mit ihren Quietschschuhen und einem XXL-Pappbecher in der Hand von Weitem über den Parkplatz zurückschlendern sah, drückte sie Arda einen Geldschein in die Hand.

Arda. Egal was sie sagen: Ich kümmere mich ab jetzt um dich, okay? Wir müssen uns noch etwas gedulden, okay? Aber dann …

Arda grinste. Sogar das hatte sie verpasst, wie er seine kleinen Zähne verloren hatte.

Wie groß er geworden war.

… dann wird alles gut werden.

Der Flyer hing seit einem Monat am Kühlschrank. *Weihnachtsmarkt* stand in Neonpink über einer gezeichneten Kirche. Sie hatte nicht geglaubt, dass sie hingehen würde. In der Jackentasche zerknüllte sie die Einladung und ging auf das Gebäude zu. Zumindest konnte der Erzieher mit dem Garderobenrücken sie an diesem Tag nicht verscheuchen. Sie war bereit, für ihr Recht der offenen Tür zu kämpfen. Sie war bereit, alles zu tun, um Arda zu sehen.

Die Einrichtung lag wie eine Lichtung in einem Viertel, dicht bebaut mit Einfamilienhäusern, vor denen Kombis parkten. In den Gärten bunt beleuchtete Weihnachtsbäume, eingerahmt von Gartenzäunen, durch die nicht einmal eine Ratte dringen konnte. Vor dem Heim stand der große Transporter, dem Hendrika damals von Ardas Schule aus gefolgt war.

Sie hatte auf dem Bordstein gesessen und gesehen, wie um zehn Uhr die Lichter hinter den Fenstern ausgingen. Sie hatte sich vorgestellt, wie Arda dort lag neben einem schnarchenden Schwererziehbaren, der ihm wahrscheinlich bald Drogen andrehen würde. Ardas dunkle Haare auf dem Kissen, die Decke bis ans Kinn gezogen, und er träumte Sachen, die er bestimmt noch nicht verstand. Und sicher gab es niemanden, der ihm diese Bilder erklärte oder der ihn morgens weckte, indem er mit den Fingern auf Holz trippelte. Wenn alles ganz dunkel geworden war, sagte Hendrika gute Nacht zur Fassade und schlenderte nach Hause.

Ob Arda sich wohlfühlte, eingebettet in den Geruch von Decken, unter denen schon Hunderte andere Kinder geschlafen hatten? Unmöglich, dass diese Decken jemals wie ein Zuhause riechen konnten. Eigentlich hatte Arda doch ein Zuhause: ein Zimmer für sich, ausgestattet mit so vielen Büchern, wie er sie, bis er achtzehn war, nicht würde lesen können, und mit einer Vulkanwutmutter, die ihn vor allem beschützen würde, was ihm Angst machte. Aber das durfte sie Arda nicht sagen. Die Erzieher verboten es.

Hendrikas sporadischer Kontakt am Gartenzaun des Heims war abgebrochen, als Arda von der Dino- in die Kometen-Gruppe kam. Man hatte ihr Hausverbot erteilt, als sie die Rufe ignoriert hatte und einfach ins Haus marschiert war.

Aber: Es war doch Ardas Geburtstag! Aber. Kein Aber.

An diesem Tag der offenen Tür sollte der Gartenzaun nicht zwischen ihnen stehen.

Das Tor war angelehnt. Überall Familien. Sie schienen sich gegenseitig zu schieben, durch die Masse anderer *happy families*, die Hände in den Steppjacken vergraben.

Arda bemerkte sie erst gar nicht. In sich versunken, sortierte er Postkarten hinter einem Stand, eine Lichterkette baumelte darüber. Dass sie ihn nicht einmal richtig einkleiden konnten. Die Jacke war ihm viel zu klein und offenbarte seine nackten Handgelenke. Eine Frau blätterte in den Karten. Hendrika trat dazwischen:

Arda! Hendrika öffnete die Arme, blickte links und rechts am Stand vorbei, faltete die Hände vor sich. Das Podest ächzte, als sie sich auf die Tischkante setzte, um näher an Arda zu sein, der zu leise sprach für diesen Lärm. Arda erzählte, dass er eine Woche lang Karten verkaufen würde. Die Blätter hatte er selbst getrocknet. Sie waren aus seinem Garten, sagte er und meinte damit wahrscheinlich den Hof der Einrichtung, wo ein paar klägliche Buchsbäume standen. Sie hatten Punkte dafür bekommen, sagte er: die Blätter zu sammeln, einen Punkt. Sie zu pressen, noch einen Punkt. Sie zu verkaufen, den dritten. Und wenn er dann noch seinen Hausdienst sorgfältig machte, hätte er am Ende zehn Punkte für die ganze Weihnachtszeit.

Mit zwanzig Punkten dürfe man mit nach Griechenland reisen, für drei Wochen. Arda wippte vor und zurück. Hendrika nippte an ihrem Pappbecher und verbrannte sich die Lippen am Punsch. Diese Freude konnte nur eines bedeuten: Achi war dort.

Arda wiederholte: Man muss sich seine Privilegien erarbeiten. Es klang, als hätte er diesen Satz, der ihm gesagt wurde, auswendig gelernt. Er klang, als hätten sie in seinen unschuldigen Kinderkörper einen christlichen Erwachsenen implantiert. Es klang falsch.

Was soll das? Sie sah sich um. Du musst das hier nicht machen.

Dann fragte sie: Arda, geht es dir gut? Sie sprach leise und sanft, er sollte wissen, dass er ihr alles anvertrauen konnte.

Ja, und dir?

Du musst hier nicht sein, du kannst sagen, wenn dich was stört, ja?

Nein, nein, ich mag es hier.

Ist es so? Sie wollte nicht spöttisch klingen. Komm, wir machen eine Reise. Ich habe jetzt einen Job, ich verdiene genug Geld, sagte Hendrika. Arda verbarg sein Gesicht hinter seinem Pappbecher, und der Dampf ließ es erröten.

Hendrika schleppte den Matsch von dem verfluchten Weihnachtsmarkt mit, er bröckelte aus ihren Wanderschuhen auf die Treppen, er rieselte auf das Fischgrätparkett. Er lag da noch tagelang, sie machte sich nicht einmal an Heiligabend die Mühe, die Erdklumpen wegzufegen. Es war so still auf den Straßen, als gäbe es wirklich keine anderen Menschen auf der Welt, mit denen Hendrika in Kontakt hätte treten können. Nur das passiv-aggressive Brummen des Kühlschranks. Stühlerücken über ihr. Ein Schluchzen, das kam von ihr. Sie ließ ihr Gesicht in die Hände fallen. Keiner ihrer Nachbarn würde es je hören. Keiner würde je fragen, was los war. Es gab niemanden, den sie an ihren Essenstisch einladen könnte. John hatte dieses verfluchte Weihnachten geliebt.

Sie hatten sich auf der Weihnachtsmesse kennengelernt. Es war ein heikler Auslandseinsatz. Überall außer in Nairobi wurden die Mitarbeiter abgezogen. Nur Julia war immer geblieben, und als dann auch sie nach Deutschland zu ihrer Familie flog, war Hendrika einsamer als je zuvor. Kurz vor den Feiertagen kam eine Gruppe ins Lager. Sie schlenderten durch die staubigen Gassen wie Heilige in bunten Hemden. Mit dabei hatten sie die Bibel und das Versprechen wöchentlicher Treffen in Stuhlkreisen, in denen man einfach mal sprechen konnte. Dass die Leute sich ständig an den Ellenbogen berührten, stieß Hendrika gleichzeitig ab und zog sie an. Diese Menschen musterten sie, als könnten sie es sehen: das Loch mitten in ihr drin.

Mit den bunten Girlanden, dem Stuhlkreis und Cola aus Plastikbechern wirkte die Gemeinde eher wie ein Wohnzimmer. Hätte Hendrika an die Kraft von Gebeten geglaubt, sie hätte sich nur eines gewünscht: sich mit aller Regelhaftigkeit eines dreißigjährigen Lebens zu verlieben. Und sie glaubte, dass ihr Wunsch erhört wurde, als John eines Tages auf dem Plastikstuhl gegenüber wippte. Er trug ein Hemd mit Stehkragen, und seine mit Tesafilm geklebte Brille steckte in den dunklen Haaren. Federnd war sein Gang. Und wenn er sprach, entblößte er seine Handflächen, als wäre er bereit, sie aufzufangen. Er wusste ihren Namen, schon bevor sie sich vorstellte.

Und er fing sie dann wirklich auf, als sie im Sturzflug auf den Boden zu klatschen drohte, las sie auf, sah sie an, wie seit Langem keiner sie angesehen hatte, er sah sie an, als hätte er etwas Kostbares aufgelesen.

Es war sein Job, Menschen zu retten. Er war Chirurg. An seinen freien Tagen arbeitete er im Lager. Geld nahm er dafür nicht. Sie trafen sich immer wieder in der Essensschlange, in der es seit einiger Zeit nur noch Pampe gab. Irgendwann griff sie in dieser Schlange einfach hinter sich, nahm Johns Hand, zog ihn mit. Sie spazierten Hand in Hand eine Weile, sie sagten nichts, es war alles klar. Sie wusste, dass für John Sicherheit wichtig war. Nach zwei Monaten sprachen sie darüber, wie es wäre zu heiraten.

Natürlich erfuhr die Leiterin vor Ort, dass Hendrika sich nach Feierabend nicht nur für die Arbeit mit dem Arzt traf. In ihrem klimatisierten Büro machte sie deutlich, was sie davon hielt, nämlich sehr wenig. Hendrikas Abschied reihte sich ein in die vielen Abschiede, nur gab es diesmal weder Schnaps noch Kuchen. Ungewöhnlich feierlich packte Hendrika ihre Sachen. Endlich war das vorbei: die Statements, die Heuchelei, die Albträume. Mit John hatte sie schon lange einen besseren Plan. Sie wollten eine mobile Klinik aufbauen und mit dem Truck dorthin fahren, wo sich die Menschen für Malaria-Medikamente und Konsultation die Füße wundliefen. Sie füllten akribisch Anträge aus und telefonierten mit Kollegen überall in der Welt. In Cafés trafen sie sich, als würden sie ein Start-up gründen. Sie stießen mit Zitronenlimonade auf ihre Version der Zukunft an. Sie glaubten, die Geldgeber bräuchten nur etwas Zeit, es würde schon werden, mit ihrer vereinten Erfahrung. Und währenddessen hielt Hendrika jene E-Mails von sich fern, die ihr Kopfschmerzen verursachten. Sie mochte die steigende Zahl ungeöffneter Nachrichten, sie hatte nicht vor, jemals etwas anderes mit ihnen zu tun, als sie zu sammeln. Was all die Leute, die sie gekannt hatte, wohl dachten, warum sie sich eines Tages spurlos auf und davon gemacht hatte: aus Langeweile, Rache, Überdruss? Ob sie neugierig waren, was für ein Leben sie sich in der Ferne aufbaute? Sie mochte die Vorstellung, dass sie sich sorgten. Vielleicht würde das ihre Mutter endlich zum Nachdenken bringen, warum Hendrika abtauchen musste.

Weil die Hilfsorganisation ihre Wohnung gekündigt hatte, nahm Johns Mutter sie auf. Mary war eine Frau mit bunter Schürze und starken Händen. Ging John in die Klinik, gingen Hendrika und seine jüngeren Schwestern zum Markt, gruben ihre Hände in Maissäcke und knackten Nüsse mit den Zähnen. In der Mittagshitze verkrochen sie sich in abgedunkelten Zimmern vor dem Fernseher, ließen den Tag vorbeitreiben oder warteten auf den Regen. Abends saßen sie auf Plastikstühlen vor dem Haus. Die Grillen zirpten, Hunde bellten, und die

Dunkelheit hüllte das Haus endlich in angenehme Kühle. Kein Esstisch wäre groß genug für diese Familie. Sie versammelten sich zum Abendessen, als wäre es jedes Mal ein Festmahl, Geschwister, Enkelkinder, Neffen, Nichten und Nachbarn. Wie selbstverständlich turnten die Kinder auf Hendrikas Oberschenkeln herum. Und durch die greifenden Hände, die dampfenden Töpfe, die lauten Gespräche hindurch sah sie zu John auf der anderen Seite des Tisches, verhedderte sich mit seinem Blick, lächelte. Siehst du das? Wir werden gerade eine Familie. Ganz einfach, ohne Umwege und Abwege, ohne Verweis auf Blutsverwandtschaft, verkrachte Weihnachtsdiskussionen oder endlose Fragen.

Das Flugzeug hob ab, und der Platz 24F blieb leer. Es war, als wäre eine unsichtbare Version von ihr zurück nach Deutschland geflogen, und sie wäre geblieben. Wenn sie gefragt wurde, wie lange, sagte sie: bis auf Weiteres für immer. Zum ersten Mal in ihrem Leben hätte es immer so weitergehen können. Zwei Wochen nachdem sie ihren Rückflug verfallen lassen hatte, wachte Hendrika auf und rannte aufs Klo. Sie wischte sich den Mund ab, wollte sich dafür entschuldigen, dass sie alle mit ihrem Kotzen geweckt hatte. Das Essen war eben immer noch nichts für ihren *complicated European stomach.* Mary machte ihr Bittertee, aber im Grunde wusste sie Bescheid. Ihr Wunsch war erhört worden. Feierlich hielt sie in der einen Hendrikas, in der anderen Johns Hand. Sie hatte schon nicht mehr daran geglaubt, dass ihr ältester Sohn Nachwuchs bekommen würde. An diesem Abend war der Tisch doppelt so voll gedeckt, und alle Augen ruhten erwartungsvoll auf Hendrika.

Die Wochen danach fühlten sich an, als würde ein Urwald in Hendrikas Bauch wachsen. Täglich änderte sich etwas an ihrem Körper, und wenn es nur die Art war, wie ihre Haut roch. Und weil sie endlich Zeit hatte, alle Zeit der Welt, horchte sie der Veränderung aufmerksam zu. Wenn sie durch die Nachbarschaft schlenderte, nickten ihr die Mütter mit Kindern in Tragetüchern zu. Sie bildete sich ein, sie würden auf ihren Bauch starren, obwohl dort noch nichts zu sehen war, nicht die kleinste Wölbung. Sie malte sich aus, wie ein Gehirn in ihrem Bauch heranwuchs, gerade einmal so groß wie ein Apfelkern. John sprach von einer Seele.

Auch er war neugierig auf den Urwald in ihrem Bauch. Er nahm sich Urlaub. Er schulterte ihren Rucksack. Mit dem Bus fuhren sie die grünen Serpentinen hinauf in die Berge. Sie stellten sich vor, die Aussicht würde ihnen helfen, über die Zukunft nachzudenken: dass sie ihr Projekt erst einmal aufschieben müssten. Wo und wie sie leben würden. Ob sie nicht nach Deutschland gehen sollten, fragte John, allein für die Geburt. Um nichts auf der Welt, sagte Hendrika. Er nannte sie naiv, lachte, er küsste sie auf die Stirn. Sie aßen Früchte von den Bäumen, sie blieben morgens in ihrem Kingsize-Bett liegen und hörten den Arbeitern auf den Feldern beim Singen zu. Das Glück war so groß, dass Hendrika es nicht greifen konnte, nicht einfangen, nicht festhalten. Vielleicht wusste sie es in diesen Tagen in den Bergen schon. Etwas lauerte da, erst in der Luft, ein Surren, ein nackter Oberschenkel auf der Bettdecke, ein Klatschen, ein Blutfleck auf weißer Haut.

Der Bus ruckelte über den Schotterweg. Viel zu laut schallte die Musik. Kaum Fahrtwind wehte in das staubige Innere. Frauen fächerten sich mit Pappe Luft zu. Hendrika aber fröstelte und legte sich die Hand auf die Augen. Licht schmerzte. Erst zitterten ihre Beine, dann die Hände, dann der ganze Körper. John legte seine Hand auf ihre, als könnte er das Zittern stoppen. Kalter Schweiß sammelte sich auf ihrer Stirn. Nur noch dumpf bemerkte Hendrika am Hupen und Rauschen, dass sie endlich Nairobi erreicht hatten. Sie wollte nur ins Bett, zusammenbrechen, nichts weiter, es war nicht böse gemeint. Mit letzter Kraft schrie sie John an der Bushaltestelle an. Er musste eine Weile diskutieren, um das Taxi bezahlen zu können. Das Letzte, woran sich Hendrika erinnerte, waren Marys starke Arme um ihre Hüften und ihr Murmeln in der Nacht, als würde sie beten.

Sie hätte sterben können, sagte John, als Hendrika aufwachte, nüchtern wie ein Arzt auf Visite. Er blickte auf den Boden, an ihr vorbei, er sah sie nicht an. Wie lange sie in diesem Bett gelegen hatte, konnte sie nicht sagen, aber es war lang, ahnte sie, sie sah es an den zerknitterten Laken und dem Geruch, den ihr Körper ausdünstete. Schlaff fühlten sich ihre Beine an, aber sie bewegten sich, kein Zittern mehr. Zum Glück. Durch den Gardinenschlitz schien ihr die Sonne auf die Schultern, und sie war glücklich, dass sie lebte. Nur das zählte.

Nachts konnte sie Johns Zähne knirschen hören. Er

wandte sich ab. Er berührte sie nicht mehr, als wäre sie ansteckend. Während das Leben langsam wieder in Hendrikas Körper floss, sah John, abergläubisch, wie er war, wohl ein Zeichen in ihr.

Er machte sich nicht einmal die Mühe, sich zu verabschieden. Er war eines Morgens nicht im Bett und kam nicht wieder. Mary wischte sich die Hände an der Schürze ab, legte ihr liebenswertes Gesicht schief und sagte, ihr Sohn könne nicht noch mehr Tod vertragen, er müsse sich schützen. Schützen, vor ihr?

Der Tod haftete an ihr. Noch Jahre später glaubte Hendrika, das Kranke, das John in ihr gesehen hatte, wie eine Grippe verschleppt zu haben, bis es chronisch geworden war. Warum sonst stieß sie immer wieder Menschen ab, als wäre sie ansteckend? Sie wollte nicht mehr darauf gefasst sein, dass sie alles, was sie lieb gewann, verlieren würde. Dieses Mal würde sie dranbleiben, festhalten. Arda, sagte sie wie ein Gebet, die Hände in den fettigen Haaren vergraben, und starrte auf den Küchentisch, bis ihr Blick trüb wurde. Als wäre Arda nur ein anderes Wort für Familie.

Zum Glück verschluckte der alte Mercedes ihr Lachen. Das Lachen kam herausgeplatzt, unkontrollierbar und ziemlich heiser. Schau dich mal an, wie in einem billigen Gangsterfilm. Der brummende Motor. Die Kapuze über dem Kopf. Der fiebrige Blick in alle Richtungen. Keine Autos auf den Straßen. Keine Rollläden, die im nächsten Moment hochgehen könnten wie verschlafene Augenpaare. Auch keine flimmernden Fernsehgeräte hinter den Fenstern. Sogar die Krankenpfleger mussten noch schlafen. Sie hatte keine Sekunde daran gezweifelt. Um Punkt vier Uhr fünfundzwanzig öffnete Arda die Hintertür. Sie beobachtete durch die Windschutzscheibe, wie er seinen Rucksack schulterte. Pack Essen für eine Woche ein, hatte sie gesagt. Supermärkte sind tabu. Er öffnete die Wagentür und sank auf den Beifahrersitz.

Kann's losgehen?

Arda gähnte, nickte, drehte sich um und blickte lange zurück auf die Straße. War er nicht froh, diesen ganzen Scheiß hinter sich zu lassen? Ein störrisches Gerät, dieser alte Mercedes ihrer Tante. Hendrika stellte sich deren spitzen Mund vor, die feinen Adern an ihrer Schläfe. Dass sie sich ärgern würde, auch das trieb sie an. Sie passierten die Schule, die Mall, ließen die Straßenlaternen vorbeiziehen. Es war wie ein subtiles Abschiednehmen. Eine Runde der letzten Male. Hoffentlich. Sobald sie die große Stadt hinter sich gebracht hatten, klebte Arda am Fenster, als suchte er die Dunkelheit nach Lichtflecken ab. Aber ihnen kamen nur vereinzelt Scheinwerfer entgegen.

Hendrika sagte, Verrückt, wer sind die Menschen, die in dieser Herrgottsfrühe hier entlangfahren? Verstoßene Ehemänner, Bäckermeister, Psychopathen?

Und wir, sagte Arda und malte Kreise auf die Beifahrerscheibe.

Hey, noch sieben Mal schlafen, und wir sind in Griechenland.

Und bei Achi.

Ja, und vielleicht dann bei Achi.

Hendrika löste ihren Blick von der Straße, legte den Zeigefinger in Ardas Nacken, unter den Haaransatz, dort, wo die Schlafwärme noch gespeichert war. Er kicherte. Ein paar Schlangenlinien auf einer unbefangenen Landstraße, dann fing die Markierung ihren Blick wieder ein: Das wird ein Abenteuer, sag ich dir. Hendrika streifte ihre Schuhe neben dem Gaspedal ab, stellte das Radio lauter und noch lauter. Es lief ein kitschiger Popsong, und im Takt verschluckte das Auto die Straßenmarkierung. Hatte sie wirklich »Abenteuer« gesagt? Ein Wort wie eine Erinnerung, dass es diese Zeit auch einmal gegeben hatte.

In ihrer Jugend hatte sie immer wieder den gleichen Film gesehen. Eine Frau und ein Mann wollen heiraten, aber die Familie ist dagegen. Sie brennen durch. Mit dem Auto in ein Land, in dem es keine Kämpfe zwischen Religionen gibt. Die USA, das Land der unbegrenzten Möglichkeiten. Eigentlich eine Romeo-und-Julia-Geschichte, nur irgendwann in den Achtzigern, so erzählte sie es Arda. Und weißt du, wie die beiden es geschafft haben, ihre Spuren zu verwischen, damit ihre Familien sie nicht finden?

Natürlich nur Schulterzucken.

Sie haben sich vorgenommen, möglichst nicht erkennbar zu sein. Sie waren so angepasst und unauffällig wie möglich. Sie haben nichts getragen, was man in eine Vermisstenanzeige hätte schreiben können: Tiere auf Pullovern, bunte Mützen, Brillen, die konnten sie sich eh nicht leisten. Sie waren einfach zwei junge Menschen, braune Haare, durchschnittlich, keine besonders großen Nasen oder Narben über den Augen.

Ob sie es geschafft haben, interessierte Arda nicht einmal. Er nickte und hinterließ Atemspuren auf der Fensterscheibe. Hendrika strich ihm über den Kopf: Wir könnten dir die Haare färben. Damit wir uns ähnlicher sehen. Wie Mutter und Sohn.

Und ähnlich laufen?

Ja, das schadet nicht.

Und ähnlich sprechen?

Vielleicht sprechen wir einfach so gut wie gar nicht, wenn uns Menschen zuhören. Hendrika rutschte auf ihrem Sitz hin und her: Aber nein, gar nicht sprechen, das wäre komisch.

Die Sonne blinzelte am rechten Horizontrand hervor, reckte sich über die Felder und glitzerte in den noch gefrorenen Wiesen. Schweigsam fuhren sie durch Alleen, passierten Ortsschilder, Marktplätze, wieder Ortsschilder, wieder Alleen, von Bäumen beschattete Straßen.

Warst du da mal, in den USA? Arda musste eine ganze Weile über die Geschichte nachgedacht haben.

Sie hatte lange nicht mehr, wenn überhaupt jemals, so viel darüber gesprochen: ihre Zeit an der Uni. Sie erzählte, kreuz und quer, alles, was ihr in den Sinn kam, was noch da war an Bildern: die großen Autos, wenn sie am Wochenende ans Meer fuhren. Das laute Lachen ihres Professors. Bibliotheken so groß wie Wolkenkratzer.

Wolken-Kratzer, wiederholte Arda. Und welche Farbe hat dort die Erde?

Hendrika verzog den Mund. Auch wenn sie ernsthaft versuchte, sich an diese Wochenendtrips zu erinnern, sah sie nur kerzengerade Straßen und daneben vielleicht ein Grün, Grau, Braun.

Und die Bäume?

Doch, da war eine Erinnerung. Sie umklammerte das Lenkrad, setzte den Blinker rechts und bog ab.

Es gibt dort die Joshua-Bäume, erzählte sie. Die wachsen in der Wüste, in den Nationalparks, in denen keine Bäume gefällt werden dürfen. Es wäre fatal. Die Bäume sind nämlich mehrere Tausend Jahre alt. Die ältesten Bäume auf der Erde. Sie überleben die kältesten und die höchsten Temperaturen. Eigentlich sind sie unzerstörbar.

Das erste Mal löste Arda seinen Starrblick vom Fenster.

Die Joshua-Bäume sind richtige Dinosaurier, sagte sie, aber eines können sie nicht: sich fortpflanzen. Verstand Arda überhaupt, was sie meinte? Also, stell dir vor, im Joshua-Baum fühlen sich bestimmte Motten wohl. Die graben mit ihren Mundwerkzeugen kleine Höhlen in den Baum. Und wenn sie ausfliegen und die Samen in anderen Bäumen verteilen, dann werden die Bäume schwanger. Sie blickte zu Arda. Man nennt es Gegenseitigkeitsverhältnis.

Die Bäume kommunizieren mit den Motten?

So genau konnte sie Ardas Frage nicht beantworten. Auf eine gewisse Art und Weise, ja. Vor allem helfen sie sich gegenseitig, sie sind voneinander abhängig, antwortete Hendrika. Und ich vermute, wenn die Motten das mit ihren Mundwerkzeugen nicht machen, geht es den Bäumen nicht gut.

Arda sagte, Dann werden sie nicht schwanger?

So ist es. Man kann es auch noch dramatischer sagen: Dann sterben sie wohl aus.

Arda strich sich mit dem Finger über den Mund, und sein Blick folgte wieder den vorbeifliegenden Stromleitungen am Straßenrand.

In der Ferne wummerte die Autobahn. Aber sicher ist sicher, dachte Hendrika und blieb auf der Landstraße. Immer enger und immer windiger wurden die Straßen. In einem Waldstück manövrierte sie den Mercedes auf einen Feldweg. Die Karosserie knackte noch eine Weile, dann war sie still und dampfte. Sie öffneten zwei Dosen Bohnen mit Tomaten. Ardas Blick tastete prüfend den Wald ab.

Ge-gen-sei-tig-keits-ver-hält-nis, nuschelte er mit dem Löffel im Mund. Vielleicht war sie als Kind auch mal so gewesen, dachte Hendrika und wusch sich das Gesicht mit Mineralwasser. So neugierig, so schön verträumt. Noch keine Schneeflocken auf einer Kinderseele.

Wie lange fahren wir noch?, fragte Arda und ließ die Beifahrertür zufallen.

Noch ein paar Tage, das habe ich dir doch schon gesagt.

Aber sollen wir Achi nicht Bescheid sagen? Damit er vom Hof in das Dorf laufen kann und dann mit dem Bus in die Stadt fahren und von dort mit dem Boot …

Nein, nein, wir sagen ihm schon noch Bescheid. Komm schon, genieß die Reise, schau mal da, der Kirchturm, da wohnen die Störche.

Arda versank wieder in sein Schweigen, zog die Füße an den Körper und lehnte seinen Kopf gegen die Scheibe.

Es dämmerte, als Arda die Augen aufblinzelte, sich

aufrichtete und fragte: Können wir ihn anrufen, und sagen, dass wir kommen? Dass er schon mal warten soll. Bitte? Die Bremse quietschte. Der Wagen blieb mitten auf der verlassenen Landstraße stehen. Ach Gott, na gut. Hendrika fischte ihr Handy aus der Jackentasche, lief über den Acker und trug Schlammbrocken mit sich mit. Ein Greifvogel zog kreischend Kreise über ihr. Sie drehte sich kurz in alle Richtungen. Kein Empfang hier, sagte Hendrika, als sie zurückkam, weil es einfacher war, als ihm zu sagen, dass es gefährlich gewesen wäre, jetzt das Handy anzustellen. Sie würde ihm später alles erklären.

Seit einer halben Stunde reihte sich Haus an Haus, nicht einmal ein Park, wo man sich kurz hinter einem Baum verstecken könnte, um zu pinkeln. Von den Schwierigkeiten, an keinem Rasthof und keiner Tankstelle halten zu dürfen, hatte das flüchtige Pärchen in dem Film nichts erzählt. Und Kameras gab es damals ja sowieso nicht. Dann endlich. Vor dem Gasthof zum Guten Wirt brachte Hendrika den Mercedes zum Stottern und wickelte sich den Schal zweimal um den Hals: Ich komm gleich, mein Lieber, ja, ich suche nur ein stilles Örtchen? Arda ließ die Füße aus dem Wagen baumeln und nickte verschlafen. Sie umrundete das Gasthaus, stieg über den herunterhängenden Maschendrahtzaun. Zumindest war da ein bisschen Schatten von den Tannen. Hendrikas Knie knackten, als sie sich ins Gebüsch hockte. Der blutige Tampon landete im Gras, und Hendrika schloss kurz die Augen, dankbar für das schönste aller Organe, das in ihrem Körper immer noch arbeitete wie ein Uhrwerk. Aber wie lange noch?

Hendrika streifte ihre Hände an der Hose ab, trat auf den Weg. Wie ein Gefährt aus einer anderen Zeit stand da der Mercedes, die Türen offen, aber kein Arda mit baumelnden Beinen. Hendrika stützte sich an der warmen Motorhaube ab. Weil sie nicht rufen wollte, flüsterte sie in alle Richtungen: Aaaaaarda. Warum hatte sie ihn nicht gefragt, ob er auch pinkeln müsse?

Sie flüsterte wieder: Aaaaaarda, verdammt. Wo bist du? Hinter der gelblichen Scheibe des Gasthofes Silhouetten von Menschen, die sich wahrscheinlich einen Braten reinstopften. War er dort hineingegangen? Nein, bestimmt nicht. Das war die Verabredung gewesen: mit keinem Fremden sprechen. Und Arda war einer, der sich an Verabredungen hielt.

Die Hände hinter dem Rücken verkrampft, lief sie durch die Straßen, vorbei an Blumenkästen im Winterschlaf, Gartenzwergen, stolzen Häuserfassaden. Weit konnte er nicht gekommen sein. Dörfer wie diese folgten alle der gleichen Logik. Und das war wohl ihre Hauptschlagader. Auf einem ächzenden Fahrrad eine ältere Frau. Ihr Fahrradlicht hinterließ springende Lichtpunkte auf einer endlos langen Straße, die in den Wald mündete. Hendrika verlangsamte ihren Stechschritt. Aber nein, sie konnte nicht fragen, viel zu auffällig. Ein Kind verloren, in einem fremden Dorf, der Tratsch würde sich schneller verbreiten als Masern auf einem Kindergeburtstag.

Hatte Arda Hunger? Dann hätte er doch gefragt. Oder hatte er sich verirrt? Ja, so war es vielleicht. Als sie umdrehen wollte, hörte sie jemanden auf einer Veranda poltern. Ein Mann starrte auf die Straße und schüttelte den Kopf. Im Haus gegenüber zog eine Frau die Gardinen auf. War sie gemeint, fragte sie sich. Dann hörte sie ein Fluchen, einen Stein, der auf die Straße kullerte. Jemand schlug eine Tür zu.

Arda! Noch bevor der sich umdrehen konnte, schnappte sie ihn bei der Kapuze und zog ihn zurück: Spinnst du? Warum bist du abgehauen?

Sein Grinsen machte sie nur wütender. Er sagte, Ich habe nur ein kleines Abenteuer gemacht.

Eine Tür wurde aufgerissen. Ein Mann baute sich auf seiner Terrasse auf, die Hände in die Hüften gestemmt: Sie da!

Sie ließ Ardas Kapuze los und faltete die Hände.

Passen Sie mal besser auf das Gsindl hier auf, der weckt das ganze Dorf. Ist gar nicht lustig, dieses Klingelputzen.

Gesindel, was? Das ist mein Sohn, schrie Hendrika. Sie verfluchter … Deutscher!, sagte sie, weil ihr nichts anderes einfiel, dann drehte sie sich schnell um, damit er sich ihr Gesicht nicht zu lange einprägte.

Sie nahm Arda bei der Hand: Kein Wort mehr jetzt, ja?, sagte sie und zog ihn die Straße entlang. Die Autotüren standen immer noch offen, wie bei einem Fluchtversuch.

Das hatte ja gut geklappt mit dem Unauffällig-Sein. Erst als sie das Ortsschild hinter sich ließen, wurde ihr Atem wieder ruhiger.

Arda, was sollte das, warum hast du da geklingelt?

Er hatte seine Arme um den Körper geschlungen, den Blick starr geradeaus.

Ich wollte ja nicht …

Das ganze Dorf verrückt machen?

Ich wollte nur die Klingeln drücken.

Um sie zu ärgern?

Ich wollte nur wissen, wie es sich anfühlt, die Klingeln zu drücken.

Warum?

Jede Klingel muss man unterschiedlich stark drücken, wusstest du das, sie fühlen sich alle anders an.

Hendrika schnaubte. Plötzlich tat ihr der harte Griff leid.

Sie strich ihm über die Haare: Hör mal. Dieser Typ auf der Veranda, das ist ein böser alter Mann, Arda. Ein Chauvinist, merk dir dieses Wort, Chauvi, merke es dir gut. Der darf mit dir so nicht sprechen.

Arda nickte, und die Straßenlichter hinterließen ein Muster auf seinem unschuldigen Gesicht.

Dieses Land ist kein guter Ort, sagte Hendrika nach einer Weile: Dort, wo wir hinfahren, wird alles besser. Sie fröstelte und stellte die Heizung höher, roch den Staub, den das Gebläse durchs Auto wirbelte. Diese Dorfmenschen, die ihr Territorium verteidigen wollen. Kannte sie genügend, brauchte sie nicht. Diese Grabenkämpfe.

Hör mal, Arda. Es gibt gute und schlechte Menschen. Und wenn du weißt, da steht ein schlechter Mensch vor dir, dann darfst du auch einfach brüllen. Das ist das Machtvollste, was du hast: deine Stimme. Wenn dir jemand etwas Unrechtes tut, dann schreist du einfach, so laut du kannst, ja?

Zumindest ein Nicken.

Hendrika sagte, Wir probieren das jetzt mal, okay? Eins, zwei, drei.

Arda zuckte zusammen, als sie losbrüllte. Irgendwann kam seine Stimme dazu. Vorsichtig, lauter, dann schrill. Sie schrie, bis Arda lachte, immerhin.

Gut so. Das Vibrieren in ihren Stimmbändern wärmte nach.

Ob Arda nur so tat oder wirklich schlief, schwer zu erahnen, aber für einige Zeit rührte er sich nicht. Nur das Rauschen der Reifen, Beschleunigen, Abbremsen, Abbiegen, und immer weiter. Am Himmel Schatten, die Ahnung der majestätischen Berge, die sich am Horizont aufbauten. Es war wohl der düsterste Punkt der Nacht, vielleicht auch der kälteste. Ardas Kopf war in seinem Pullover versunken. Nur noch ein paar Kilometer, und sie würden einfach im Auto schlafen, irgendwo im Wald, mitten in den Bergen, hinter der Grenze. Nur noch ein paar Minuten, und sie hätten es geschafft. Diese bedrohlichen Berge. Hendrika ließ das Lenkrad los, knackte erst mit den Fingern der rechten, dann mit denen der linken Hand. Sie hoffte insgeheim, dass Arda davon aufwachte, aber er schnarchte leise weiter. Vielleicht besser so.

Im Schritttempo rollte Hendrika auf die Straßenlaternen zu. Nur zwei offenbar verlassene Häuschen standen wie in einer Oase, eingespannt im dunklen Tal. Die österreichische und die deutsche Fahne, die Sterne der EU. Als Jugendliche, als sie sich in diesem Europa endlich zu Hause fühlte, begriff sie, dass die Berge hier voller Brücken sind und dass sie all die winzigen Länder verbinden, ohne dass an Grenzposten Menschen mit Gewehren lauern. Dass es zwei Weltkriege gekostet hat, damit sie offen sind. Und dass sie als Achtzehnjährige trotzdem im Sitz ihres VW Polo versank, als sie das erste Mal mit ihren Freunden über den Pass fuhr und dem Blick der nickenden Grenzbeamten auswich, weil Grenzen mehr sind als die Bemühung eines Nationalstaats, das eigene Territorium einzuzäunen. Sie blickte auf Arda und fragte sich, mit welchem Gefühl er wohl als Jugendlicher durch die Welt reisen würde. Würde er sich freier fühlen?

Hendrika hatte gehofft, dass Kolonnen brummender LKWs an der Grenze stünden und Scharen von Autos auf dem Weg Richtung Skiurlaub. Aber nur ein paar Lieferwagen parkten vor den Häuschen, und kein Mensch war auf der Straße. Sie wischte sich die Haare von der klebrigen Stirn, sah geradeaus nach vorn, nahm den äußersten der drei Fahrstreifen. Sie atmete laut aus. Die Scheinwerfer leuchteten in ihr Gesicht, sie blinzelte. Langsam zog das Häuschen vorbei. Durch das Fenster sah sie nur den Hinterkopf des Grenzbeamten, als wäre er eingenickt, dann drehte er sich um, und es war schwer zu lesen, was er registrierte, als er sie viel zu langsam an dem Häuschen vorbeifahren sah. Unkontrolliert tippte ihr Fuß auf das Gaspedal, der Wagen ruckelte nach vorn, ihr Herz schlug bedrohlich schnell. Im Rückspiegel sah sie, wie der Beamte die Tür öffnete und winkte. Er musste jemand anders meinen. Hendrika blickte auf die dubiosen

Lieferwagen am Straßenrand. Der Beamte meinte doch sie, er winkte sie zurück, an den Rand, seine Geste war klar und bedrohlich. Hendrika nickte, hielt die Luft an, drückte aufs Gas, fuhr weiter, es rauschte in ihren Ohren, Ardas Atem, regelmäßig wie immer. Er würde weiter tief schlafen. Sie sah das zweite Häuschen ein paar Meter weiter, keine Lichter darin, sie sah erst nach der Kurve den Polizeiwagen, der quer in der Straße stand. Sie könnte ihn einfach umfahren. Sie rammte den Gehweg, der Mercedes schlingerte über die Verkehrsinsel, sie sah Blaulicht, sie sah rot und atmete stoßweise aus.

In einer Ruhe, die sie überraschte, zog sie den Autoschlüssel ab. Dann blickte sie zu Arda, seine Hand an der Fahrertür, die andere an seinem Mund. Mein Baby, dachte sie. Der Mann im Rückspiegel kam näher. Die Sekunden waren kostbar, so viel wusste sie. Das Bild, das sie sich einprägen wollte: Ardas Haare über seiner Stirn verteilt, die schon so jugendlichen Wagenknochen, der kindlich unschuldige Ausdruck. Dann zog Hendrika die Fahrertür auf und rannte, rannte, so schnell sie konnte, die Luft war klar und brannte in ihrer Lunge. Sie sah nicht zurück, und keiner folgte ihr. Erst im Wald stolperte sie und blieb in der Dunkelheit liegen. Was danach passierte, das wurde sie immer wieder gefragt. Und immer war die Antwort: Ich weiß es nicht mehr, es war alles auf einmal weg, ich weiß es wirklich nicht.

Nur an das Brüllen will sie sich erinnert haben.

Nnajoha

Kein Geräusch in der Wohnung, nicht einmal Schritte im Treppenhaus. Keine Anzeichen, ob es sehr früh oder sehr spät war. Das Wummern in ihrem Kopf, ein Überbleibsel der Musik von letzter Nacht, der Bass heruntergedreht, nur noch eine Melodie. Dann schlug sie entschlossen die Augen auf. Sah frontal in das Grell der Lampe. Vertraute Schatten an der Decke. Hinter den Gardinen herrschte eine trübe Dunkelheit, vielleicht Regen. Aha, also wieder spät. Johanna sehnte sich danach, das Knarzen der Dielen zu hören. Nur kurz, nur um zu wissen, dass jemand zu Hause war.

Sie strampelte sich aus den Decken. Noch immer hatte sie die Cordhose an. Ein undefinierbarer Fleck darauf und noch die Spuren von nassen Bordsteinkanten.

Ihr Nacken schmerzte, als sie sich aufsetzte. Immerhin hatte sie es geschafft, die Schuhe vor dem Bett abzustreifen. Wo war ihr Handy? Sie tastete über das Bett, wühlte unter der Decke und fand einen verlorenen Ohrring.

Barfuß lief sie durch die Wohnung. Der Temperatur nach zu urteilen, waren alle schon fort. In der Küche türmten sich Töpfe mit eingebackenen Spaghetti in Tomatensoße, zumindest ein Indiz dafür, dass jemand vor Kurzem mal zu Hause gewesen war, jemand doch aus dem Zimmer kommen könnte, vielleicht würden sie zusammen frühstücken.

Johanna starrte auf den Teekessel, bis das Wasser brodelte, und hielt sich am Herd fest. Alles drehte sich. Sie legte sich auf den Boden, beobachtete schwebende Staubkörner, der Tee in ihrer Hand wurde allmählich kalt. Das Unbehagen füllte einen gigantischen Pool unter ihr, sie tropfte hinein, sie löste sich auf. Die Dielen schwiegen.

Wenn das die Strafe für ein paar Stunden Euphorie sein sollte, verstand Johanna sie nicht. Bronco hatte sein Gesicht in die Hände gegraben. Er sagte, Reißt euch doch mal zusammen, konzentriert euch. Seine Stimme hatte alle Wärme verloren.

Es waren noch zwei Wochen bis zur Aufführung. Die Veranstaltung war ausgebucht, und keiner hatte den Text gelernt. Die Gründe dafür waren schlecht gelogen, die wahren bestimmt nachvollziehbar. Als die ersten Tränen flossen, entschieden sie, es war genug mit all dem Scheißdruck, lass aufhören, lass es uns gut haben, lass weggehen. Ventilfeiern nannten sie das.

Sie gingen in den Keller. Stiegen hinunter in die feuchten Katakomben. In einem Raum voller Menschen und zu wenig Luft, nur der Geruch von verbrannten Leitungen. Ein Kitzeln in der Nase. Aufgerissene Augen. Schwitzende Menschen. Und von allen Seiten schob die Musik sie in eine Formation, so verbindend, so gleich getaktet, wie Soldaten marschieren. Wann hatte sich Johanna an diesem Abend verloren? Irgendwann am frühen Morgen waren sie aus dem Club gestolpert und zum Güterbahnhof geschlendert. Sie lagen auf den stillgelegten Ladeflächen und sahen den Schwalben beim Tiefflug zu. Eine Flasche Sekt. Gemörserte Pillen. Vogelzwitschern. Kondensstreifen am Himmel. Dann die Sonne, die den Frost auf der Ladefläche langsam wegschmelzen ließ. Manche waren heimgegangen, aber die, die noch hungrig waren, die nicht schlafen wollten, nie schlafen wollten, die noch auf den Kitzel aus waren, die noch mehr wollten, die blieben sitzen. Also war Johanna sitzen geblieben. Die Fertigen und Schönen dieser Stadt. Sie stellte sich in ihre Nähe, in ihren Radius, damit sie etwas davon abbekam. Die Müdigkeit fühlte sich an wie ein dumpfer Schmerz, aber sie konnte jetzt nicht nach Hause gehen.

Johanna beobachtete Lilia, die nie still stand, die den Kopf nach hinten warf, lachte und Worte formte mit ihrem pinken Lippenstiftmund, die sie nicht verstand, es war auch egal, alles an ihr war schön. Lilia war eine richtige Schauspielerin. Sie hatte bei *Gute Zeiten Schlechte Zeiten* mitgespielt, jeder redete davon, obwohl das ein Jahrzehnt her war. Es war ihr nicht einmal peinlich. Wenn sie darüber lachte, rollte sie mit den Augen, die grün waren und gekrönt von dramatischen Augenbrauen. Lilia war jemand, neben dem links und rechts immer Leute liefen mit großen Schritten. Wie eine Patrouille. Nicht jemand wie sie, auserwählte Freunde, die farblich zu ihr passten. Eine Mischung aus Schwarz und Bunt. Und mit ihrer schwarzbunten Kleidung stand sie da, breitbeinig, und sagte:

Lass uns weitergehen.

Wohin?

AK44.

Jetzt noch?

Gerade jetzt.

AK44, der Club, in den nur Leute reinkamen, denen man schon in der Schlange ansah, dass sie länger als sechsunddreißig Stunden wach bleiben konnten. Und wer vorher umfiel, hatte verloren und Hausverbot für immer.

Geheimnisvoll standen sie im Kreis. Von unten, von der Verladerampe kaum möglich zu erahnen, was ihr Plan war. Was die Regeln dieser Herde waren. Sie stürzten ihre Biere herunter, sie traten hin und her, gespannt, aufgeladen, bereit, sich zu entladen. Viel zu laut. Nur kurz wollte Johanna die Augen schließen, sich vorbereiten, dann auch aufstehen, sich von der Spannung anstecken lassen. Aber als sie die Augen wieder öffnete, waren sie weg, zu schnell, um ihnen hinterherzuschreien: Hey. Darf ich mit? Johanna blieb wortlos auf dem kalten Boden sitzen, und ihre Knie berührten niemanden mehr. Wann sie aufgestanden und nach Hause gegangen war, daran konnte sie sich nicht erinnern, und ob sie im Zug eingeschlafen war, ob es kalt oder warm war. Aber sie wusste, dass sie traurig gewesen war. Sie sah es an der halb leeren Schachtel Lucky Strike auf dem Boden in ihrem Zimmer.

Wie konnte es sein, dass sie vor Kurzem noch eine andere gewesen war? Sie vermisste, wie sie war, als sie mit Joshua war. Die Reise schien nicht wenige Monate, sie schien eine Lebenszeit her. Vielleicht hatte sie sich das alles nur eingebildet. Die Nacht vor ihrem Fenster hatte sich wieder ausgebreitet. Nur der Laptop strahlte sie an, und sie blickte aus verklebten Augen zurück. Es war meistens die Stunde kurz vor Sonnenaufgang, in der sie Joshua am meisten vermisste. Fünf Neuigkeiten auf Facebook. Nur Werbung, nichts weiter. Enttäuscht scrollte sie auf der Timeline, neunundfünfzig Kommentare in sieben Monaten, bis zu ihrem Aufruf in der Gathering-Gruppe: *Wer hat diesen jungen Mann gesehen: Er spricht vermutlich nicht, er hat dunkle Augen und dunkle Haare, eine Narbe an der Nase. Es könnte sein, dass er auf Hilfe angewiesen ist.*

Joshua wäre sauer gewesen. Ausgerechnet Facebook. Das Internet war der gefährlichste Ort auf der Welt für ihn. Irgendwann, wenn sie wieder in der Raststätte sitzen würden, würde sie ihm erklären: Sie hatte es nicht mehr ausgehalten, sie hatte sich ernsthaft Sorgen gemacht, wer, wenn nicht sie? Sie wäre nie auf die Idee gekommen, seinen Namen zu nennen. Viele Gruppenmitglieder hatten Johanna geantwortet: mit traurigen Smileys, mit sinnlosen Fragen und sinnlosen Hinweisen, aber zumindest konnte sie sich mit den anderen Leuten, die bei dem Gathering waren, ab und zu nachts, wenn sich der Himmel allmählich von Schwarz zu Grau färbte, darüber austauschen. Über den namenlosen Unbekannten, über den man noch lange sprach.

Und dann doch. Irgendwann ein roter Punkt, ein Kommentar. Er nannte sich BlueAngel. Das Profilbild zeigte einen älteren Mann mit einem Stock vor einem brennenden Lagerfeuer wie vor einem Orakel. Seine Antworten tippte er so langsam, dass es fast nicht auszuhalten war. Johanna starrte auf den Chatverlauf und stellte sich vor, wie er die Buchstaben auf der Tastatur suchte wie sonst Beeren auf dem Waldboden.

Bist du dir sicher?

Sehr sicher. Er ist es.

Aufatmen.

Wo?

Sie schrieben eine Nacht lang hin und her. Der Mann mit dem Profilnamen BlueAngel äußerte, er habe ihn an der Grenze zu Bosnien gesehen. Joshua habe auf einer Wiese gelegen, im Regen, was ihn wenig zu kümmern schien. Der Regen fiel in seine Augen, die er nicht einmal schloss. Der fremde Mann in der Wiese habe BlueAngel durch das Wasser in seinen Augen hindurch angestarrt, und der alte Mann meinte, da habe er alles verstanden.

Schwer, sich die Erzählung dieses Predigers vorzustellen.

Es ging ihm gut, schrieb Blue Angel. Der Regen konnte ihm nichts anhaben. Nichts schien dem etwas anzuhaben. Obwohl es Anzeichen von Handgreiflichkeiten an seinen Armen gab, wer weiß. Er sprach ja nicht, es wäre Unsinn gewesen, zu fragen. Es habe keine Worte gebraucht. Als Joshua am nächsten Tag aufgestanden und kommentarlos fortgegangen sei, habe es sich angefühlt wie ein langes Gespräch unter Freunden. Joshua sei ein helles Wesen.

In welche Richtung war er gegangen, hast du erfahren, was sein Plan war, was hatte er bei sich?, wollte Johanna wissen.

Nichts, hatte nur sich, schrieb BlueAngel.

Es war ausweglos, weiterzufragen. Aber immerhin machte sie sich weniger Sorgen. Joshua war zwei Monate nach dem Gathering also wieder auf halber Strecke Richtung Norden.

Drei Wochen lang war nach dem Gathering in einem griechischen Radiosender die Vermisstenmeldung gelaufen. Johanna hatte geglaubt, Joshua könnte sie hören, wenn er getrampt wäre, oder die Leute, die ihn mitgenommen hatten, aber niemand meldete sich. In Deutschland suchte sie die Nummer der Polizeistation heraus und zögerte: Wenn sie anrief, würde auffliegen, dass Joshua ein Systemflüchtiger war. Aber was, wenn ihm wirklich etwas passiert war? In Joshuas Geldbeutel war kein Geld. Er hatte keine Papiere, keine Krankenversicherung, keine wetterfeste Kleidung, kein Handy, keine Nummer von irgendjemandem, er könnte sich einen Notfall nicht leisten, wirklich niemand wäre da. Keine Nachbarin, keine Kassiererin, kein Café-Besitzer würde bemerken, dass Joshua verschwunden war, vielleicht an einer Grippe am Straßenrand krepiert, keine Behörde würde sich die Mühe machen, nach jemandem zu fahnden, der nicht einmal eine Nummer in einem System war. Niemand würde nach ihm fragen, weil niemand ihn auf dem Schirm hatte. Niemand außer ihr. Johanna hoffte, dass Joshua so schlau gewesen war, nach Deutschland zurückzutrampen.

Drei Monate vergingen, in denen die bunten Blätter auf dem Gehweg platt getreten waren, sich die Straßen nachts mit Nebel füllten und der Frost in ihr Zimmer kroch. Als das Unbehagen kaum noch auszuhalten war, meldete sich Johanna bei einem dieser Facebook-Foren an. *Deutschland findet vermisste Personen.* Verwandte, Freunde und Partner posteten dort verwackelte Fotos, gaben Beschreibungen von markanten Narben, Hinkefüßen, Tattoos und sonderbaren Flecken in den Augen. Gesucht wurden Frauen, die über Nacht mit ihren fünf Kindern verschwunden waren. Männer, die ihr Konto leer geräumt hatten und nie wieder gesehen wurden. Senioren, die aus ihrer Einrichtung spaziert waren, und die keine Polizeistreife einzufangen wusste. Sechzehnjährige, die morgens nicht mehr am Frühstückstisch saßen. Studenten, die ihre Social-Media-Profile gelöscht und Bausparverträge gekündigt hatten. Erst da verstand Johanna, dass es Hunderte wie Joshua gab. Und dass diese Menschen nie in Ruhe gelassen wurden. Ob sie tot waren oder auf dem Weg in ein neues Leben, darüber spekulierten die Mitglieder in den Kommentaren, ob sie die Menschen kannten oder nicht. Sie suchten verbissen Indizien, sammelten auf Fahrradwegen verlorene Kleidungsstücke ein. Hunde halfen bei Suchaktionen. Sie pinnten Vermisstenanzeigen auf Laternenpfähle und in Bahnhöfe. Sie legten das Telefon neben ihr Bett, falls die Polizei doch anriefe. Sie lösten gemeinsam ein Rätsel, sie gaben sich gegenseitig Antworten, sie tauschten sich aus. Das Eigenartige war, Johanna erfuhr mehr über die

Suchenden als über die Gesuchten: Mütter, Ehepartner, Geschwister. Für jede vermisste Person gab es eine ganze Gemeinschaft Wartender. Aber keiner außer ihr schien Joshua zu vermissen. Was hätte sie schreiben können?

Suche einen Joshua.

In bürokratischen Kategorien: nicht existent.

In gesellschaftlichen: falsch verstanden.

Sein Label: Blau.

Status: undefinierbar.

Besondere Merkmale: eine Neigung zum dirigierten Chaos.

In den ersten Monaten nach ihrem Aufruf hatte jeden Tag ein neuer Kommentar aufgeleuchtet, dann keine weiteren Hinweise, und irgendwann wurde in der Facebook-Gruppe das nächste Gathering angekündigt. Wer Joshua war und wo er war, schien nach einem halben Jahr schon keinen mehr zu interessieren.

Johanna klappte den Laptop zu. Heimlich war es hell geworden. Zeit aufzugeben, noch einzuschlafen. Johanna hielt ihr Gesicht unter den Duschkopf. Warmes Wasser über ihren Wangenknochen, das sich anfühlte wie ein stiller Trost. Sie trank eine aufgelöste Aspirin in einem Zug und beobachtete die Regentropfen, die immer hektischer auf die Straße prasselten. Je mehr es regnete, desto länger konnte sie noch trödeln. Sie hätte anrufen können und behaupten, sie sei krank. *Kein Wunder bei diesem Wetter, sorry.* Sie müsse noch eine Hausarbeit abgeben. Das hätten ihre Eltern verstanden. Eher weniger, dass sie zu Hause bleiben wollte, um für das Stück zu proben, das ihr größtes werden könnte. Und noch viel weniger, dass sie in schimmligen Bars noch eine Weile vollgekoksten Künstlern zuhören musste, dass sie sich nach Lärm und Bässen und Buntschwarzem sehnte, bevor sie in die Winterferien gehen konnte, dass sie noch etwas Schwindel brauchte, wie ein Grundbedürfnis, bevor alles mit den Feiertagen stehen blieb und eine Version ihres Selbst sich auflösen würde, als wäre sie nur Einbildung gewesen. Wie hätten ihre Eltern das verstehen sollen? *Bis nächstes Jahr*, schrieb sie auf einen Notizzettel und ließ ihn in die Pfanne flattern, wo er auf einer Pfütze Tomatensoße festklebte.

Sie setzte die Kopfhörer auf, beachtete kaum die Passanten auf der Straße, nicht die Autos, die Regenwasser auf den Gehweg schleuderten und ihre Hose grau-nass färbten. Angestrengt überlegte sie, wie sie möglichst lange Zug fahren konnte, um nicht als Erste zu Hause anzukommen. Zwei Mal fuhr sie in die falsche Richtung, stieg ein und wieder aus und lief noch einmal um den Block, vorbei an maßgeschneiderten Hecken, an Garagen, größer als ihre Wohnung, fiependen Tannenbäumen.

Ihr Vater öffnete schwungvoll die Tür: Wir dachten schon, du bist weggeschwemmt worden. Dieses stoßweise Lachen hatte sie noch nie verstanden. Er nahm ihr die Jacke ab.

Auf der weißen Ledercouch saß Milena und hantierte mit ihrem Smartphone wie eine Uhrmacherin kurz vor Ladenschluss. Seit sie beide ausgezogen waren, schien ihre große Schwester immer so beschäftigt. Johanna hätte gern gewusst, was sie auf ihrem Handy machte: Ob sie noch letzte E-Mails abarbeitete, sich um verlorene Reisepässe kümmerte, ob sie ihren eigenen Urlaub auf Teneriffa buchte oder mit einem neuen Lover chattete, der ihr im Bett den Ballettrücken zerkratzte. Johanna konnte nicht mehr in den Kopf ihrer Schwester schauen, so wie früher, als die Couch noch ein Boot war, sie die Kapitänin und Milena am Fernglas. Etwas an dieser Aufteilung hatte sich bewahrheitet. Milena hatte schon immer den Blick woanders. Behutsam stellte Johanna den Rucksack ab und kniff die Augen zusammen. In ihrem Kopf schwammen Schollen, die mit jedem Schritt gegen die Kopfdecke prallten. Erschöpft ließ sie sich am Küchentisch fallen. Wasser brodelte in einem Topf vor sich hin. Der Geruch von Bratensoße und Zwiebeln hatte die Kraft, ihren Magen implodieren zu lassen.

Du bist spät. Mutter polterte die Treppe herunter. Sie rieb sich die feuchten Hände an der Schürze ab.

Aber jetzt bin ich ja da.

War viel los unterwegs? Mit dem japanischen Messer zerteilte sie den Kohlkopf in zwei Hälften. Sie sah erst auf, als Johanna nicht antwortete, nur nickte und eine verlorene Zigarette in ihrer Jackentasche zwischen den Fingern zerkrümelte.

Danke, mir geht es gut, und dir?

Was hast du denn noch so lange getrieben?, fragte ihre Mutter.

Es hätte einige Dinge gegeben, die Johanna ihr hätte sagen können, was sie gern getrieben hätte, anstatt im

Geruch von Zwiebel und Bratensoße zu kollabieren. In Mos Brustwarzenpiercing zu beißen und sein raues Kichern zu hören. Lilias Katze die Schnurrbarthaare abzuschneiden, und zu sehen, ob sie dann noch gerade laufen konnte. *Und Mutter, wenn ich schon dabei bin. Ich hätte gern zweiunddreißig Stunden geschlafen, bis ich meinen Emokater überstanden habe, weil ich Drogen in mich hineininhaliert habe, genug, um eine Katze zu töten.*

Ihre Mutter sagte, Ich habe dir dein Bett frisch bezogen, das hast du letztes Mal vergessen. Sie schmiss den Kohl ins brodelnde Wasser.

Ob es sie glücklich machte, wenn sie Weihnachten organisierte so wie andere ein Staatsbankett, fragte sie sich, während sie zusah, wie der Kohlkopf allmählich im Wasser zusammenschrumpelte. Was ihre Mutter glücklich, was sie wütend machte, das wusste Johanna zu wenig. So wenig, wie ihre Mutter über sie wusste, die inmitten ihrer Eingeweide geformt, dann gestillt, aufgepäppelt, als Mädchen gerügt, zur Frau herangezüchtet worden war. Die Frau mit dem japanischen Messer, die vor ihr stand, schien mehr über die Zusammensetzung ihrer Hautcreme zu wissen als über das Innenleben ihrer Tochter.

Als Kind hatte Johanna gedacht, sie sei nicht von ihren Eltern. Es müsse eine Verwechslung vorliegen. Bei Vätern mochte das ja passieren, aber bei Müttern? Natürlich, sie hatte die gleichen honigblonden Haare. Und wenn sie einen Pferdeschwanz machte, hatte sie auch die gleiche abstehende Strähne. Aber dass diese schöne Frau sie aus ihrem Innersten gepresst hatte, das ging ihr nicht in den Kopf. Und wie sie entstanden sein sollte, als Fusion dieser beiden Genpakete, die nicht zusammenpassten, zu einer dritten Person verwachsen. Eine Mutation. Ein Missverständnis höherer Kräfte.

Der Zufall hatte ihre Eltern in einem Sportheim miteinander kollidieren lassen. In der Erzählung war es eine Zeit gewesen, in der im Ort alles etwas lockerer zuging. In dem man die orange-braune Markise ausfuhr und schon nachmittags Kaffee mit Amaretto und Sahnehäubchen trank. Auf einer Bierbank hatten sie entzückt festgestellt, dass sie beide Zahnmedizin studierten und gerne ausgingen. Sie hätten sofort erkannt, dass sie ein gutes Match seien, sagte ihre Mutter einmal, als spräche sie vom Sport. Und sie versprachen sich zwei Jahre später, ein gutes Match zu bleiben, bis dass der Tod uns scheidet. Sie arrangierten sich, sie ergänzten einander. Schwieg die Mutter, unterhielt der Vater ganze Geburtstagsrunden. Und war sein Humor gerade nicht angebracht, sprach sie, die Hände im Schoß gefaltet und mit zusammengezogenen Augenbrauen. Sie war klug und schön, und jeder im Dorf wusste, dass Johannas Vater einen guten Wurf mit ihr gemacht hatte.

Das Leben gingen sie mit aller Ernsthaftigkeit an: Studium in Regelzeit, die eigene Praxis, zwei gesunde Kinder, den Urlaub an der Ostsee, ein Kalender in der Küche mit den Geburtstagen aller Dorfältesten, den Gesundheitsplan der Krankenkasse, die Zahnreinigung, halbjährlich. Das einzig Unerwartbare für ihre Mutter war der Ausgang des Krimis auf ihrem Nachttisch. Was sie sagte, war so ordentlich zurechtgelegt wie die Brotzeitbox früher auf dem Küchentisch. Sie war es, die den Handwerkern sagte, wie sie die Wände in der Praxis streichen sollten, und ihnen Filzpantoffeln gab, damit sie nicht froren. Sie machte die Steuererklärung und wechselte die Winterreifen in der Garage, damit es keiner der Nachbarn sah. Leise, im Hintergrund regelte sie den Haushalt, und der Vater spielte den rotbäckigen Alleinunterhalter, der auf der Couch schnarchte, wenn Johanna spät durchs Wohnzimmer getappt war.

Nur noch ein paar Tage in bürgerlichem Gewahrsam. Draußen schneite es wie in schlechten Weihnachtsfilmen. Drinnen knisterte der Kachelofen vor sich hin. Unbeachtet rauschte der Fernseher, auf den Mutter nur sah, wenn sie durch das Wohnzimmer lief, um die Reinigungskraft auf vergessene Ecken hinzuweisen. Vater hatte sich in diesen Tagen in den Hobbykeller verzogen, und dort blieb er, bis er zum Abendessen gerufen wurde. Dann setzte er sich an den Tisch, stemmte die Ellenbogen auf die Wachstischdecke, sagte etwas, man lachte, und dann wurde wieder geschwiegen und klassische Musik angemacht, weil Mutter eine Phobie hatte vor dem Geräusch von zerkautem Essen. Möglichst lautlos aß Johanna den Brokkoli, fuhr mit dem Messer über den Teller, stellte sich vor, wie herrlich es quietschen würde, und blickte am Blumenmuster auf dem Tisch entlang.

Eigentlich hätte sie schon immer gern gewusst, was ihr Vater machte, wenn er in den Keller verschwand und

Computerarbeit nuschelte. Als er zwischen den Feiertagen einkaufen ging, schlich Johanna in den Keller. Abgestandene Heizungsluft, ein Zeichen, dass ihre Mutter nicht einmal zum Lüften hier herunterkam. Wahrscheinlich nicht aus Respekt vor seinem Territorium. Johanna setzte sich an den Tisch, vergessene Kaffeetassen darauf und ein Kaktus, aus Plastik oder echt, kaum zu unterscheiden. Bunte Fäden liefen über den Bildschirm. Johanna rüttelte an der Maus. Mit Porno hätte sie ja gerechnet, aber das. Sie klickte sich durch die zwanzig geöffneten Tabs. In einem Onlineforum kommentierte er offenbar, welche die beste Aussaaterde war. In einem anderen die preiswertesten Winterreifen und auf einer weiteren Seite die kniffeligste Art, die Badewannendichtung lebenslänglich zu versiegeln. Er nannte sich Dr. Fuchs. Ganze Absätze lang waren seine Ratschläge. Die Mitglieder dankten ihm mit Smileys, mit Herzchen, einer hatte ihm einen Titel gegeben: Meister der Alltagsoptimierung. Ihr Vater hatte ein Engel-Icon unter den Kommentar gestellt. Diese Computerarbeit also. Er musste Stunden mit der Recherche dieser Dinge verbringen. Ein Gefühl des Mitleids begleitete Johanna die Kellertreppe hinauf. Von ihrem Zimmer aus konnte sie hören, wie der Vater leise die Einkaufstüten im Flur abstellte und wieder in den Keller flüchtete. Im ersten Stock fluchte die Mutter mit dem Einkaufszettel in der Hand. Er hatte zweilagiges Klopapier gekauft statt vierlagiges. Geräuschvoll sortierte sie die Einkäufe. Er sollte es im Keller hören, wie rücksichtslos das war. Aber Johanna wusste, dass er die

Kopfhörer aufgezogen hatte und über die Wasseraufnahmekapazität von Rollrasen nachdachte.

Als Kind hatte Johanna gedacht, es gebe nur diese Form der Zuneigung: die über Erwartungen, die man erfüllt. *Und wenn du dir die Haare kämmst, gehen wir in die Stadt einkaufen. Wenn du dich anstrengst, fahren wir in den Sommerferien nach Holland. Na gut, du kannst noch ein bisschen mit uns fernsehen, wenn du still bist, wenn du brav neben uns sitzt.* Ihre Mutter hatte sich diese Gleichung nicht ausgedacht, sie hatte es selbst so gelernt. So war das eben. Das Leben, ein ständiges Sich-Abarbeiten an definierten Regeln, die als praktikabel gelten. Und wenn man nicht mitmachte, dann war man wie der Hubertus. Ein alter Mann, der vor dem Einkaufszentrum aus fremden Gärten geklaute Blumen verkaufte, einer, der nie einen Abschluss gemacht hatte und abgedriftet war. Abgedriftet, sagte ihre Mutter, ein Wort wie Wurzelbehandlung.

Die Lähmung kam so zuverlässig wie der Schnee kurz vor Weihnachten. Sie kroch in ihren Körper, breitete sich aus, sie setzte sie außer Gefecht wie Nervengift. Johanna schlief fünfzehn Stunden. Dann stand Mutter in ihrem Zimmer und sagte, Ich habe dir Kamillentee gemacht. Ein Fleck Speichel auf ihrem Kissen. Das Handy hielt sie noch in der Hand. Darauf die Nachricht von gestern: *Liebes, kommst du nicht zur Probe? Was ist los? Wo steckst du?*

Sie hörte die Mutter in der Küche mit dem Staubsauger hantieren, das Klicken der Türen, und stellte sich schlafend. Wenn es an der Haustür klingelte, hielt sie die Luft an, wie eine Schauspielerin kurz vor dem Einsatz, bereit, viele Hände von Menschen zu schütteln. Abends kletterte sie aus dem Badezimmerfenster aufs Dach, lehnte sich mit dem Rücken an den Schornstein, schloss die Augen und sprach sich immer wieder ihren Text vor. Sie konnte es nicht erwarten, wieder auf der Bühne zu stehen, wieder die neue Version ihres Selbst zu sein. Sie kaute drei Kaugummis gleichzeitig, damit die Eltern nicht die Zigaretten riechen würden. Keine Frage, sie musste hier mal raus.

Sie war noch nie bei einem dieser Abitreffen gewesen. Reichte doch, die kurzen Abhandlungen im Park, an der Bushaltestelle, mit dem Einkaufswagen in der Schlange, wer wo und mit wem war. Wenn man das in Kürze zusammengereimt hatte, ging man wieder zu den Anwesen der Menschen, die einen gezeugt hatten, die ein vererbbares Haus und Wohlstand um sich herum gebaut und lebenslangen Anspruch auf Zuwendung hatten. Aber warum nicht, zumindest versprach das Abitreffen einen legitimen Grund, sich mit ausreichend Bier in einen nebligen Zustand zu trinken.

Das Flamingo war die einzige Bar, in der es damals schon Cocktails für unter Achtzehnjährige gegeben hatte und Kondome in Automaten auf dem Klo. Die Plastikpalmen standen schon vor dem Häuschen, als Johanna ein Kind war. Rot war die Fassade, die Neonbeleuchtung blassgrün. In den Aschenbechern vor der Eingangstür türmten sich Tausende Zigarettenstummel, als hätten Kinder versucht, daraus eine Pyramide zu bauen. Schon im Treppenhaus der alte Geruch: eine Mischung aus Sportumkleide, kaltem Rauch und Kotze. Drinnen ein Billardtisch und Cocktails auf Holzgeländern. Das Klacken des Kickers. Popmusik aus Deckenlautsprechern. Es war dieselbe Geräuschkulisse wie damals, wenn sie am nächsten Tag in der Schule fehlten und nicht einmal eine gute Ausrede dafür hatten.

Johanna war von sich selbst überrascht. Nervös stand sie am Eingang und wusste nicht recht, wie sie eintreten sollte. Sie hatte sich schon lange nicht mehr vor einem Spiegel gedreht und sich Gedanken gemacht, was sie anziehen sollte. Hatte sich fürs Schwarzbunte entschieden, doch wieder ausgezogen, sich die Beine rasiert, in die Jeans von damals gequetscht, die kaum noch passte, aber egal, Bauch rein, die Schulterblätter gespannt, was sollte passieren? Sie war ja wer geworden. Ihr Blick tastete den stickigen Raum nach Jenny ab. Natürlich war sie schon da, saß gegen die Bar gelehnt, offenbar konzentriert in eine Unterhaltung verwickelt. Als sie Johanna sah, sprang sie von ihrem Hocker. Sie roch nach Niveacreme, und ihre Locken hatte sie hinter die Ohren gestrichen. Wie eine Polkatänzerin fasste sie Johannas Hände.

Sie sagte, Wo bist du denn immer?

Ach, überall und nirgendwo. Das Theater hätte Jenny sowieso gelangweilt. Sie kam nicht mehr zu den Aufführungen.

Und du, wo steckst du?

Jenny erzählte, sie sei verliebt. Einer von hier. Seitdem sei sie wieder öfter hier, in der Heimat. Es klang befremdlich stolz.

Obwohl sie wahrscheinlich die einzigen Gäste in der Bar waren, standen Reserviert-Schilder auf den Stehtischen. Die Mitschüler formierten sich darum in altbekannter Regelhaftigkeit: die Fußballer, die ihre Weizengläser umklammerten und wenn sie lachten, ihre Handflächen auf den Tisch schlugen. Immer noch das Gel in den Haaren und ordentliche Segelschuhe. Sie waren schon früher die perfekte Imitation ihrer Eltern gewesen. An den anderen Tischen: die Punks, die Kritiker und Marxisten. Sie trugen immer noch Schwarz und lehnten sich über den Tisch wie Verschwörungstheoretiker. Einen Tisch weiter die Clique der Mädchen, die ebenfalls konspirativ ihre schönen blonden Köpfe zusammensteckten, kicherten und ihre Cocktailgläser aneinanderklirren ließen. Feinstrumpfhosen trugen sie, in denen sie bestimmt froren, aber ihre Wangen waren rot, als seien sie angemalt. Und morgen würden sie beim Brunch Latte mit Macadamia-Sirup trinken, und Johanna wäre bestimmt nicht eingeladen. Wo würde der Arda von früher sitzen? Immer noch allein auf dem Stuhl vor dem einzigen Fenster und freundlich lächeln, wenn jemand etwas von ihm wollte, aber eigentlich würde keiner etwas von ihm wollen, nicht offensichtlich zumindest, nicht ausgesprochen.

Johanna lehnte sich in die Nische zwischen Spielautomat und Bar, als könnte sie sich dort verstecken.

Seit wann trinkst du denn Bier?, fragte Jenny und kicherte.

Johanna drehte die Flasche in ihrer Hand und inspizierte das Etikett, als wäre es ihr jetzt erst aufgefallen.

Wie geht es dir?

Gut, sagte sie, als würde sie den Geschmack des Biers beurteilen. Dann sagte sie: Was soll ich sagen, nein, eigentlich ist es, es ist fast nicht aushaltbar zu Hause. Sie ließ die Schultern fallen.

Warum?, fragte Jenny nicht. Sie sagte, Ich bin ja gern zu Hause. Dann erzählte sie von ihrem eigenen Kundenstamm. Spricht sich ja rum. Von der Massage-Liege. Die war relativ günstig. Dem schon bezahlten Kredit. Die Sparkasse bietet da super Konditionen. Und Johanna zeichnete in ihrem Kopf Bilder einer Praxis, die aussah wie aus einem Otto-Katalog, als sie Tom durch die Tür hereinkommen sah. Er trug einen übertrieben großen Mantel und wirkte darin noch kleiner, als sie ihn in Erinnerung hatte. Sein Gesicht war braun gebrannt, als käme er gerade aus Spanien. Sein rot-lila kariertes Hemd spannte sich über dem Bauch. Er strich sich über den rötlichen Vollbart, als wäre er unsicher, ob er hier bei der richtigen Veranstaltung war.

Jenny winkte und sagte, Der war auch noch nie da.

Tom steuerte auf sie zu. Selbstverständlich, dass er mit ihnen an einem dieser Tische stehen würde. Aus seinem Mantelkragen hinaus blickte er durch den Raum.

Und die anderen?

Noch nicht da, sagte Johanna und tastete nach dem

Handy in der Hosentasche. Würde es doch klingeln, nur kurz, damit sie dieser Begrüßungszeremonie entfliehen könnte.

Aber Tom schien es ähnlich zu gehen. Seine Hände kreisten in der Jackentasche. Was war mit seiner Selbstsicherheit passiert? Vor ihr stand kein Tom mehr, der laut Luft holte, und wenn er anfing zu sprechen, verstummten alle anderen. Es war damals nicht, weil er gute Klamotten trug, er hatte einfach gewusst, was er sagen musste, um Freunde um sich zu scharen. Überraschend eigentlich, dass Johanna seit der Abifeier kaum an ihn gedacht hatte.

Tom erzählte etwas zu breitbeinig, dass er in Australien lebte. Surfen, reisen, hier und da. Viele Leute kennengelernt, *good people*. Von ihnen habe er ganz schön was gelernt. Mit ihnen wolle er eine Bar aufmachen. *Amazing view.* Der Tresen stünde schon. *Zero money* von seinen Eltern dafür, sagte er, als sei es das Einzige, was er wirklich erzählen wollte. Er sei nicht mehr Erbe des Elektrofachhandels. Hat *gecancelled*, *everything*. Richtig erwachsen geworden. *I was really out*, sagte er und kaute auf seinen Lippen. *I had to*, Blick auf den Boden. *I had to.* Erst als sich allmählich die Tisch-Konstellationen auflösten, bemerkte Johanna, dass sie doch gern bei ihm saß. Es formierten sich Stehgrüppchen, die Gespräche wurden zum Geschrei. Jemand hatte sich über den Laptop gebeugt und spielte die Charts von damals.

Auf der Tanzfläche schrie ihr Tom ins Ohr. Und du, wo bist du gelandet?

Pädagogik.

Really?

Nein. Eigentlich nicht. Ich bin Künstlerin.

Ah?

Ich mache Theater.

Du machst Theater, ganz großes Trara. Und schmeißt dich auf den Boden und schreist wie eine Wahnsinnige? Er lachte, und weil er sah, dass Johanna auf seine Provokation hin lächelte, nippte er an seinem Bier und hob die Augenbrauen. Es war das schönste Kompliment, das er ihr hätte machen können.

Er fragte, Du willst also berühmt werden?

Ganz Großes erreichen.

Hoch fliegen und tief fallen?

Ich habe nichts dagegen, tief zu fallen.

Tom sagte, Wir verstehen uns.

Nein, das tun wir nicht. Johanna schloss die Augen und wippte zur schlechten Popmusik mit, sie drehte sich, sie wurde schneller, so lange, bis ihr schwindlig wurde. Sie wusste, dass die anderen sie ansahen. Dass sie bemerkten, wie anders sie sich bewegte, dass sie das konnte. Aus der Johanna von früher war eine Tänzerin geworden, würden sie morgens ihren Eltern erzählen.

Sie taumelte aus der Bar. Laufende Motoren rumorten auf dem Parkplatz zu den letzten Small Talks. Bis nächstes Jahr. Eifriges Händeschütteln. *Schön war es, ja wirklich. Was nicht alles passiert ist, und wir sind immer noch die Gleichen.* Ein paar flüchtige Umarmungen.

Johanna blickte den Autos hinterher, und eine beruhigende Ruhe kehrte ein. Sie lehnte sich gegen die Wand, um nicht zu wanken.

Johanna. Tom stand auf der anderen Seite, er schaute auf den Boden, als hätte er dort etwas verloren. Würdest du mit mir noch ein Bier trinken, nur noch eins, hast du Zeit?

Es überraschte sie, dass sie nickte.

Für eine Weile blickten sie schweigend in ihre Biergläser, keine Notwendigkeit mehr zu sprechen, alles war gesagt, immerhin. Irgendwann hob er sein Bier an, stellte es, ohne davon zu trinken, an einen anderen Punkt und sagte, Ich habe immer wieder eine Erinnerung. Ich muss dir davon erzählen. Sie lässt mich sonst nicht los.

Johanna blickte auf die Schaumkrone, nur noch weiße Inselgruppen auf goldenem Meer.

Die Erinnerung handelt von Arda.

Wie komisch es war, seinen Namen zu hören.

Tom sagte, Ich erinnere mich nicht mehr an alles von dieser Abifeier, aber ich erinnere mich an eines: Arda stand im Wald, nur vom Mond angeleuchtet, schwer zu deuten, was er in diesem Moment dachte. Dann hat er sich einfach weggedreht, er ist fortgegangen, er hat mal wieder die kalte Schulter gezeigt.

Johanna griff mit der Hand den Kleiderhaken unter der Bar, hielt sich daran fest, als würde sie sonst nach hinten kippen, und fragte: Ja, und?

Tom sagte, Dieser Blick. Weißt du noch, der konnte einen ja auch verunsichern. Er hat mich noch angeschaut und nur gesagt, Tschüss, ich habe noch nie so ein endgültiges Tschüss gehört. Er hat sich ausgerechnet von mir verabschiedet. Ich höre dieses Tschüss immer wieder, dann wache ich auf, immer wieder wache ich auf in meiner Wohnung am Strand, höre die Wellen, und alles sollte gut sein, aber ich kann nicht mehr schlafen. Ich habe mich immer wieder gefragt, was, wenn ich dieses Tschüss nicht akzeptiert hätte, wenn ich ihm hinterhergerannt wäre.

Wie soll ich sagen. Tom stockte: Findest du das nicht irre? Wir reden hier alle darüber, wie unser Leben weiterging. Was wir so gemacht haben, studiert, gearbeitet. Keiner spricht über das Leben, das aufgehört hat. Über ihn. Dabei sind wir alle schuld.

Johanna sagte, Schuld an was?

Ich meine, wir haben ihn nie akzeptiert, wir haben ihn immer nur geärgert, wir wussten ja nicht.

Was wussten wir nicht?, fragte sie noch etwas lauter.

Tom fuhr sich mit den Fingern über die Augenbrauen, als wäre er nicht mehr sicher, ob sie da waren. Na, dass er sich umgebracht hat.

Etwas Massives drehte sich in ihrem Magen. Sie stand auf, öffnete ihre Faust, starrte auf ihre Hände, schloss sie wieder. Sie könnte ihm alles erzählen, dann wäre sie nicht mehr allein mit der Geschichte. Betrunken genug war sie. Sie zog den Barhocker zu sich heran, rutschte etwas näher zu Tom, damit der Barkeeper sie nicht hören konnte: Warum denkst du, dass du schuld bist?

Tom rutschte auf seinem Hocker hin und her: Okay. Ich habe etwas Falsches gemacht. Vieles vielleicht. Aber ich konnte auch nichts dafür. Zu Hause war es scheiße, du kannst dir gar nicht vorstellen, wie scheiße. Tom schüttelte den Kopf: Ich war einfach wütend. Und Arda hat mich in diesem Moment mal wieder provoziert, ich hab das nicht ausgehalten. Er hat sich nie beschwert, er hat ja immer alles verschwiegen, was eigentlich los war, sonst hätte ich das nicht gemacht.

Arda hat was verschwiegen?

Tom ignorierte das Glas Wasser, das der Barkeeper vor ihn gestellt hatte. Er legte ein schwarzes Notizbuch auf den Tresen. Die Ränder ausgefranst, Markierungen und eingelegte Blätter überall.

Er sagte, Das ist zu mir gekommen. Es war da einfach, in Ardas Jacke, am Feuer. Es hätte ihm herausfallen können. Eigentlich habe ich es gefunden. In dem Buch steht alles drin. Einfach alles. Seine Hände lagen auf dem schwarzen Einband, und er sagte, Arda hat sofort gewusst, dass ich es hatte, aber er hat wohl an dem Abend noch damit gewartet, mich darauf anzusprechen. Es war bloß ein Witz. Er hatte Arda nur etwas herausfordern wollen. Schauen, wie er reagieren würde. Sie waren auf der Lichtung, quatschten, tranken, vielleicht etwas zu viel. Da sahen sie Arda durch den Wald streifen, natürlich allein. Eigentlich wollte er es nur mal testen, er klappte das Buch auf und las vor. Mehr nicht. Ein harmloser Versuch, auszuprobieren, wie es wäre, Ardas Sprache zu sprechen. Die anderen fanden das lustig. Aber Arda hörte nur zu, und sein Gesicht war so gleichgültig wie das von Figuren in einem Wachskabinett.

Tom sagte, Ich wusste ja nicht. Er legte sein Gesicht in die Hände und neigte sich zu Johanna, um sich an ihre Schultern zu lehnen. Sie wich zurück, fing ihn im letzten Moment, er sah sie mit kindlichen Augen an. Sie wollte dieses Gesicht auf den Boden knallen sehen. Sie hätte ihm sagen können, dass er sich irrte, was ihm einfalle, eine Geschichte über Arda zu konstruieren, die in seinen Erinnerungshorizont passte. Die Wahrheit lag nur zwei Wörter entfernt: Arda lebt. Nein. Joshua lebt. Diese Wahrheit hätte viele Wörter gebraucht. Sie riss Tom das Notizbuch aus der Hand.

Johanna keuchte, stemmte die Hände in die Seiten. Sie blickte auf. Zugezogene Rollläden vor allen Fenstern. Sie stapfte über den matschigen Rasen auf den Spielplatz zu, kletterte die Rutsche hinauf. In dem Häuschen oben war es nicht viel wärmer, aber immerhin sicherer. So müssen sich Angehörige fühlen, wenn sie Tagebücher längst Verstorbener auf dem Dachboden finden. Andächtig legte sie das Notizbuch vor sich. Die Materialisierung seiner Gedanken. Johanna blätterte die erste Seite auf, warf einen Blick auf die Handschrift, die sie so vermisste, klappte den Deckel wieder zu und lehnte sich zurück. Ihr Atem formte Wolken in die Nacht.

Zwischen dem, was Joshua geschrieben hatte, und heute lagen so viele Jahre. Kaum noch zuzuordnen, dem Joshua, den sie in Griechenland das letzte Mal gesehen hatte, dem, den BlueAngel auf der Wiese gefunden hatte, ihrem alten Mitschüler von vor sieben

Jahren. Sieben Jahre, in denen keine menschliche Zelle mehr dieselbe ist. Und wenn es so war, dass alles sich neu formiert hatte, wo waren dann die Erinnerungen gespeichert? Dann brauchte man eben andere dafür: Zeugen des ersten Kopfsprungs, Mitschüler, die von der ersten Aufführung erzählten, beste Freundinnen, die den ersten Herzschmerz miterlebt hatten, und so weiter. Und was, wenn es diese Zeugen nicht gab, keine Menschen, die einen täglich daran erinnerten, wer man sein sollte, zu wem man gemacht wurde? Die Antwort gefiel Johanna.

Der Wind blies durch die Wandbretter. Johanna klemmte sich das Buch unter die Achsel, sprang aus dem Häuschen in den Matsch und marschierte los. Sie nickte den Gebäuden entgegen und machte nicht halt. Vorbei am Haus von Frau Hobrecht, am Bäcker, dem Kirchturm, dem Kiosk, an den Doppelhaushälften, der Sparkasse, dem Schuhmacher. Hätten die Leute bei der Dämmerung aus den Fenstern geschaut, hätten sie es wohl als einen gut gemeinten Morgengruß verstanden, aber Johanna wusste schon, was das bedeutete. Und auf Nimmerwiedersehen, Schule. So war es richtig. Sie würde das Buch aufbewahren, und keiner würde es jemals lesen, außer demjenigen, der es geschrieben hatte. Joshua war der Autor seiner Geschichte, sonst niemand. Sie kletterte über die Katzentreppe auf den Balkon, paffte eine letzte Zigarette in die Nacht und schob die Balkontür zu ihrem Kinderzimmer auf. Sie nickte, sagte, Und ciao, und fiel in das knarzende einen Meter breite Bett.

Das Adrenalin ließ sie nicht schlafen, es zog an ihr, vielleicht sollte es so sein. Da war sie wieder, die vertraute Nacht. Johanna tapste die Treppe hinunter, vorbei an eingerahmten Bildern, Klassenfotos, zwei Schwestern mit Schultüten, gleichfarbige Mützchen, weil Mutter es so wollte. Auf einem hielt ihre Schwester sie wie ein Baby im Arm, ein albernes Bild, das in einem Studio gemacht worden war. Das Scheinwerferlicht glänzte in ihren Augen, als wären sie Puppen, als hätten sie Glasaugen. Sie erinnerte sich, wie Milena weinte und weinte und nicht verstand, warum sie ihre Schwester so halten sollte, sie wollte offensichtlich selbst gehalten werden, niemand hielt sie, auf keinem Bild. Wie unumkehrbar anders sie geworden waren. Nein, wie anders *sie* geworden war.

Johanna lief vorbei an der verschlossenen Schlafzimmertür. Sie stellte sich die Eltern vor, wie sie dahinter atmeten. Ob sie zueinander gedreht lagen oder Rücken an Rücken, und ob sie sich ansahen, wenn sie in der Früh aufwachten, ob sie sich auch wirklich ansahen, als würden sie sich nicht schon seit vierzig Jahren kennen, ob sie miteinander schliefen, sich in die Ohrläppchen bissen, sich anschmiegten, ob sie Geheimnisse teilten, voreinander pinkelten, in der Nase popelten, sich anschrien, heulten, fluchten?

Sie ließ das Licht aus, tastete sich am Küchentisch entlang, und nur die Kaffeemaschine leuchtete ins Wohnzimmer. Die Glasvitrine quietschte. Sie nahm den Schuhkarton mit den Fotos heraus, nahm das Feuerzeug aus der Diele, stellte beides ab. Dann nahm sie einen Stapel mit Tellern aus dem Schrank, fünf in jede Hand. Wie eine Dirigentin hob sie die Arme, wartete einen kurzen Moment. Die Stille war vollkommen und bereit. Dann ließ sie die Teller auf den Tisch krachen. Der Boden vibrierte. Dann schmiss sie Großmutters Teetassen an die Wand. Die Scherben trommelten aufs Parkett. Es war eine Zerstörungssymphonie. Ihre Mutter tauchte als Erste im Türrahmen auf, stand da in Pantoffeln, den Morgenmantel lose zugeknöpft, die Fingerspitzen an der Schläfe, so hörte sie zu, wie Johanna lachte, laut lachte wie eine Besucherin in einer Komödie. Und auf dem Gesicht der Mutter war ein Ausdruck besonderer Zuneigung.

Future perfect

Ikahendr

Hendrika schüttelt ihre Haare von den Schultern und blickt sich um. Aber nur die Hitze lungert in der menschenleeren Straße. Sie schiebt den Rollladen vor der Eingangstür hoch, hebt den Rock an und steigt durch die zersprungene Scheibe. Mäuse flitzen durch den düsteren Raum. Hendrika weiß, dass sie nicht die Einzigen sind, die es sich im alten Laden gemütlich gemacht haben. Hier stehen Sessel, Stühle, genug für zahlreiche Gäste. Die Wände sind vollgeschmiert mit irgendwelchen politischen Botschaften, die Hendrika nicht entziffern kann. Sie inspiziert Essensreste in herumstehenden Töpfen, alt können sie nicht sein. Nur das Klavier, das haben sie zum Glück unangetastet gelassen. Hendrika steigt die ewig knarzende Treppe hinauf, sie muss gegen die morsche Tür treten, der Anblick macht ihr keine Angst mehr. Das Feuer hat den Raum angefressen, das Regal, der Perserteppich, die Schlafcouch, das Feuer hat sie nicht verschlungen. Hendrika sinkt auf das ausgeleierte Bett, zieht ihre Beine an den Körper und blickt über die alten Dielen, nur kurz die Erinnerung inhalieren, wie es damals war, als sie es hier noch gut hatten. Mutter, Vater, Kind.

Sie hebt den Klavierdeckel an. Alle sieben Briefe sind noch da, ungelesen, aber nicht unangetastet. Sie legt den neuen Brief trotzdem dazu. Sie weiß, dass er sie irgendwann holen wird. Und es gibt noch einiges, das sie zu sagen hätte.

Mein lieber Arda,

was ist in dich gefahren? Ich mache mir große Sorgen. Ich weiß doch, dass du große Angst hast vor den uniformierten Männern. Aber keine Sorge, der Naumann, der meint es gut mit dir.

Brauchst du etwas? Geld? Melde dich doch. Bitte melde dich.

Deine
Hendrika

Andami

Eine Stunde zuvor sitzt Damian in der Cafeteria. Er will sich erst einmal alles in Ruhe ansehen. Den Frühstückslärm kann er ja ignorieren, aber nicht die vielen Menschen. Er versteckt sich hinter einem Blumengesteck auf dem Tisch, echte Rosen, blau gefärbt. Runde Lampenschirme, wahre Lampenkometen, hängen über jedem Tisch und färben die Sitzenden zu traurigen Gestalten. Kommen ihm diese Medizinstudierenden, Gäste und Patienten zu nahe, legt er den Arm um sein Werk, als könnte der Luftzug alles durcheinanderwirbeln und zerstören. Er hat kaum noch Zweifel, dass es richtig war, in dieser Geschichte zu bohren. Natürlich war es richtig. Und wer soll sie erzählen, wenn nicht er? Er zerreibt die Rosenblätter und blickt auf die Wanduhr. Etwas Lautes pocht hinter seinen Schläfen. Er fährt mit der Zunge über seine ungeputzten Zähne. Da stehen sie, hinter der Glasfront. Damian springt auf und winkt.

Tatsächlich hat er sein Versprechen gehalten. Die Tür geht auf, Ralf schiebt seinen Rollator in die Cafeteria, er läuft, als kämpfte er sich durch Schnee. Er bemerkt Damian, hebt den Arm, seine Wangen sind rot wie die eines Säufers. Und hinter ihm läuft er tatsächlich, er, sein Protagonist. Damian reibt seine Hand an der Hose ab, hält sie bereit, um sie ihm zu reichen, gleich, ihm die Hand zu drücken und an seinem Händedruck zu erahnen, wer er wirklich ist. Aber er geht an ihm vorbei, ohne ihn anzusehen, und setzt sich auf den Stuhl an der Wand. Er blickt durch das Fenster wie ein Urlauber auf einer Strandpromenade, ohne Sorgen und ohne Eile.

Ralf sagt, Entschuldigung. Hat bisschen länger gedauert. Mein Freund muss vor seinem Ausgang Papierkram erledigen.

Damian rückt sich auf seinem Stuhl zurecht: Freut mich, dass es geklappt hat. Er nimmt die Brille ab, putzt sie beiläufig und schielt auf seine Notizen, aber Ralf kommt ihm zuvor: Nanu. Wir wollen doch nicht auf dem Trocknen sitzen. Latte macchiato?

Hilflos blickt Damian ihm hinterher, wie er sich durch die Menschen schiebt, Richtung Theke, und nach dem Geldbeutel in seiner Hosentasche tastet. Für ein paar endlose Minuten wird er allein mit dem jungen Mann sein. Damian wühlt in seinen Unterlagen, als fehlte ihm die entscheidende Notiz, um anzufangen. Es liegt ihm im Gaumen. Die Vorstellung. Warum er hier ist. Der junge Mann müsste ihn nur anblicken, ein Nicken, eine subtile Legitimierung. Er würde ihm begreiflich machen, dass er das Gespräch möglichst kurz halten möchte. Offensichtlich hatte der junge Mann keine Lust zu dem Treffen. Kommen wir zur Sache. Manchmal würde Damian solche Sätze gern sagen können.

Aber sein Protagonist macht keine Anstalten, irgendetwas zu wollen oder zu erwarten, seine Hände ruhen auf den Oberschenkeln. Er blickt über Damians Schulter hinweg, Damian würde sich gern umdrehen und sehen, was da draußen vor sich geht. In diesem Moment wünscht er sich, auf die Herrentoilette verschwinden und das Gesicht unter kaltes Wasser halten zu können, bis es so rot ist wie Ralfs Backen. Wünscht sich einen Neuanfang. Noch einmal auf Position.

Mittlerweile steht sein Journalistenkomplize Ralf mit zwei Latte macchiato in der Schlange und unterhält sich mit einem Mädchen. Den Rollator hat er abseits geparkt.

Er könnte einfach nur Hallo sagen. Ein unverfängliches Hallo. Zumindest ein guter Anfang. Wir warten ja noch auf die Getränke. Keine Eile. Und wenn Ralf zurückkommt, würde er alles Weitere erklären. Aber das Hallo liegt in seinem Mund wie ein Walross in der Sonne. Es kommt nicht. Nichts. Damian räuspert sich. Er versucht, eine Regung im Gesicht zu entdecken. Ein kurzes Blinzeln. Ein Kratzen an der Nasenspitze. Das Zeichen der Schwindler. Er hat sich das von US-amerikanischen Ermittlern abgeschaut. Damian weiß, Menschen, die etwas sagen, das nicht oder nur annähernd der Wahrheit entspricht, müssen sich zwanghaft ins Gesicht fassen. Stresshormone sorgen dafür, dass das Gesicht stärker durchblutet wird. Es beginnt zu jucken. Bill Clinton soll sich bei seinem Verhör sechzigmal in der Minute an die Nase gefasst haben. Aber nichts. Die Haut seines Protagonisten ist schön wie die Fassade des Hauses seiner Großeltern. Urlaubsbraun. Sein Ausdruck ist entspannt, unerklärlich für einen, der gerade aus der geschlossenen

Station auf eine offene verlegt wurde, dem ein Gerichtsprozess wegen Belästigung der Allgemeinheit, Identitätsverweigerung, Lagern in der Öffentlichkeit und Widerstand gegen die Staatsgewalt droht. Über den die ganze Stadt spricht.

Damian hat gelernt, dass man an Körpern die Wahrheit kartografieren könnte. Während eines Interviews verfolgte er einmal die Handbewegung des Bürgermeisters, der sich immer wieder über den Bart strich, als hätte sich eine Fliege darin verfangen, und er misstraute der Empfangsdame, die sich an der Kopfhaut kratzte, wenn sie sagte, dass Chefredakteur Kruse nicht mehr in der Redaktion sei. Man könnte ein Code-Buch dazu anlegen. Körpersprache für Dummies. Wenn es nur um das Beobachten ginge, wäre Damian ein lebender Lügendetektor. Aber um die Wahrheit oder Lüge zu beweisen, braucht es noch den zweiten Schritt: Konfrontation für Dummies. Damian weiß, dass ihm dafür die Fragen fehlen, entlarvende Fragen, bohrende Fragen, um das aufzudecken, wofür er nur ein flüchtiges Indiz hat. Und so sieht er immer wieder, wie ihn die Leute anlügen. Er schreibt es auf, weil er nicht den Mut hat, weiterzufragen. Die Wahrheit ist das, was man sehen will.

Na, habt ihr euch schon angefreundet? Ein Lachen rasselt in Ralfs Lunge. Er sagt, Keine Sorge. Der spricht nicht, aber der versteht ganz gut. Hab ihm gesagt, dass du auch Journalist bist.

Damian blickt erst Ralf, dann seinen Protagonisten an: Weiß er von dem Text?

Ich habe ihm gesagt, dass du einen netten Bericht schreiben willst. Einen guten, nicht wie bei der *InTouch*. Die wahre Geschichte, und warum er kein Irrer ist.

Ralf legt seinem Protagonisten einen Arm um die Schultern: Das finden wir doch gut, oder?

Entschuldigt mich. Er zieht eine Zigarette aus der Brusttasche, stellt seinen Latte macchiato auf den Rollator und wankt nach draußen.

Ich bin Journalist, sagt Damian endlich, und ich schreibe eine Geschichte über den Vorfall in der Innenstadt, an dem auch du beteiligt warst. An dem Sie auch beteiligt waren. Damian schnappt nach Luft. Ich interessiere mich für Abweichungen, wissen Sie, deshalb hat mich Ihre Geschichte interessiert, sagt Damian und dreht seinen Kugelschreiber unter dem Tisch.

Noch immer blickt der junge Mann regungslos nach draußen. Ob er ihm überhaupt folgen kann?

Damian fächert seine Notizzettel auf und sagt, Ich habe Gerichtsakten und Berichte durchgelesen, ich habe etliche Zeugen befragt, ehrlich gesagt habe ich auch das Internet durchforstet. Wie er an das Material kam, erzählt er nicht. Ich wollte dem wirklich nachgehen, was hinter dem Vorfall liegt. Ich interessiere mich dafür, was einen Menschen dazu bringt, aufzuhören, stehen zu bleiben, zu verstummen, sagt er und fischt die Google-Street-View-Fotos aus seinen Notizen: ein rostiges Schultor, ein Kinderspielplatz mit Kanülen im Sand, die Kaugummispur zum abgebrannten Laden. Damian hält sich an der Tischkante fest: Ich bin wohl der Einzige, der eine

Antwort geben kann auf die Frage, wer du bist und woher du kommst. Ich finde, deine Geschichte sollte gehört werden. Das erste Mal sieht er seinen Protagonisten direkt an, in Augen wie Murmeln, unbeweglich und schön. Unwahrscheinlich, dass ihm sein Protagonist überhaupt zuhört.

Damian zückt die Protokolle der Interviews, die er geführt hat, und überfliegt sie. Willkürlich liest er Passagen daraus vor. Er hält das Dokument vor sich. Er nuschelt, er durchkaut die Worte: fremd, Vernachlässigung, Entführung, Mutismus, Raster. Leise, damit die Tischnachbarn ihn nicht hören können, liest er die Zitate der Sozialarbeiterin vor, der Nachbarin und der Polizei. Diskretion ist wichtig, und dass es schnell geht. Besser, sein Monolog wäre zu Ende, bevor Ralf vom Rauchen zurückkommt. Das letzte Blatt in seinem Stapel ist der ausgedruckte Artikel. 27500 Zeichen, schon in das Layout gesetzt. Druckfertig. Damian zögert. Sein Protagonist zeigt immer noch keine Regung, kein Indiz, dass ihn dieser zittrige Journalist irgendetwas angeht. Damian lässt das Blatt wieder aus seinen Händen gleiten. Auch egal. Damian ordnet die Papiere und klopft sie auf den Tisch. Als könnte er dadurch die Dichte der Papiere wiegen, legt er seine Hand auf den Stapel.

Damian sagt, Möchtest du dich dazu äußern? Also natürlich nur, wenn du möchtest? Er hält den Blick aus, immer weiter, wie ein Auto in der Vollbremsung. Er stellt sich vor, wie es sein Herz im Brustkorb herumschleudert. Dann wird es ruhig. Kein Totalschaden.

Nun gut, sagt Damian und steckt die Papiere in seine Aktentasche. Ich muss los, zurück ins Büro. Er dreht sich um und folgt dem Blick seines Protagonisten. Draußen vor der Glasscheibe paffen Patienten Nikotinwölkchen in den Himmel. Daneben ein Stand, an dem eine Frau Lavendelkissen verkauft, als wäre das hier keine Klinik, sondern ein Wochenmarkt. Auf dem Rasen sitzen Männer, sie haben ihre Schuhe ausgezogen. Und irgendwo in der Luft hängt der Geruch von Rhabarberkuchen. Damians Magen brummt. Wer hätte es gedacht, eigentlich ist es doch ein angenehmer Arbeitstag. Ein ausgesprochen netter Nachmittag. Und er hat noch zwanzig Stunden Zeit bis zur Redaktionskonferenz. Alles nicht so wild. Später könnte er noch bei Vesna vorbeischauen, ihr erzählen, wie die Geschichte ausgegangen ist, und die Mandelkerne würden auf ihrem schönen Bauch hüpfen, wenn sie lacht.

Er hört das Schleifen eines Zuckerstreuers, das Knirschen der Körner auf einem Tisch, dem Tisch, der vor ihm steht. Damian kann es nicht glauben, wie der junge Mann in aller Ruhe einen Berg Rohrzucker in seinem Latte macchiato versinken lässt. Dann passiert etwas in seinem Gesicht. Er leckt sich über die Lippen, er zieht die Augenbrauen zusammen, sein Kinn zeigt auf Damian, er fragt, Warum schreibst du das?

Nnajoha

Kein Gewitter in Sicht, keine Elektrizität im Wind und keine Schwüle, von der man weiß, dass sie sich irgendwann in prasselndem Regen entladen wird. Kein Grund, nicht zu gehen. Johanna lehnt das Fahrrad gegen die Laterne und schließt es nicht ab. Ein perfekter Tag. Damit könnte das Stück beginnen: ein Tag, makellos wie Milchzähne.

Johanna legt den Kopf in den Nacken. Keine Wolken, die den Himmel begrenzen könnten, unklar, wo er anfängt, wo er aufhört. Die Nacht wird warm genug sein, um wo auch immer zu schlafen. Morgensonne spiegelt sich in der Panoramascheibe. Bald werden die Raststättengäste die Augen zukneifen, wenn sie nach draußen schauen.

Joshua hatte alles perfekt getimt. Natürlich hatte er den Tag der größten Hitze gewählt. Offenbar war er ihr gefolgt. Er wusste, dass sie mittwochmorgens auf dem Weg in die Theaterprobe war. Quer durch die Innenstadt, nicht weil es der direkte Weg war, aber der spannendere, auch das war ihm klar. Als alles vorbei war, als das Flatterband abgenommen war und die Menschen wieder ihrem Leben nachgingen, stand sie noch lange auf dem Platz, die Hand auf der wummernden Brust. Sie versuchte, das letzte Bild von Joshua zu speichern, sich einzuprägen, so wollte sie es archivieren. Wie er schon einen Fuß ins Auto gesetzt hatte. Wie er sich noch einmal umdrehte. Wie sein Blick auf den Platz noch einmal einen Chor der Empörung auslöste. Sein Blick, sorgsam und prüfend. Ein Blick wie ein Abschied. Ein Joshua, den sie gekannt hatte, verließ die Bühne.

Auf dich, sagt Johanna und beißt in die rosa Zuckerschicht. Der Donut klebt an ihren Fingern. Ein Reisebus fährt in die Parkbucht des Autohofs ein. Vermutlich letzte Pinkelpause, bevor sie in die Hotels der großen Stadt kutschiert werden. Vorsichtig klettern ein paar Touristen aus dem Bus, Schritt für Schritt, und halten sich aneinander fest. Auf dem Asphalt vertreten sich die Senioren die Beine, als wären sie lange nicht mehr gelaufen, als müssten sie es erst wieder lernen. Ob die Evolution ein Alter eingerichtet hat, ab dem es einem schwerfällt, unterwegs zu sein? Wahrscheinlich muss man sich bewegen, bevor das einsetzt: die Furcht vor Unbequemlichkeit.

Joshua hätte nicht auf einen perfekten Tag gewartet. Johanna zerknüllt die Papiertüte und schultert ihren Rucksack. Der LKW-Fahrer ist offensichtlich nicht überrascht. Er kurbelt die Fensterscheibe herunter mit der Gemächlichkeit eines Zen-Buddhisten.

Wo fährst du hin? Johanna reckt sich. Der Fahrer hat die Beine auf die Armatur gelegt, es wirkt, als wäre er mit sich im Reinen. Im Radio läuft klassische Musik.

Ljubljana, sagt er. Seine Zahnlücke erinnert Johanna an Jennys.

Kann ich mit? Das mit der Angst hat sich Johanna gut überlegt und sich dagegen entschieden.

Wo willst du denn hin?

Na, vermutlich auch dorthin.

Er kaut auf etwas wie zähem Kaugummi und trippelt jetzt mit den Fingern aufs Lenkrad. Er sagt, Es wird aber spät. Es wird dunkel sein, gemütlich wird das nicht.

Johanna steigt in die Fahrerkabine. Er startet den Motor und dreht das Radio lauter. Irgendetwas von Beethoven. Es klingt wie die Platten, die immer im Esszimmer liefen. Nur kurz drückt die Musik Johanna in den Beifahrersitz. Erinnerungen wie ein Kitzeln in der Nase, eine Art Allergieschub, mehr nicht. Die Stadt zieht vor dem Fenster vorbei, Smog über Industriebauten, Autos schieben sich voran.

Lech, sagt der Mann. Darius Lech heiße ich, und du?

Reyna, hätte sie sagen können oder eine andere Rolle nehmen. Sie hört den Reifen beim Rotieren zu und sagt nach einer kurzen Atempause: Johanna.

Und was machst du dort, Johanna, in Slowenien?

Theater. Ich fahre dorthin und mache Theater.

Kahendri

Kurz nachdem die ganze Stadt wegen Terrorverdacht gesperrt gewesen war, klingelte das Telefon zehn Mal, bevor Hendrika sich aus dem Bett kämpfte und abhob. Ihre Mutter stöhnte in den Hörer.

Was ist los?, fragte Hendrika.

Der Junge. Es war klar, wen sie meinte.

Mutter, du brauchst keine Angst haben.

Dieser Ausdruck.

Zwecklos, ihrer Mutter zu erzählen, dass die Beamten keine Anzeichen einer Gefährdung der Öffentlichkeit hatten feststellen können. Dass der junge Mann gar nicht bedrohlich war, dass er mittlerweile von der geschlossenen in die offene Psychiatrie verlegt worden war. Verlegt, als ob er wirklich krank wäre.

Ihre Mutter seufzte, sagte, Ich habe mich vor den Fernseher gestellt, direkt vor den Fernseher, ich habe mir das ganz genau angeschaut. Sein Gesicht. Dieser Blick. Genauso wie die Arbeiter, als wir die Farm zurückgelassen haben. Erinnerst du dich?

Wie sollte sie? Hendrika war ein Kind gewesen, als sie weggegangen waren. Sie stellte das Telefon auf Lautsprecher, legte es auf die Küchenplatte und begann leise die gestapelten Teller abzuspülen. Jetzt würde nichts anderes mehr kommen als die altbekannten Nacherzählungen: Menschen aus dem Fernseher, die anderen glichen, die sie mal ausgeraubt hatten. Prominente, in deren Gesichter sie Verhaltensweisen projizierte, die sie an sich selbst verachtete. Nachrichtensprecher, denen sie eine ernsthafte Sorge um den Weltfrieden ablesen wollte.

Ihre Mutter sagte, Weißt du noch, wie wir gewartet haben, mit gepackten Koffern? Als alles vorbei war, als die Farm abgewickelt war und klar war, wir müssen jetzt gehen. Und sie sind einfach an uns vorbeigelaufen. Die jungen Männer, die früher für uns auf den Feldern gearbeitet haben. Sie haben nicht zurückgeblickt, und sie haben so gleichgültig geschaut wie der da auf dem Platz. Ein Rauschen im Hintergrund, das sich anhört, als würde sich ihre Mutter aus ihrem Sessel aufraffen. Sie waren einfach fertig mit uns. Wir waren wie eine andere Plage, die kam und ging. Als hätte es uns in der Geschichte nicht gegeben, sagte sie, und ihre Stimme zitterte, bis sie abbrach: Ich habe solche Angst zu sterben, als hätte es mich nie gegeben.

Hendrika ließ die Teller ins Spülbecken sinken. Wenn du wüsstest, Mutter. Wirf die Geschichten aller Menschen in einer kleinen Stadt in einen Pott und warte, bis sie kollidieren.

Die Stimme am anderen Ende klang plötzlich fern, als hätte ihre Mutter den Telefonhörer sinken lassen. Ich muss zurück, sagte sie.

Es war wohl das erste Mal, dass ihre Mutter sie zum Lachen brachte. Mutter, du? Sie schaffte es nicht einmal ohne Gehhilfe bis zum Briefkasten. Geschweige denn ohne Personenschutz aus der Stadt hinaus.

Hendrikas Koffer ächzt und klappt auf wie eine Truhe, die jahrhundertelang nicht mehr bewegt wurde. Behutsam faltet Hendrika die Regenjacke, zwei Pullover, drei Multifunktionsshirts, langärmlig, kurzärmlig, das neongrüne, und legt sie hinein. Das Mückenspray, die Tafel Schokolade, für die Kinder, das Nagelset, das Nasenspray, den Impfausweis, die Taschenlampe, man weiß ja nie, den Bikini mit den Rüschen. Und ganz oben: die Mappe. Scheinbar tonnenschwer liegen sie auf dem Gepäck. Die Beweise. Der Stammbaum. Die Schuld. Papier, das der Regen innerhalb von ein paar Monaten fressen könnte, der fensterlose Dachboden ihrer Mutter aber noch über viele Jahre konservieren würde. Sie musste sich durch dieses Papier arbeiten, bevor ihre Mutter krepierte. Bevor sie endlich frei sein würde, würde sie das erledigen müssen.

Mein lieber Arda,

immer noch keine Antwort von dir. Du wirst es nicht glauben: Ich bin zurück, dort, wo ich herkomme, wo ich geboren bin.

Erinnerst du dich an die Joshua-Bäume, von denen ich dir erzählt hab? Hier gibt es Bäume, die sind ganz ähnlich. Sie heißen Köcherbäume, und sie sehen ein bisschen aus, als würde ein Mensch mit vielen Armen in der kargen Landschaft stehen und die Arme nach oben recken und all seine Finger spreizen. Als Kind habe ich mir vorgestellt, sie tanzen. Ich erinnere mich gut daran. Wir saßen im Jeep. Die Straßen waren gerade, als wären sie mit dem Lineal gezeichnet. Irgendwann war die Erde nur noch bleich, und dann standen da die Bäume links und rechts. Ich denke nicht mehr, dass sie tanzen. Sie sehen eher demütig aus, mit den Händen gen Himmel gestreckt, als würden sie dem Himmel danken. Was ich dir erzählen wollte: Ich habe gelernt, einfach nur demütig und dankbar zu sein. Ich gebe mir zumindest Mühe.

Wir sind nicht wie früher mit dem Jeep gefahren, sondern mit einem Reisebus voller junger Leute. Sie sprechen laut, und sie haben Plastikblumen und Desinfektionsmittelfläschchen an ihren Rucksäcken baumeln. Ich habe das Gesicht aus dem Fenster gestreckt und den Fahrtwind gespürt. Das habe ich lange nicht mehr gemacht. Was diese lauten Kids können, kann ich auch. Ich habe noch so viel vor mir, es gibt noch so viel zu erleben, ich wollte, dass dieser Bus mich bis ans Ende der Welt bringt.

Nachts hören sich die Wellen an wie Donner, wenn sie auf den Strand rollen, ich kann es von meinem Hotel aus hören. Die Wellen sind so groß, sie haben den ganzen Pazifik schon hinter sich, sie sind wunderschön. Ich werde sie dir einmal zeigen. Ich habe dir 100 Euro in den Laden gebracht. Ich hoffe, es geht dir gut.

In Liebe,
Hendrika

Die Eiswürfel glucksen. Hendrika fischt einen aus ihrem Glas, steckt ihn sich in den Mund und zerkaut ihn, während sie auf den Strand starrt. Die Kälte breitet sich in ihrem Gesicht aus. Es ist das Einzige, was sich echt anfühlt an dieser Kulisse. Überall stehen Bambus-Dächer, obwohl es hier gar keinen Bambus gibt. Und Ostseekörbe, obwohl die Ostsee Tausende Kilometer entfernt ist. Sogar der Smoothie in ihrer Hand fühlt sich falsch an. Idioten, wer glaubt, dass nur eine dieser Früchte auf diesem trockenen Boden wachsen würde. Sie haben also einen Ferienort aus dem Fischerort gemacht. Hendrika hebt den Arm, wie sie es gelernt hat, und zahlt die Rechnung.

Mein lieber Arda,

gestern war ich auf der Farm, auf der ich aufgewachsen bin. Ich habe dir viel davon erzählt. Von den Bäumen, den Tieren, die im Busch leben und nachts grölen, von der harten Erde. Das alles gibt es noch, aber alles andere ist anders. Ich kam da ganz schön fertig an, ich habe den Weg nicht mehr gefunden, unglaublich, oder? Eine Frau begrüßte mich auf Englisch an etwas wie einer Rezeption. Ich habe gesagt: Ich bin Hendrika Berg. Berg, ich dachte, da muss es bei ihr klingeln. Aber nichts, auch als ich gesagt habe: Meinem Vater hat diese Farm gehört. Die Frau hat nur geantwortet: Ach ja?, und in ihren Rechner geschaut, als hätte ich falsch gebucht. Sie hat mich trotzdem hereingelassen. Ich musste ein Ticket dafür lösen. Mit ein paar fetten Deutschen und Briten habe ich die Tour gemacht. Durch die Felder, auf den Hügel, durch das Haus führte sie nicht. Ich stand da in einer Traube von Menschen, und irgendwann habe ich gesagt: Ich weiß, hört doch auf, mir das erklären zu wollen, ich kenne mich aus. Aber sie haben mir nicht einmal zugehört. Die Frau an der Rezeption hat die Mappe entgegengenommen, wie eine Reservierung, und recht emotionslos inspiziert. Die vergilbten Blätter. Die Namen darauf sagten ihr nichts. Die Beweise werden irgendwo auf ihrem Schreibtisch verwittern. Aber immerhin, ich habe meine Aufgabe erledigt. Mutter kann jetzt endlich in Ruhe sterben. Und ich? Ich war plötzlich leicht wie ein Pelikanküken. Endlich frei. Ich war ja noch ein Kind, wie du, ich konnte nichts dafür. Man kann sich nicht aussuchen, in welchem Teil der Welt man geboren wird und als was. Als Kind dachte ich immer, das ist wie Roulette. Es gibt Gewinner und Verlierer. Aber so sicher bin ich mir gar nicht mehr. Ich glaube, die Spielregeln haben sich verändert.

Ich würde so gerne von dir hören und warte sehnlichst auf eine Antwort. Bitte schreibe mir doch mal.

Deine Hendrika

Der Rock ist ihr hochgerutscht. Hendrika liegt mehr auf dem Gehweg, als dass sie sitzt, die Schwerkraft zieht an ihr, der Alkohol gibt ihr den Rest. Es ist auch egal, soll sie doch im Boden versinken, Kopf voraus, alles viel zu schwer, als dass sie es noch mit ihrer Willenskraft koordinieren könnte. Noch immer diese Popmusik hinter der Schilfwand, obwohl es in diesem Land kein Schilf gibt. Die unechte Schilfwand schirmt den Club von der Straße ab. Damit die Touristen im Restaurant sich darauf konzentrieren können, Spaß zu haben. Damit sie nicht sehen können, wie die Arbeiter mit der Dämmerung aus der Stadt kommen, die Straße entlanglaufen, dorthin, wo es keine bunt beleuchteten Anzeigetafeln gibt. Eigentlich wollte Hendrika nur kurz Luft schnappen. Wahrscheinlich ist sie einfach zu alt für diese Art von Unterhaltung. Sie versucht, sich aufzurichten, aber alles dreht sich. Sie legt ihr Gesicht in die schwitzigen Hände und sieht durch ihre Finger ein Auto vorbeirollen.

Was für ein elendes Bild du mal wieder abgibst, sagt sie zur Straße.

Zum Glück sahen sie die jungen Leute mit den Rucksäcken und den Desinfektionsbeuteln und Plastikblumen so nicht.

Abende lang saßen sie verbarrikadiert im Hostel an lang gezogenen Tischen voll mit Dosenbier und Laptops. Hendrika hatte sich gefragt, wann sie sich mal erkundigen würden, was sie hier mache. Sie hätte ihnen gern von ihrer Mission erzählt. Aber dazu kam es nicht. Trotzdem haben sie gefragt, ob sie nicht mitwolle, ausgehen, kommt ihr mit, fragten sie an dem lang gezogenen Tisch. Kommen Sie auch mit?

Na gut.

Sie waren achtzehn oder zwanzig, höchstens fünfundzwanzig. Sie trugen Hotpants und Farmerhüte, die ihr Vater verächtlich angeschaut hätte. Die Mädchen kippten die Biere hinunter, sie stopften sich mit fettigen Händen die Filets in die Münder, schütteten Cocktails hinterher, als wäre das der letzte Abend ihres Lebens. Sie fragten einander, woher sie kamen, und schnell verstand Hendrika, dass sie damit nicht ihren Geburtsort, den Ort meinten, an dem sie aufgewachsen waren, studiert hatten, ihre Spuren hinterlassen und auch ein paar Altlasten, sondern einfach nur ihr vorheriges Hostel. Orte, die man erledigte. *I did the Niagara Falls, I did Machu Picchu, Did you do Salar de Uyuni?*

Und hast du Kinder?, fragte eines der Mädchen mit Sonnenbrandhaut.

Nein, habe ich nicht, und du? Sie kicherten dämlich.

Noch nicht, wollte ich nicht, keine Lust, mir war die Unabhängigkeit wichtiger, weißt du, sagte Hendrika. Und die Mädchen nickten, als hätten sie zumindest das verstanden.

Hendrika sagte, Entschuldigung, rannte im Slalom vorbei an den herumstehenden Leuten, direkt aufs Klo. Es war frei, und sie konnte ungehindert den Inhalt des Abends in eine kühle Kloschüssel kotzen. Hendrika wusch sich das Gesicht, band sich die Haare straff nach hinten, was sie sonst jünger machte, aber es half nichts. Das Spiegelbild drehte sich immer weiter.

Sie hatte nicht vor, von draußen, von der Straße, wieder reinzugehen.

Alles gut?, fragt ein Mädchen, das um sie herumgegangen ist und jetzt neben ihr steht. Ein Blick auf ihre Füße verrät: zum Glück eine von hier.

Hendrika hebt den Kopf und nickt, versucht ein Lächeln. Bitte kein Mitleid, das macht es noch schlimmer. Das Mädchen aber sagt überhaupt nichts weiter. Hendrika ist wohl nichts Außergewöhnliches für sie, nicht einmal das.

Hendrika wählt die Nummer, die sie im Internet gefunden hat. Sie stellt auf Lautsprecher. Bitte drücken Sie die 2, wenn Sie Ihr Ticket stornieren oder umbuchen wollen.

2, 2, 2 drückt Hendrika.

Ich will nach Hause, sagt sie entschieden ins Telefon. Ihre Wange klebt am Display.

Sie möchten Ihr Ticket umbuchen?, fragt eine Frauenstimme. Sie tippt ihren Buchungscode in das System. Ein Klacken, so etwas wie ein Ventilator im Hintergrund, dann ein Seufzen.

Entschuldigen Sie, wir haben leider kein Ticket mehr verfügbar. Erst in einem Monat, sagt die Frau in einem undefinierbaren Dialekt.

Wie kann das sein! Ich zahle auch mehr, ich zahle alles, was ihr wollt. Ich will nur in einen verfickten Flieger steigen und hier weg, es reicht mir! Ich will nach Hause.

Die Frau sagt, verzeihen Sie, ich kann Ihnen nicht weiterhelfen.

Dann geben Sie mir doch mal Ihren Vorgesetzten! Ich will mich beschweren, es kann doch nicht sein, dass du mir hier kein Ticket verkaufen kannst. Hendrika schleudert ihr Handy über die Straße. Es kracht auf den Asphalt, bleibt auf der anderen Straßenseite liegen. Dumpf hört sie die Stimme der Frau. Sie wuchtet sich auf, zupft ihren Rock zurecht und geht über die Straße wie über eine wackelige Brücke.

Hallo, sagt Hendrika in das Telefon: Sind Sie noch dran?

Ja, bin ich. Ich hatte gerade gesagt, verzeihen Sie, sagt die Frau, dieses Mal leiser: Ich kann Ihnen leider nicht meinen Vorgesetzten geben. Dort, wo er sitzt, ist eine andere Zeitzone.

Das war's, denkt Hendrika. Der Vulkan in ihr ist geplatzt. Dicke Tränen fallen auf ihre Füße, fließen durch ihre Sandalen auf den warmen Asphalt. Sie hält noch immer das Telefon umklammert: Und welche Zeitzone ist es, dort, wo du sitzt?, fragt sie.

Acht Stunden voraus UTC.

Aha. Und ist es schön dort, acht Stunden vor UTC? Hendrika hält das Handy näher an ihren Mund.

Diese Frau spricht plötzlich viel leiser, sie sagt: Ja, aber ich komme nicht von hier. Es klingt wie eine Entschuldigung.

Oh, sagt Hendrika. Dann würdest du auch manchmal gern in ein Flugzeug steigen zurück in deine Heimat, so schnell wie möglich, dann verstehst du das, ja? Die freundliche Frauenstimme sagt nichts mehr.

Ich will einfach nur nach Hause, weißt du, sagt Hendrika: Ich bin sehr müde. Ich habe es begriffen. Sie setzt sich an den Straßenrand, sieht in den dunklen Himmel. Die Sterne, wie ein Fischernetz verteilt. Sie wünscht sich, die freundliche Frau würde fragen: Was begriffen? Aber sie sagt nur: Ich könnte noch einmal im System nachschauen, ob ich über eine andere Airline einen Flug für Sie finde.

Ein Hund jault in der Weite, Motorengeräusche hinter den Hügeln. Plötzlich hat Hendrika das Bedürfnis, einfach loszugehen, dorthin zu laufen, wo die Nacht vollkommen und finster ist.

Nein, schon gut, vielen Dank, sagt sie, legt auf und läuft los, an der Straße entlang, und die Musik aus den billigen Boxen wummert immer leiser.

Mein lieber Arda,

ich bin an einem großartigen Ort gelandet. Wir sind mit dem Reisebus über die Berge gefahren, über die Grenze, und auf der anderen Seite ist es ruhig. Ich wollte ihr davon erzählen, aber vielleicht ist es schon zu spät. Ich weiß nicht, ob du weißt, was ich damit meine. Während ich mich hier mit meiner Erinnerung konfrontiere, löst sich ihre einfach auf. Ein Sozialdienst wird sich darum kümmern. Ich bin jetzt raus. Ich bin jetzt hier. Hinter dem Bergplateau kommen die Flüsse, die Bäume werden immer höher. Ich wohne in einem Dschungel. Ich habe eine Hütte gemietet mit einem Mückennetz über dem Bett. Ich komme mir vor wie eine Prinzessin. Nachts schreien die Affen und spielen Fangen. Was ich dir eigentlich erzählen will, ist, dass ich jemanden kennengelernt habe. Liv. Sie wohnt auch in einer dieser Hütten und trinkt dort jeden Abend ein Glas Rotwein auf der Terrasse und schaut dem Regen zu. Am Anfang, als ich hier ankam, war ich noch etwas durcheinander. Der Anruf vom Sozialdienst, nun, jedenfalls habe ich mich irgendwann mal neben sie gesetzt. Ich habe ganz freundlich und demütig gefragt: Wollen wir zusammen ein Glas Rotwein trinken? Sie hat Nein gesagt, und ich Okay, das muss ich akzeptieren. Am nächsten Tag kam sie auf meine Terrasse mit einer Flasche Wein. Sie hat gesagt, sie hat mich schon eine Weile beobachtet. Sie beobachte mich gerne, sie habe etwas in mir verstanden. Es war schön, das zu hören. Sie versteht mich wirklich gut. Sie ist eine pensionierte Balletttänzerin. Wenn sie beim Sitzen die Beine übereinanderschlägt, streicht ihre Fußspitze auf dem Boden hin und her. Die Sehnen spannen sich über dem Schlüsselbein, sie ist wunderschön. Ich würde mich freuen, wenn du sie mal kennenlernst. In ein paar Tagen kommen wir nach Hause. Ich freue mich darauf. Ich werde meiner Mutter sagen, ich habe jemand gefunden, und dann kommt Liv zur Tür herein, und alle im Pflegeheim werden staunen.

Liv glaubt, dass es nichts Gefährlicheres im Leben gibt als eine Familie. Statistisch die meisten Suizide, Gewaltverbrechen, Psychosen passieren wegen und durch die Familie. Und wir haben beide beschlossen, wir hüten uns davor. Vor Familie. Ich glaube, du verstehst ganz gut, was ich meine.

Mein lieber Arda. Liv meinte, dass ich aufhören muss, dir zu schreiben. Dass ich loslassen muss. Dass man Leute freilassen muss. Freilassen klingt schöner als loslassen. Ich schreibe dir keinen hundertsten Brief. Mein lieber Arda, ich wünsche dir, dass du deinen Weg gehst, dass du so frei bist, wie ich mich heute fühle.

In ewiger Liebe,
Hendrika

Hendrika faltet den Brief, steckt ihn in den Umschlag, befeuchtet ihre Lippen. Verschließt den Brief, die klaren Worte einer reifen Frau. Würde auch das schöne junge Ding, diese Freundin von Arda, verstehen, was sie damit meint? Sie klappt den Klavierdeckel zu und lässt die Worte, nicht gebrüllt, aber trotzdem eindeutig, für sich arbeiten.

Ndamia

Die Kraniche kreischen über dem Redaktionsgebäude. Damian lässt sich Zeit, über sie zu staunen, er hat keine Eile. Das erste Mal in fünfzehn Jahren wird er zu spät sein. Das erste Mal hat er einen Artikel nicht pünktlich abgegeben. Er hat nach einer Fristverlängerung verlangt, und es hat sich nicht wie ein Versagen angefühlt, im Gegenteil. Wichtige Geschichten brauchen Zeit. Die Kraniche rufen über die Stadt, sie kreischen, um die Bindungen untereinander zu stärken.

Eine Espresso-Tasse baumelt an Bernds Zeigefinger, er sagt, Nowak, alles gut? Sie sehen ja aus, als hätten Sie einen Junggesellenabschied hinter sich. Bernds Hemd ist so weiß, als wäre es frisch aus der Textilfabrik. Die Redaktionskonferenz hat schon angefangen. Durch die Glasscheibe sieht Damian sie diskutieren, kein Wort dringt nach draußen, gut so.

Damian sagt, ich habe wenig geschlafen seit der Geschichte. Bernd nickt verständnisvoll. Genau genommen, will Damian sagen, habe er keine Stunde geschlafen, nicht einmal gedöst, seitdem sein Protagonist ohne eine Spur zu hinterlassen aus der Psychiatrie verschwunden war – und nicht einmal Ralf wusste, wohin. Wenn er wollte, könnte er den Investigativ-Coup ausführen. Die

Sache mit den Briefen hätte sogar ein Brotgesicht wie Bernd beeindruckt.

Es war eine Nacht ohne Gepolter der Nachbarn über ihm, kein Geschrei der Kinder unter ihm, als die Stille ihn umhüllte und Damian für einige Minuten in einen großen Topf Wasser starrte. Ein grauer Topfboden, ein paar Blasen, die sich absetzten, an die Oberfläche schwebten. Wasser, das sich zu bewegen begann, Wasser, das anscheinend Pirouetten zog. Als er den Wasserdampf im Gesicht spürte, scrollte Damian auf seinem Rechner auf der Küchenablage noch einmal nach oben, was Dr. Fuchs geschrieben hatte:

2. Nehmen Sie den Brief in die Hand und halten Sie ihn zum Öffnen mit dem Klebestreifen nach unten über den heißen Wasserdampf.

Das schätzte er an Dr. Fuchs. Er war nicht nur ein akkurater, er war auch ein ausgesprochen edler Ratgeber in allen Lebenslagen. Natürlich hatte der Meister der Optimierung noch dazugeschrieben, dass man niemals fremde Briefe öffnen solle. Aber Damian las sie ja nicht. Sinnlos, das Gekrakel einer Person mit ausufernder Handschrift. Und auch Arda schien sich nicht um die Briefe gekümmert zu haben: Ein ganzer Stapel lag in dem ausgebrannten Laden.

Mit gespreizten Fingern hielt Damian das dritte Briefkuvert an allen Ecken über den Dampf und wartete. Tatsächlich kräuselte sich die Öffnung. Mit dem Taschenmesser öffnete Damian den Umschlag. Mit chirurgischer Sorgfalt ließ Damian den AirTag in den Brief sinken. Die Scheibe könnte auch eine Zwei-Euro-Münze sein. Nichts Besonderes neben den Scheinen, die sonst immer in den Briefen lagen. Damian leckte sich über die Lippen und schloss ihn wieder. Gut, dass die Zeit der Briefsiegel vorbei war.

Online redete die Community gerade über nichts anderes. Diese AirTags kosteten nicht mehr als einen Tag in der Therme. Eigentlich hatte Damian gelesen, benutzt man die Peilsender, um verlorene Schlüssel, geklaute Handys oder Taschen zu orten. Aber manchmal auch, um herauszufinden, wo der Partner noch so unterwegs ist. Die Idee war so einfach wie genial: Jedes dieser tausend iPhones, die sich durch die Stadt bewegen, würde ein Signal schicken, wo sich der Brief hinbewegt – und ihn am Ende zu seinem Protagonisten führen. Damit wäre er sogar dem Ermittler voraus, so dachte Damian.

Noch bevor die Straßenlaternen ausgingen, kletterte er durch das Kellerfenster in den Laden. Die Dielen unter dem verschmorten Teppich ächzten. Mit der Taschenlampe im Mund öffnete Damian das Klavier, legte die Briefe hinein, wie er sie gefunden hatte, und klappte den Deckel behutsam wieder zu. An der Straßenecke öffnete der Kiosk gerade seinen Rollladen, ein Lied dudelte aus dem Radio, Damian summte es mit, und die Sonne ging über der Stadt auf.

Es dauerte nicht lange, bis er anbiss. Damians Couch wurde zur Kontrollzentrale, sein Handy-Bildschirm zur Radaranlage, und ein wabernder, blauer Punkt zum Indiz dafür, dass jemand diese Briefe las, dass dieser Arda mit dem Haus verbunden war, dass er zurückgekehrt war. Dass die Geschichte doch stimmte. Die Sonne ging auf, malte einen Punkt auf die weißen Gardinen, der Lichtpunkt machte einen Bogen und verschwand wieder, aber der blaue Punkt auf dem Handy bewegte sich, ohne zu stoppen. Drei Nächte lang verfolgte Damian den Brief auf der Karte, durch die Innenstadt, ins Industriegebiet, auf Straßen, Plätze, Gassen. Mit den öffentlichen Verkehrsmitteln fuhr er wohl kaum, auch mit keinem Motorrad, Mofa oder Roller. Viel zu langsam bewegte sich der Punkt. Bestimmt auch kein Fahrrad. Er lief nur, in willkürlichen Pirouetten, während Damian im Liegen und mit aufgestützten Ellenbogen den Punkt verfolgte und nicht mehr ans Schlafen dachte. So etwas wie eine Logik hatte dieser Weg nicht. An Tag vier waberte der blaue Punkt am Rande der Stadt, auf einer Raststätte auf einem Autohof, und blieb das erste Mal stehen. Keinen Millimeter rührte er sich. An Tag fünf fuhr Damian dorthin, wo der blaue Punkt auf der Karte lag. Sein iPhone führte ihn zu einer Verkehrsinsel, zu einem eisernen Mülleimer. Und darin: Der AirTag eingeschmiegt in eine Bananenschale.

Er wartete nicht, bis Vesna ihn freundlich hereinbitten und seinen Hals mit ihrem Duft benetzen würde. Er drückte das Tor auf. Er sagte, Ist das nicht irre? Er ist einfach auf und davon.

Vesna drehte sich eine Locke um den Zeigefinger. Sie sah aus, als wüsste sie nicht, ob das eine gute oder schlechte Nachricht war.

Vielleicht war es der jahrzehntealte Raki mit dem Korkverschluss, den sie zum Trost öffnete, das Licht der Straßenlampen auf den Pflastersteinen, die anderen

Einsamen dieser Stadt, die sich an die Bartresen reihten und sich die Schultern wärmten. Ein Gefühl kroch in Damian, das er lange nicht mehr gespürt hatte. Nicht einmal seine Stimme hörte sich fremd an. Mit ausschweifenden Gesten erzählte er und blickte in nickende Gesichter, verschwommene Gestalten in Rauchschwaden, und immer darin Vesna. Vesna, die Königin, die Weise, die nur eine Frage stellte. Manchmal ist es nur eine Frage.

Kompliment, sagt Bernd und lässt ihn stehen. Die Tür zum Besprechungsraum geht auf. Hektische Stimmen. Noch ein paar Redakteure sind sitzen geblieben, um den Tisch, der ausgelegt ist mit Zeitungen, die Wochenendausgabe ist überall. Damian fischt sich ein Exemplar vom Tisch. Solides Recyclingpapier, tiefschwarze Druckerfarbe, Wörter und Buchstaben und unendliche Neukombinationen. Zehntausende Menschen lesen gerade jetzt diesen Text bei ihrem ersten Kaffee. Und sie reden darüber, wenn sie jemanden zum Reden haben, und beim Einschlafen werden sie vielleicht noch einmal daran denken. Manche werden sich diesen Artikel mit ihrem Cuttermesser ausschneiden und ihn archivieren.

Das ist ja unerhört, steht dort in Schriftgröße 16. In der ersten Zeile haben sie den Namen kursiv geschrieben und mit einem Sternchen versehen, um zu zeigen, dass sie ihn geändert haben:

**Rafa, aus Gründen des Persönlichkeitsschutzes möchte der Protagonist im Folgenden als Rafa bezeichnet werden.*